中公文庫

砂のように眠る

私説昭和史１

関 川 夏 央

中央公論新社

はじめに

この本はかわったつくりかたをしてある。小説と評論が交互に六章ずつならび、合計十二章からなりたっている。

小説は一人称で書かれ、一九五〇年代後半から七〇年代はじめまで、昭和でいえば三十年代と四十年代が時間的な舞台である。そのときどきに作者とだいたいおなじ年齢だった男の子、もしくは青年が主人公だが、彼は作者に似た人ではあっても作者自身ではない。

評論の方もほぼ同時期、一九五〇年代から七〇年代はじめまでに出版され、当時相当話題になった本をあらためて読みこむというかたちをとった。「ベストセラー」が並んだのは、その時代の精神を多く反映したものをつとめて選ぼうとした結果である。小説も評論もほぼ時間の流れを追って配列してある。しかし、その点では必ずしも厳密さをもとめなかった。

奇をてらって選んだ変格的構成ではない。自分と自分に似たひとびとの生きた「戦後」時代を可能な限り客観的立体的に描く方法はないものかと考え、むしろ適切な距離を時代とのあいだに保つためにフィクションを書き、ノンフィクションと交互に配列した。

このような構成が成功したかどうかは読者の判断に俟《ま》つとして、読みかたは自由だという、いわずもがなのことをあえて念押ししておきたい。この本は冒頭から順を追って読まなくともいい。また小説だけを読んでも、評論だけを読んでも構わない。それはすべて読者に任されている。

目次

砂のように眠る

私説昭和史1

クリスマスイブの客

そのひとが訪ねてきたのは夜の八時半頃《ごろ》だった。とても寒い夜だった。しかしまだ雪は降りはじめてはいなかった。

それまで家のなかはとても静かだった。母とわたしだけが居間にいた。階下にふた部屋と二階にひと部屋だけの小さな家で、階下の奥まったほうが居間である。炭の赤くおきた炬燵《こたつ》に入っていても上半身は肌寒《はだざむ》かった。わたしは畳に薄い座ぶとんを置いて腹這《はらば》いになっていた。指先が冷えるので腕を胸の下で組んでいた。

わたしは本を読んでいた。なんの本だっただろう。その頃父に読むようにすすめられた『次郎物語』ではなかったはずだ。わたしはその本が嫌《きら》いだった。父がそばにいるときしか読まなかった。それは角川版の昭和文学全集のうちの一巻で、活字はとても小さくて四段組になっていた。いくら読んでもページが進まないのがはがゆかった。

「次郎」は、わたしにいわせれば、わりあい利口で、かなりひねくれていた。そのくせ、まるで決断力がなかった。要するにおもしろ味のない少年だった。自分が彼にどこか似ているかも知れないと思うとますます心がふさいだ。似ているのに、わたしには里親がいない。意地悪な兄もいない。身の置きどころもない旧家の台所の片隅《かたすみ》で家人に悟られぬように慰めてくれる、不細工だがやさしい女中がいない。まったく劇的な要素に欠けた環境にある「次郎」は、まさにとるに足りない少年である。

わたしが読んでいた、いや眺《なが》めていたのは多分、地図帳だっただろう。

十二月も末に近い冷えた部屋のなかでは、なるべく指先を使わずに済む本が都合よかった。それにわたしは地図が大好きだった。まだ授業では地図を使わなかったので、いつも眺める地図は父からのおさがりだった。そこでは赤く塗られた日本は、いまよりずっと広かった。わたしは見知らぬ地名を、大陸を這うまだらの紐《ひも》のような鉄道線路沿いに追いつづけ、口の中でつぶやきつづけて飽かなかった。

ラジオの天気予報を好んだのも地図への執着とおなじ根から発していた。ラジオはわたしにとって世界のひろがりだった。当時すでに番組が終了していた『尋ね人』では、舞鶴《まいづる》や敦賀《つるが》や仙崎《せんざき》などの港の名前だけではなく日本内地の地名を多く覚えた。洞爺丸《とうやまる》が沈んだときは、ラジオで犠牲者の氏名と住所が何時間も読みあげられ、まるで果てがないかのようだったが、そのとき北海道の奇妙な響きのする地名をいくつも知った。

天気予報はわたしの想像力の範囲を「内地」から「外地」へとひろげた。気象通報を読みあげる平板な口調の男声は、黒い北海の波濤《はとう》や大陸の黄色い道をわたしに想像させた。

「大連《だいれん》では、北の風、風力三、晴、一〇二六ミリバール、四度」とラジオが語るとき、それはいつか自在に旅をしたい町の名として記憶のなかに刻まれた。仁川、木浦、真岡、浦《ウラ》塩《ジオ》などがわたしの好みの地名だった。それらの町は、底冷えのするような深い鉄色をした魅力を持って迫ってきた。すなわちその頃のわたしは、まだ七つ八つなのに小さな膨張主義者といえた。

その年、日本海側の降雪は例年よりも遅かった。道路はまだ黒く乾いていた。しかし刻々と気圧はさがるようで、室内の硬い寒気にも雪の気配が感じられた。

午後の天気予報では浦塩は快晴だと告げていた。沿海州一帯は高気圧におおわれている。東方の太平洋上には低気圧がいすわっている。冬の準備は完了したわけだ。二十四時間以内に雪は降りはじめるだろう。暗黒の日本海の上を、たったいま季節風がごうごうと音たてて渡っているのだ。

母は編みものをしていた。わたしは地図帳を見ていた。ふたりだけの食事を済ませてから、ずっとわたしたちはそうして時間を費していた。柱時計がひとつだけ鳴り、室内の空気がかすかに震えた。また少し寒さがつのったようだ。

玄関の引戸を引く音がした。戸車が、控え目な乾いた音をたてた。雪が降ると湿気で滑りが悪くなる。屋根に雪が積もれば、重みでもっと動かなくなる。

「ごめんください」

低い男の声がした。

母は編みものの手をとめた。わたしは半身を起こして、玄関のほうを見やった。それは障子戸の向こうにある。

「ごめんください。夜分まことに恐れ入ります」

玄関のコンクリートに散った砂に、靴裏《くつうら》の鋲《びょう》のこすれる音がした。落着いた声だ、どこか役者みたいだ、とわたしは思った。声はさらに父の姓名を告げ、その家はここかと尋ねた。母がようやく返事をした。

玄関の床板は黒く光り、とても冷たかった。母は式台に両膝《りょうひざ》をつき、わたしはそのかたわらに立った。

黒縁の眼鏡をかけた背の高いひとだった。眼鏡の下の大きな眼《め》でわたしを見た。わたしは体を母の背の方にずらせた。その、こげ茶のあたたかそうな生地《きじ》のコートは、膝のずっと下まであった。大ぶりなシナカバンを持ち、片手にはたったいま脱いだのだろう、黒いハンチング帽をつかんでいた。

彼は再び父の名をいい、たしかにこの家か、と尋ねた。

母は、そうだと答えた。

「でも、あいにくですが、きょうはまだ帰っておりません」

開け放したままの玄関に、鋭く冷たい空気といっしょに風花《かざはな》が舞いこんできた。

「そうですか」

というそのひとの声は、息といっしょに吐きだされるようだった。

「いつもこんなに遅くなられますか」

「いいえ」母はいった。「なんだか、きょうは宴会があると申しておりました」

わたしは母の耳元でいった。

「ケーキを買ってくるんだよね」

母はわたしの言葉に反応しなかった。

「おっつけ帰ると思いますが。あの、どちらさまでしょうか」

東京の長谷川というものです、と彼はいった。

「長谷川さん……」

「古い知りあいです」

「古いとおっしゃいますと……軍隊の」

「はい。突然で失礼かとは思いましたが、汽車に乗っておりましたとき、たまたまこの町にいることを思い出しまして。どうせ乗り換えなければならない駅でもありますし、訪ねてみました。ほんの気まぐれです。他意はありません」

母はいった。

「玄関をおしめになって。あの、おあがりになりませんか」

客は黙っていた。ためらっているようでもあった。しんしんと足裏からのぼってくる板の間の冷たさに耐えかね、わたしは小さな足踏みをした。彼は、ハンチングを持ちかえてうしろ手に玄関の戸をしめた。母は上体をかがめ、散らばったゴム長と下駄《げた》を並べ直して客が靴を脱ぐ場所をつくった。

「なにもお構いできませんけれど」

彼はコートの胸をあけ、上着の胸ポケットから鎖のついた懐中時計をとりだした。玄関先の二十ワットの電球に、時計の銀色の裏張りがきらりと輝いた。

「軍隊といいますと」母がいった。「あの、館山《たてやま》の」

「そうです。館山です」

「あの、特攻隊の」

長谷川さんははじめて微笑した。笑うと、ぎょろりとした眼玉から恐《こわ》さが嘘《うそ》のように消える。

「特攻隊といっても、オートバイのエンジンを載せたベニヤ板の船です。へさきに爆弾をくくりつけた、まあ、子供のおもちゃですな」

「はあ」

「それでも、行けといわれたら行く気でした。その気になっていたところへ、降って湧《わ》いたような終戦でした。四、五日して、軍隊毛布を二枚ずつ貰《もら》ってちりぢりばらばらです」

彼はまた微笑した。

ご苦労なさいましたね、と母はいった。

いえいえ、と彼はいった。それから父の名を口にし、ふたりとももう一年年次が上なら生きていなかったでしょうけれど、といった。

「生き永らえて十年あまり、ひさしぶりに会えるかとも思ったんですが、これもめぐりあわせというものでしょう。それにしても静かな町ですね、ここは」

「あの、そこはお寒いですから、あがってこたつにでも。主人、じきに帰ると思いますから」

「いいえ」と長谷川さんはいった。

「自分は失礼します。これから駅に戻って北陸線の汽車を待ちます」

「そんな」

「こういう奥さんがいらして、こういうお子さんがいらっしゃる。彼も元気でいるらしい、それだけわかれば十分です。ほんの気まぐれでしたからね」

長谷川さんは、わたしを見た。

「坊や、いくつだね」

「八歳です」

「体は丈夫かね」

「普通です」

母がいった。

「ちょっと気管支が悪くて。よく咳《せき》こむんです」

「それはいけないなあ。食べものに好き嫌いはあるかね」

「ニンジンとチクワが嫌いです。クジラのベーコンとコロッケが好きです」

長谷川さんはわたしの坊主《ぼうず》刈《が》りの頭をなでた。それから、シナカバンをひらいた。これをあげよう、といってとりだしたのは赤い厚紙でつくった靴下だった。靴下の上端と下端には銀紙を貼《は》りつけてある。そのなかにはさまざまなお菓子が入っている。

「おみやげだよ」といった。「いやプレゼントだ。きょうはクリスマスイブだから」

わたしは母の横顔を見た。

「さあ、とりなさい。駅前で思いついて買ったんだ。きっと小さな子がいるだろうと思ってね」

「いいの?」

わたしは母に尋ねた。

すみません、と母はいった。

彼はわたしの手をとって厚紙の靴下を握らせた。その手はとても冷たかった。爪《つめ》は細長く、とてもかたちがよかった。わたしはなにもいわずに受けとった。かすかに笑って礼にかえるつもりだったが、その意はうまく相手に通じたかどうか。

「では、よろしくおつたえください」

「時間はまだあるのでしょう。お泊りになっていただいても結構ですし」

「いえ」と彼はいった。「どうせ、あと一時間半もありません。それに今夜の汽車で、どうしても大阪へ行かないと」

「外は寒いですよ。雪になりそうです」

「元来が東京ものですから雪はめずらしいんです。それに、あの駅はストーブがよく燃えていて暖かそうです。ゆっくり歩いて行きます。またいつか訪ねましょう」

彼は再びガラス戸をひらいておもてへ踏み出した。冴《さ》え冴《ざ》えとした寒気の塊がわたしたちをつつみこんだ。

「待ってください」

と母がいった。

「駅までごいっしょします。仕度をしますから少しだけお待ちになって」

母とわたしは急いで身づくろいをした。母は毛織りのコートを着た。よそゆきの恰好《かっこう》だった。わたしは靴下をはいて、防水布のアノラックをつけた。灯《ひ》はひとつだけ残して消した。玄関の戸に南京錠《ナンキン》をかけ、鍵《かぎ》を牛乳受けのなかに入れた。

おもてに出てしまえば、暗くて風花は見えない。電柱の上のほうにすえつけられた陶器のカサの電球の、黄色い光のおよぶあたりにかすかに舞う小さな氷片が、それとわかるばかりだ。夜空の大部分は雲が切れ、星がちらばっている。空気の底にたしかに雪のにおいがする。

冬にはこのあたりは深い雪におおわれる。普通で二メートル、多い年は平地でも四メートルは積もる。そうなれば町全体が古い遺跡のようにすっぽりと雪原の下に埋まってしまう。家の玄関からおもての道の高みまで、雪を切りとって急な階段をつくるのは、屋根に降り積った雪をおろすのとおなじく、家の男たちの仕事だ。おもての道といっても、ちょうど電柱の電灯の高さである。ひとびとはその道ともいえぬ踏み分け道をうつむいて歩くのだ。

しかし、降りこめられてしまえばむしろあきらめもつく。落着かないのは十一月のなかばから十二月のなかば、本格的な降雪のくる前だ。手がかりのない斜面をずるずると冬に向かって滑り落ちていくような感覚は、たまらなくひとを不安にさせる。

収穫も終わってすっかり乾いた水田を、十一月の氷雨《ひさめ》がさたさたと降って冷たい水溜《みずたま》りに変える。線香花火の過熱した先端のような夕陽《ゆうひ》が、田の畔《くろ》に並んだタモの木の黒く短い影を、ゆらゆらと映し出す。そのかすかな緊張感をうちにつつんだ悲哀の気配は、田から農村へ、農村から町へとつたわり、ひとびとは息をつめて避けがたい冬を待つ。

鉄道駅の、小さな町にしては奇妙なほど広い待合室にはひと気がなかった。わたしたちと入れ違いに待合室の重たい引き戸を開けて、静かな寒気の満ちた町のほうに散って行った幾人かは、くだりの最終列車から降りたった客たちである。紺色の制服を着た駅員が改札口の上の木札をはずした。そこには行先と発車時刻が黒地の板に白いラッカーで記されている。新しく掛け換えた木札は大阪行の普通列車で、一時間あまりのちに出る。長谷川さんの乗る列車だ。

それまで旅客列車の発着は一本もなく、大阪行がこの駅で客扱いをする最後の列車である。夜半に遠く北の方からくる急行がひとつだけあるはずだが、この駅には停車しない。機関車や客車にバタクリームみたいな雪をまとわりつかせながら汽笛を鳴らし、見送る駅員がひとりだけたたずむ暗いプラットホームの前を疾走していく。

石炭ストーブを囲むようにしつらえられたベンチは、時代のかかった頑丈《がんじょう》な木造りだ。このベンチも駅そのものも戦争の焼け残りである。

むかし、この町にも空襲があった。中心部では千なん人か焼夷弾《しょういだん》で死んだ。その火は家なみを導火線のようにつたって南へ燃えひろがった。そして、いまわたしたちのいる鉄道駅まであと一歩というあたりの小さな川でとまった。

戦前には幹線の分岐点だったから急行列車も停車した。そのために大きな駅舎をつくったのだが、戦後はひとつ北側にある中心街の駅が再建されて、急行列車を独占した。いま子供の身長の十倍もあろうかと思われる高い天井の待合室にいるのはわたしたちだけ、聞こえるのは石炭ストーブの燃えさかる音だけである。板壁には少し褪《あ》せた墨文字の標語をしるした大きな紙が、画鋲でとめてある。

「めぐむ十円、はばむ更生」

妙に達筆なのが、かえって寒々しい。

わたしにはこの標語の意味がよくわからなかった。「更生」はたちなおること、ちゃんと生活すること、「はばむ」は邪魔することだといつか父に聞いた。この標語が、ときどき駅前でアコーディオンを弾き、白い服に戦闘帽姿でうなだれて立つ松葉杖《まつばづえ》の傷痍《しょうい》軍人に向けられたものだとも知ってはいたが、十円めぐむことがなぜ更生をはばむことになるのか。助けあってこそ世の中ではないのか。

待合室のベンチで、母と長谷川さんは東京の話をした。

数寄屋橋《すきやばし》がなくなった、そのかわり「そごうデパート」ができた、と彼はいった。とても大きな建物だそうだ。

「新聞で見ました」と母はいった。「行ってみたいですね」

「そごうの入口にはエアカーテンというのがあるんだよ」

と長谷川さんはわたしにいった。

わたしはベンチに深く腰をおろして足をぶらつかせていた。ゴム長の脇《わき》がこすれてときどき、きゅっきゅっと鳴った。

「エアというのは空気だよ。空気が始終、入口の上から吹き出している。壁みたいになっている。扉《とびら》をあけておいても、外の空気は入らないんだ。夏は涼しい。冬はあたたかい」

すごいだろ、と彼はいった。わたしはうなずいた。

「空気の壁って、通れるんですか」

「通れるさ」

「冬でも半ズボンでいられる？」

「そうだね。半ズボンの子が多いね」

「東京の子は下駄をはかないんでしょう」

「あんまりはかないね。ズックだな。ビニールの靴の子もいる」

長谷川さんは立ち上がった。火かき棒をとりあげ、ストーブの火口《ほぐち》をあけた。そして石炭箱の石炭を放りこんだ。もう一度火かき棒を使って火口のなかをつついた。見る間に火勢が強まった。やがてストーブが赤く焼けてきた。燃えさかる石炭の影さえ見えるようだった。

顔は火に照らされて熱かった。しかし背中は寒い。いくらごうごうと音たてて燃えようと、エアカーテンにはかなわない。

母が尋ねた。

「ご家族は東京ですか」

「いいえ」と彼はいった。

「ひとりものです。天涯《てんがい》孤独みたいなものです」

館山から東京へ戻ると、実家のあったあたりは一面の焼け野原だった。家族は疎開《そかい》する予定の二、三日前に空襲で死んでいた。そのことは風の便りで知ってはいたが、いざ目のあたりにしてみるとやはり震えがきた。

闇《やみ》屋の商売をはじめた。予備学生時代の仲間が相棒だった。相棒も戦災で家族をなくしていた。軍の「隠退蔵物資」を探し出しては闇市場に流した。砂糖がよく売れた。そのうちヒロポンも扱った。石油缶《かん》を踏んづけて百円札を押しこむくらいに儲《もう》かった。経済警察の眼をごまかし、筋者とやりあった。

度胸はすわっていましたし、体も大きいほうですから、こわいものはなにもなかったですね、と彼はいった。母は相槌《あいづち》を少なく打ち、ときどきうなずきながら聞いていた。

あるとき信頼していた相棒が姿を消した。儲けた金をみんな持って行った。

「女と逃げましてね」のひとことがわたしの内部でひっかかった。

女と逃げることはあるまい、とわたしは思った。どうせ逃げるなら男と逃げるべきだ。女はたよりにならない。

幼いわたしは、男と女がなぜいっしょに暮らすのか理解できなかった。父と母がともに暮らす必然性すら、実はひそかにあやしんでいた。

ある朝、ただならぬ物音で目覚めると、あたり一面もうもうたる灰だ。父がこたつやぐらをひっくり返し、その拍子に冷えた茶がこぼれて灰が舞い上がったのだ。母は正座したまま両手で火箸《ひばし》を握りしめている。なぜ嫌いあってまでいっしょにいるのか。自分は里子に出されてもいいのに。里子に出されたほうが好都合なのに。くすんだ性格も、家庭が複雑だから、生いたちが不幸だったから、といいわけできるではないか。

自分は母の腹から生まれたらしい。そのことは認めざるを得ないようだ。顔と性質が母に似てしまうのも、残念ながら、わかる。ただ父に似るのはわからない。朝晩におなじ食事をしているからだろうか。食べものが共通すれば性格もどこか似てしまうのだろうか。その謎《なぞ》は長くわたしのうちにわだかまっていた。

静かな待合室で、石炭ストーブの赤く焼ける側壁を眺めながら、長谷川さんは話しつづけた。

仕事の相棒が金を持って「女と逃げて」以来、ついていないこと。胸に影ができて清瀬の療養所に入ったこと。療養仲間の影響を受けてある団体の職員になり、いまはその仕事で全国をめぐって歩いていること。今月のはじめに北海道へ行き、そこから青森、秋田とまわり、きょうは山形の酒田から汽車に乗ったこと。

わたしは尋ねた。

「おじさんは、いつも汽車に乗っているんですか」

とてもうらやましかった。

「いつも汽車に乗らなきゃならないのさ」

「国鉄のかんけいですか」

「そうじゃないんだな。でも国鉄にも仲間はたくさんいる」

「なにをする仕事ですか」

長谷川さんはベンチに寄りかかって両脚をまっすぐにのばした。長い脚はストーブを載せるブリキ貼《ば》りの台まで届いた。コートのポケットから手を出し、脇に置いたカバンをなでた。

「そうだなあ」と彼はいった。「いい世の中をつくるための仕事かなあ」

「いい世の中をつくるんですか。汽車に乗ってるとできるんですか」

「できるさ。たいへんだけどね、いつかできるさ。そういうこともお父さんと話したかったんだけどね、ほんとは」

夜はさらにふけた。長い編成の貨物列車が、冷えきったおもての空気を割って通りすぎて行った。手持ちの電灯を高く掲げてホームに立っている駅員の姿が、改札口のガラス戸越しに見えた。ストーブの真上の空気だけがゆらゆらと揺れている。

母がわたしにいった。

「家へ行って見てきて」

「家へ？」

「もしかしたらおとうさん、もう帰ってるかも知れない。いたら、走って駅まできて。そういって」

わたしは立ちあがった。

待合室の出口の扉に手をかけたとき、母が追いかけてきた。わたしの肩を摑《つか》んで、小さな声でいった。

「寺町の『霧子』という店知ってる？」

「『霧子』？」

「飲み屋さん。日の出食堂の角を曲がって、納戸《なんど》町に入ったあたり。熊田《くまだ》文房具のはすむかいの」

「ああ、知ってる」

「家へ行ってもいなかったら、帰りにその店を見てきて」

わたしは走った。

おもては雪になっていた。まだ結晶は小さいが、これが根雪の走りだろう。さびしい電灯のつくる光の輪が、切れ目なく降る雪片を照らしだしている。自分の荒い呼吸とゴム長の足音が、雪国の長くつづく雁木《がんぎ》にはねかえった。三和土《たたき》の地面が靴底にはねかえる。薄闇の回廊が寒風を切ってうしろにたぐりこまれる。息が切れる。気管の奥から、かすかに鉄錆《てつさび》の味が喉《のど》に送られてくる。この雪が本降りになるのなら、春まではもう乾いた土を蹴《け》って走ることもないのだ。

わたしは少なからず気負っていた。おとなの物語、それも友情に関する物語で重要な役割を果たしている。もし父が見つかれば、自分の役割はさらに晴れがましいものになるだろう。のちの知恵だが、このときわたしは「メロス」のような気分だった。

玄関の南京錠はかかったままだった。

すぐに引き返した。きた道を途中まで戻り、八百屋と歯医者の角を曲がった。どちらの家のあかりも消えていた。歯医者の庭で、イヌが鎖を引きずって生け垣《がき》に近づく気配がした。わたしは構わず走り抜けた。

もう一度角を曲がると、そこは駅前の広場に通じる細い道だった。このあたりには何軒かの「飲み屋さん」がある。「霧子」のあかりだけがともっていた。ドアにとりつけられた色ガラスがほんのりと明るかった。

わたしは店の前でしばらく足踏みして、息を整えた。鉄錆の味はまだ消えない。二度三度深呼吸した。寒気のなかで額の汗が冷えた。それからドアを思い切って引いた。のぞいて、父がいなければすぐに去るつもりだった。

カウンターのこちら側に女のひとの横顔が見えた。カウンターに雑誌をひろげていた。わたしのほうにゆっくりと顔を向けた。霧子だ。唇《くちびる》がとても赤い。わたしは彼女を見知っているが、話したことはない。海辺の町から流れてきた女だ、といつか母がいっていた。母の口調は冷淡だった。

父の姿はなかった。失望と安堵《あんど》がともにあった。店には霧子のほかには誰もいない。煉《れん》炭火鉢《たんひばち》がカウンターの下に置いてあり、ヤカンがしゅんしゅんと湯気を吹き上げていた。ドアを閉じようとすると、霧子が、待ちなさい、といった。

彼女は父の名を口にした。「あんた、――さんとこの子でしょう」といった。「一度会ったことがあるじゃない。駅前で。あんたはひとりで自転車に乗る練習をしていた」

わたしはうなずいた。

そのとき霧子は父といっしょに駅の待合室から出てきた。霧子は短かい間、わたしを見た。ふたりはそこで左右に別れ、わたしは父といっしょに自転車を押して帰った。何カ月か前、秋のまだ早い頃だ。

「探しにきたんでしょう」

と彼女はいった。

「もういいです」

とわたしはいった。

「入りなさいよ。せっかくきたんだから」

「いいです」

「寒いから戸をしめて」

わたしはなかに入ってドアを閉じた。

「牛乳をあたためてあげる。うんと甘くして。どうせひまだからね」

「いいです、ぼくは」

「いいです、なんていわないで。ほら、そこにすわりなさい」

彼女はもう立ちあがっていた。

わたしはとまり木のひとつによじ登った。カウンターの上には彼女の読みさしの雑誌があった。わたしは視線の置き場に困って、そのページを眺めていた。

霧子はいいにおいがした。牛乳を小さな鍋《なべ》に入れ、その鍋を煉炭火鉢にのせるためにカウンターの内外を動きまわるとき、店の空気に夏の花の強いかおりが混じるようだった。

彼女は髪をうしろで束ねて、垂らしていた。わたしは「桂《かつら》小《こ》五郎《ごろう》みたいだ」と思ったが、それはその当時流行していた「ポニーテイル」である。『月蒼《あお》くして』という映画が当たり、主演のマギー・マクナマラの髪型が日本にも流行したのだ。それがよく似合っていた

（とわたしは思った）のだから、彼女はまだ若かった。せいぜい二十歳代の後半でしかなかったのではないだろうか。

わたしは「霧子」にはものの十分もいなかったが、さまざまなことを記憶している。三十なん年たっても、二度とは入らなかったその店と霧子のたたずまいは、ますますくっきりして打ち消しがたい。

店のなかはあたたかく、牛乳は甘かった。霧子は隣りにすわり、カウンターに両肘《ひじ》をついて、わたしをまじまじと眺めた。そして、父にあんまり似てない、といった。鼻なんか全然似てない、ともいった。父は美男だが、わたしは違うそうだ。むしろ母の面影《おもかげ》がある、といった。このひとは母のことも知っているのだ。

牛乳は熱くて、とてもひと息には飲めなかった。しかし全部飲まなくては出て行くことはできない。早く行かなくては長谷川さんの乗る汽車が出てしまう。母と長谷川さんはわたしの帰りを待っている。しかし、すぐにはこの場を去りたくない気持もかすかにあった。

このひとは母よりいいにおいがする。そして母よりきれいだ。父はこのひとと「逃げよう」と思ったことはあるのだろうか。その場合、わたしはどうなるのだろう。この町に母といっしょにとり残されるのか。それとも自分も汽車で遠くに行けるのか。

わたしは両手のてのひらで持ったコップをささげもち、少しずつ口に運びながら、カウンターの上にひろげられたままだった雑誌の、大きな文字を眺めていた。

それは発刊されて間もない週刊誌だったと思う。「愛親覚」という文字と最後の「生」という文字だけが読めた。はさまれたふたつの漢字は読めなかった。若い女のひとだ。外国人だ。彼女は男友だちとどこかの山のなかで死んでしまったのだ。そのことだけはわかった。「天国に結ぶ恋」、見出しにつづく言葉は全部読めた。やがてミルクの温度もさがり、底に沈んでいた砂糖までもわたしは飲み干した。その間、霧子はあまりわたしに話しかけなかった。

駅に戻り、父はまだ帰っていなかった、とだけ告げた。長谷川さんは小さくうなずいた。

「もういいよ、坊や」と彼はいった。

「めぐりあわせが悪いんだよ。またいつか訪ねてくるさ」

駅員がプラットホームから改札口に姿を見せた。そして、大阪行の改札をします、といった。冷たい風が吹きこんできた。

「めぐりあわせって、なに」とわたしは母に小声で尋ねた。

母が答える前に、聞きつけた長谷川さんがいった。

「運不運だよ」

「うんふうん？」

「運が悪いとかいうだろ。そのことさ」

彼は立ちあがってコートの襟《えり》を合わせた。それからポケットから銀貨をとり出した。

「百円玉だよ」

「百円にも玉があるの？」

そんな、結構です、と母がとどめようとしたが、彼は笑いながら首を振った。

「できたばかりさ。あげるよ、きみに」

「いいさ。わざわざ家まで見に行ってくれたお駄賃《だちん》だ。でも珍しいものだからお母さんに預かってもらっておいたらどうだ」

母に預けるつもりはなかった。かといって使うつもりもなかった。そのきらきら輝く銀色は瞬時にわたしを魅了した。わたしはそれを握りしめた。

プラットホームをもうもうたる蒸気で埋めつくして、列車がやってきた。雪まみれだった。北のほうではもう本降りになったようだ。わたしと母は改札口の木枠《きわく》につかまって手を振った。長谷川さんは客車のデッキの脇の凍てついた鉄棒を握り、片手でカバンを高く掲げた。さらに蒸気は濃くなり、彼の姿はなかば隠れた。「さようなら」と彼はいった。母も「さようなら」とこたえた。汽笛がひとつ、高く鳴った。

家へ帰ると居間にあかりがついていた。父はこたつに入ってすわっていた。帰ったばかりなのか、コートを着たままだ。こたつ板の上には四角い箱が置いてあった。

事情を告げると「そうか」と父はわたしたちを見あげていった。

「そうだったのか」

わたしもまたこたつにもぐりこんだ。そして、「めぐりあわせが悪いんだよ」といった。

父は「そうだなあ」といった。

「おれはだいたいめぐりあわせが悪いんだ。なんでなんだろうなあ」

母はコートを脱ぎ、部屋の隅《すみ》に掛けた。

「これケーキだよね」とわたしは卓上の箱を顎《あご》でしめしていった。「クリスマスのケーキだよね」

「ケーキだ」と父はいった。「あと一時間したら半額にするというもんだから、待ってたんだ。本屋へ行ったり、パチンコ屋へ行ったり」

「パチンコ、勝った?」

父は答えなかった。

母は台所で湯を沸かした。お茶をいれ、それから三人でケーキを食べた。わたしはバタクリームを最後のたのしみに、台のカステラのほうから注意深く食べた。

父がしばらくしてからいった。

「貧乏人はめぐりあわせが悪いんだ」

母がいった。

「そうじゃないわよ。めぐりあわせが悪いのが貧乏人になるのよ」

時計は十一時を打った。さまざまな経験をしたクリスマスイブはそのようにして終わった。

その夜半から雪は強く降りはじめ、翌朝には三十センチも積もった。降ったりやんだりをくり返しながら、大みそかには一メートルを越した。だから、もう道路の黒い土を見られず、土を蹴って走ることも翌年の三月のおわりまでできなかった。

長谷川さんと父が再会することはその後もなかったと思う。年賀状は何年か届き、選挙の頃にもハガキがきた。届くたびに住所がかわっていると父はいった。彼はずっと汽車に乗って旅をつづけているのだとわたしは想像して、ひそかに心強く思った。しかし、やがてその便りも途絶えた。

山の民主主義──『山びこ学校』が輝いた時代

昭和九年（一九三四年）はひどい冷害の年で、ほとんど米ができなかった。東北の農民は松の皮をもちにして食べ、冬を越した。「山びこ学級」の彼らは、そういう年に母親の腹にいた子供たちである。

昭和二十年も大不作だった。例年、日本全土で米六千万石（九百万トン）前後の収穫を維持してきたものが、この年は三千九百十五万石（五百八十七万トン）しかとれなかった。昭和二十年七月、二合一勺《しゃく》となった配給は、八月十五日以後も維持されたばかりか事情はさらに悪化した。昭和二十年十二月に行なわれた東京都の栄養調査によれば、配給だけでは成人が必要とするカロリー摂取量の五四パーセントにしか達しない勘定だった。

昭和二十年、彼らは国民学校四年生だった。

東京高校（昭和二十四年、第一高等学校とともに東京大学に吸収される）のドイツ語教授亀《かめ》尾英四郎《おえいしろう》は「いやしくも教育家たるものは表裏があってはならない、どんなに苦しくとも国策をしっかり守って行くという固い信念」（『毎日新聞』昭和二十年十月二十八日）のもとの生活を八月十五日以後も継続した結果、二ヵ月後の十月十一日、栄養失調から衰弱死した。

十一月七日、朝日新聞・大阪版の「声」欄には「私はこれから自殺します」という投書が載った。「最後は高利の金まで借りて食糧に代えましたが、最早《もはや》いかんともすることができず、本日でまる四日、食わずにいます。妻はきのうから倒れ、子供も二人まで気力を失いかけています」「恐らくこの書がお手許《てもと》に着く頃《ころ》は死んでいるかも知れません」

昭和二十二年四月一日、六・三制教育が開始され、一挙に三百十九万人の新制中学一年生が誕生した。すでに昭和二十一年から修身、国史、地理の授業は停止され教科書も廃棄されていたが、昭和二十二年三月三十一日に教育基本法と学校教育法が公布されて、翌日の新学制発足をみたのである。

しかし、新教育制度のための設備は荒廃しつくしていた。新制中学校の校舎には国民学校高等科や青年学校の校舎が転用されたが、結局百五十九万人分の教室が不足し、そのうえ冬期には使用を危《あや》ぶまれる教室がすでに五万を数えた。新制中学校建設の費用は国庫と市町村の折半だった。しかし財政難に苦しむ地方自治体ではとても手がまわらず、苦しまぎれに、たとえば茨城県では「学校建設宝くじ」が、宮城県では「六三制宝くじ」が売り出されたりもした。

「ぼくを小学校に落第させてください」という中学生も当時いた。小学校には給食があるから、というのだ。新制中学校の多くは小学校に間借りしていたから、中学生は日々の献立表を目撃し、時分どきには香ばしい炊事のかおりをかいで精神肉体両面の飢餓感に悩んでいたのだった。

のちに『山びこ学校』の著者たちとなる彼らは新学制の二年目、昭和二十三年（一九四八年）四月、山形県山元《やまもと》村立山元中学校へ入学した。同期生は四十三人、そのうち男子二十二人、女子二十一人、昭和九年の大冷害のためか全校百五十二人のうちでももっとも人数の少ない学年で、むろんひとクラスだけだった。

中学校へ入る頃、彼らは先生というものをまるで信用していなかった。昭和十七年四月に国民学校に入学した彼らは、先生に始終殴られつづけて育ったから、先生とはおそろしいものだと思いこんでいた。そして、昭和二十年の夏から急にやさしくなった先生たちを、彼らは大いにあやしみ、やがて軽《かろ》んじたのである。

戦後という時代の到来とともにやってきた「自由」に対しては、子供たちは最初大いにとまどった。つぎには、それをたんに放恣《ほうし》さへの容認としてとらえて、そのようにふるまいはじめた。そして敗戦国のおとなたちは、そんな子供たちをとがめる根拠をもはや持たなかった。

「山びこ学級」のリーダー格佐藤藤三郎は、昭和二十六年三月、山元中学校の卒業式でつぎのように全校生徒の前で語った。

〈そのころ（昭和二十一年頃）から急に、「勝手だべ。勝手だべ。」という言葉がはやり出しました。お父さんの煙草《たばこ》入れなどいじくりプカプカ煙草などふかしたりしました。お父さんなどに見付けられてしかられると、「勝手だべ。」といって逃げて行く子になってしまったのでした。先生から「掃除をしろ。」などといわれても、「勝手だべ。」といって逃げていくのでした〉

彼らが、先生というものはすべて山村の学校にいたくないのだと信じていたのは、山元小学校六年間になんと十一人の先生が彼らの前を通過していったからである。子供たちは小学校時代、学校へ行くようなふりをして裏山へ遊びに行った。ゆえに昭和二十三年、彼らの入学とともに山元中学校へ赴任してきた師範学校出たての若い教師、無着成恭《むちゃくせいきょう》をもはなから疑いの眼《め》で見ていたのは、子供たちとしては無理からぬところだったのである。

佐藤藤三郎はつづける。

〈私たちが中学校にはいったのは昭和二十三年です。そのころは、すこし落付いていましたが、それでも、「勝手だべ。」などという言葉は、なおっていませんでした。だから、無着先生が私たちの前に新しい先生として立った時も、「先生も一年位だべあ。」「三年間なの教えないっだよ。」「三年間教えるなてうそだべ。」などと、さんざんこばかにしたようにいったのでした〉

しかし無着は一年では去らなかった。昭和二十九年の春、駒沢《こまざわ》大学三年に編入学するために村を去るまでの六年間、山元村にとどまりつづけるのである。

山元村は、山形市からバスで一時間ほど西南の山地へ分け入ったところにある。標高九九四メートルの白鷹山《しらたかやま》を最高峰とする山塊のあわいのせまい盆地状の土地を中心として、須川《すかわ》の支流のほとりにぽつぽつとはりつく十二の集落で形成された山村である。白鷹山から大鷹山へと南北に連なる小山脈の西側には最上川《もがみがわ》の急な流れが削り出した峡谷があって、さらに日本海側にかたよった深い山なみと分かち、南部には最上川の源流がひらいた米沢《よねざわ》盆地が広がっているが、山元村がやはり朝日山地の大山塊の一部であることはたしかだ。『山びこ学校』が発刊されて全国各地から手紙をもらうようになるまで、自分たちが「日本でもいちばんの山の子供だろう」と山元中学校の彼らは思いつづけていた。

各集落は昭和二十三年当時、十数戸から六十戸足らずまでの規模からなり、総人口は二千人、戸数にして三百四戸、学校は中央部の狸森《むじなもり》集落にあった。全戸数の八五パーセントが農家だが、耕地面積は一戸あたり三反歩しかなかった。そのうえ山あいの土地だから年間日照時間が少なく、米づくりの単位あたり収量は全国平均にはるかにおよばなかった。

昭和二十四年、山元中学校二年の無着学級の生徒たちの調査によれば、山元村の供出農家二百五十六戸の米の平均収穫は一戸あたりぴったり五石、すなわち七百二十五キロにすぎなかった。これを当時の供出価格に直すと一万八千二百六十五円になるが、各農家が昭和二十三年に供出した米は全体の八パーセント程度で、残りは自家消費するか、まれにヤミ米として売りに出していた。

米に依存する割合は、かりにすべてを供出して現金化したとしても全体の二六パーセントにしかならず、現金収入は養蚕、木炭、葉煙草にたよっていた。そして、それぞれが村の全農林業生産高の三〇、一四、一二パーセントを占める典型的な山村である。昭和二十三年、山元村農林業従事戸の平均生産額は六万六千五百円だった。

無着成恭は、その名前の示すとおり禅寺の出身で昭和二年三月、山形県南村山郡本沢村に生まれた。山形中学を経て昭和二十三年山形師範学校を卒業、ただちに山元中学校に赴任したときは満で二十一歳だった。

山形師範学校の一年後輩に、小菅留治《こすげとめじ》という東田川郡黄金村の農家の次男がいた。彼も同年生まれだが、こちらは十二月だから、鶴岡《つるおか》中学校夜間部を出て山形師範に一年遅く入学したのである。そして昭和二十四年に師範学校を卒業すると、西田川郡湯田川村の湯田川中学校に赴任した。

無着成恭が昭和二十九年三月まで山元中学校に在職したのに対し、小菅留治は赴任して二年後の昭和二十六年三月、学校の集団検診で肺患が発見され、そのまま休職して自宅での療養生活に入った。しかし病状ははかばかしく好転せず、昭和二十八年早春、東京都下東村山の結核専門病院に入院して手術を受けた。

昭和三十二年一月、小菅留治は六年の長きにわたる療養生活を終えて退院したが、学校はすでに昭和二十九年に退職していたので東京にとどまり、業界紙に就職することになった。やがて編集長となった小菅留治は、昭和四十六年、社業のかたわら藤沢周平の筆名で書いた小説を雑誌の懸賞小説に応募した。それは北斎を主人公とした『溟《くら》い海』という小説で『オール讀物《よみもの》』新人賞に当選し、間もなく作家専業の生活を営むようになった。

無着成恭が赴任した当時、山元中学校の施設はひどいものだった。地図一枚なく、理科の実験道具はひとかけらもなかった。かやぶきの暗い校舎には、破れた障子から吹雪が吹きこんでいた。彼が悩んだのは、しかし施設の貧困さではなかった。むしろ自由と放恣を混同し、ニヒルにさえなっている子供たちをどう教えるかということだった。具体的には社会科の教育方針だった。この頃社会科には教科書がなかった。現場の教師たちだけではなく、文部省もまたあてのない試行錯誤のさなかにあったのである。

先にも記したように、GHQはすでに昭和二十年十二月三十一日をもって修身、国史、地理の三教科の授業の停止と教科書廃棄を指令していた。そして一年の事実上の空白ののち、ようやく昭和二十一年十二月、文部省教育局とGHQのCIE（民間情報教育局）の協同作業で、社会科教育の構想が固められた。アメリカ側はジョン・デューイの進歩主義に即して、子供の経験を主体に教育内容をすすめていく方法をとり、いわゆる知識注入型の方法は採用されなかった。

　このときつくられた教科書を、文部省は教科書と呼ばず「手引」と呼んだ。社会科は教科書にたよる学科ではないと文部省は考えたのである。たとえば小学校六年用の「手引」は『私たちの生活』と名づけられ、『気候と生活』『土地と人間』の二分冊になっていた。『土地と人間』では、大阪平野、関東平野、木曽谷《きそだに》、九十九里浜、四国の塩田などを紹介し、それらの土地と人間とのむすびつきを語るという手法がとられていた。

　無着成恭の手元にあったのも、中学校用のこの「手引」で、『日本のなかの生活』と題された冊子だった。そのうちの一項「日本のいなか」には、つぎのような前書があった。

「村には普通には小学校と中学校がある。この九年間は義務教育であるから、村で学校を建てて、村に住む子供たちをりっぱに教育するための施設がととのえられている」

　言葉は美しくとも、それは無着の参加している現実とはあまりにもかけ離れていた。山村の若い教師に、戦後の新しかるべき教育の指針を示してくれるものではまったくなかった。無着もまた子供たちのように当初とまどったのである。

　しかし「手引」には以下のような文章も載っていた。それが無着にヒントを与えた。

「(社会科は)教科書で勉強するのではない」

「(社会科教育を通じて)社会の進歩につくす能力をもった子供にしなければならない」

　無着はのちに書いた。

〈つまり、社会科の勉強とは「りっぱに教育するための施設がととのえられて」いなければば、「ととのえるための能力をもった子供」にする学科なのでした。（……）つまり「この教科書は、わが国のいなかの生活がどのように営まれて来たか、その生活に改善を要する方面としてはどんなことがあるかを、学習するに役立つように書かれたもの」であり、だから「いなかに住む生徒は、改めて自分たちの村の生活をふりかえって見てその欠点を除き、新しいいなかの社会をつくりあげるよう努力することがたいせつである。」のであったのです。ここに気が付かず、文部省の意志に反して、教科書どおり安易にやってきた私は全く不勉強きわまりない教師であったのです〉

無着は後段で文部省を皮肉っているが、昭和二十二年からレッドパージの昭和二十五年まで、文部省もまた手探りで進むしかない状態であり、泥《どろ》まみれの理想主義とでも名づけるべきなにものかをこの労作たる「手引」に反映させていたのである。

無着成恭は一年近い試行錯誤の苦闘ののち、綴方《つづりかた》を社会科教育に採用することにした。

〈もちろん、それまでも綴方を書かせてきたのでしたが、綴方で勉強するために書かせたものではなく、ただ漫然と綴方を書かせてきたのでした。目的のない綴方指導から、現実の生活について討議し、考え、行動までも押し進めるための綴方指導へと移っていったのです〉

「山びこ学級」の一員、江口江一は「母の死とその後」という綴方をこんなふうに書きだしている。

〈僕の家は貧乏で、山元村の中でもいちばんぐらい貧乏です。そして明日はお母さんの三十五日ですから、いろいろお母さんのことや家のことなど考えられてきてなりません。それで僕は僕の家のことについていろいろかいてみたいと思います〉

江口江一の家は曽祖父《そうそふ》の代までは村でも有数の資産家だったが、明治四十年、繭《まゆ》の仲買で大損して全財産をなくした。代々進歩的な農業経営を行ない、水田に金肥を入れたのも、この地域でいまは主要な換金作物となっている葉煙草をつくったのもいちばん早かった。しかし父親は昭和十五年、江一が満四歳のとき、この地方に多い胃潰瘍《かいよう》で死んだ。そのうえ、もともと心臓の悪かった母親が、昭和二十四年九月に床について、十一月には死んでしまったのである。

〈ほんとうに心の底から笑ったことのない人、心の底から笑うことを知らなかった人、それは僕のお母さんです。

僕のお母さんは、お父さんが生きているときも、お父さんが死んでからも、一日として「今日よりは明日、今年よりも来年は、」とのぞみをかけて「すこしでもよくなろう、」と努力して来たのでしょう。その上「他人様《ひとさま》からやっかいになる」ことをきらいだったお母さんは、最初、村で扶助してくれるというのもきかないで働いたんだそうです。それでも借金がだんだんたまってゆくばかりでした〉

江一の家の現金収入源は三畝《せ》の畑に植えた葉煙草だけである。ほかに二反七畝の畑があるが、これは自家用菜園である。すなわち三畝の畑から出る葉煙草二十貫、約一万二千円が彼の家の一年間の全収入なのだ。これだけで江一とその弟と妹、七十四歳の祖母、それに病身の母の生活をささえるのは不可能だから、ついに昭和二十三年の三月、「役場へ行って扶助してもらうようにたのんだ」のだった。扶助料は一ヵ月千三百円である。

昭和二十四年十一月、母親が死んだとき、葬式をすませてから祖母と江一は金銭関係を全部整理してみた。

〈「正味七千円のこった。おまえのおやじが死んだときよりも残った。」とばんちゃんがいったので、僕も、「ほんとに残ったのかなあ。」と思ったほどでした。しかし借金を返したら、やはりあとには四千五百円の借金がのこっただけでした。だからやはり父が死んだときの方がよかったのです〉

父が死んだのは昭和十五年、弟が生まれて五日目のことだったが、葬式のあとに五円残ったというのだ。もっとも、その五円も「出しぞく」(税金)でなくなってしまった。

結局、弟は亡母の実家に、妹は叔父の家へ引きとられる。いずれも山元村からは遠く離れた場所だ。江口家は以後、江一と祖母のふたりだけで営むのである。

江一は母が死んでひと月後、すでに山に雪がちらつく頃だったが、つぎのような目標を記して無着先生に提出した。

〈(1)来年は中学三年で、学校にはぜひ行きたいと思うから、よくよくのことでなければ日やといには行かず、世の中に出て困らないように勉強したいと思う。
(2)さらい年は学校を卒業するから、仕事をぐんぐん進めて、手間とりでもして来年の分をとりかえす。
(3)金が足りなくなく、暮せるようになったら、少し借金しても田を買わねばならぬと思う。なぜなら、田があれば食うにはらくにくえるから、もしも田がなくて、その上、だれも金も米も貸さなくなったら死んでしまわねばならなくなるから（……）〉

しかし、江一は不安に思う。

働けばほんとうに金がたまるのだろうか。母の生前の、それこそ命を縮めるような働きぶりでも金はたまらなかった。借金はかさむばかりだった。父が死んでからの八年間で、借金は合計一万一千五百円にまで達していた。つまり年間の現金収入の全部だ。香典やなにやらで七千円残ったが、それをすべて返済にまわしても、まだ四千五百円足りない。かりに金をためて田を買うことができたとして、誰か田を売らなくてはならなくなったひとが、自分のような貧乏におちこんでいくのではないだろうか。

二番目の不安は無視したとしても、生活が将来なりたっていくものかどうか見当もつかない。

無着は「なんでも、なぜ？　と考えろ」と教えていた。「いつでも、もっといい方法はないか、探せ」、「現実を直視して計画をたてろ」ともいっていた。江一はその綴方のなかで、これまでの生活費の実績と来年度の展望を、具体的な数字をあげながら考えてみることにした。

昭和二十三年度、母がまだ元気だった年の江口家の収入は葉煙草二十貫一万二千円、借金七千円、その年の三月から受けはじめた扶助料は一万三千円で、合計三万二千円だった。支出は、米の代金が大部分を占める。江口家には田が一枚もないためである。女二人子供三人の家で、米を月に三斗七升五合食べた。この頃は一斗五百円の相場だったので月に千八百七十五円、年には二万二千五百円である。江一の母は、さらにこのなかから二十二年度の借金をいくらかは返しているはずだから、ほとんど自由になる金を持たなかったのである。

三斗七升五合は五十四・五キログラムにあたる。一日一・八キロ、ひとりあたりにすれば三百六十二グラム、二合五勺である。この水準は戦時中昭和二十年六月までの配給量二合三勺よりは多いが、太平洋戦争前のひとりあたり一日消費量、玄米にして三合より少ない。戦前にはこのほかにひとりあたり六勺ほどの麦の消費があった。

江戸期から戦前にかけて、日本人は米から蛋白《たんぱく》とカロリーの大部分を摂取していた。藤沢周平の小説に登場する若い健康な浪人の平均的な米の消費量は一日四合強で、空腹時には一日に一升飯を食べる。主人公はたとえば日雇いの用心棒をなりわいとしているのだが、米びつのなかみが五キロを割ると生活上の強い危機感に襲われ、仕事を捜しになじみの口入れ業者のところへ出向くのである。

戦争直後の飢餓をくぐりぬけ、「もはや戦後は終わった」といわれるようになっても、昭和三十七年まではひとりあたりの米消費は伸びつづけた。当時はまだ、米を多くつくることが農民の誇りだった。

しかし昭和四十二年、千四百万トン台を記録した大豊作によって過剰米が一挙に増えた。昭和四十五年には七百二十万トンの在庫を抱えて、ついに政府はこの年日本歴史上未曽有《みぞう》の減反政策をとることに決定、翌年から実施したのである。七百二十万トンは昭和二十年産米の一二三パーセント、『山びこ学校』の作品の大多数がつくられた昭和二十四年産米の七七パーセントという厖大《ぼうだい》な数字である。

では一九九〇年代はじめの日本人は、ひとりあたりどれくらいの米を食べるのか。年に七十キログラム、一日に直せばわずか百九十グラム、一合三勺である。これは戦争末期から直後にかけてのもっとも低い配給量二合一勺をも大きく下まわる数字である。もし、いまも戦争中の基本配給量二合三勺を国民が食べるとするならば、米は過剰どころか、まったく不足することになる。それでも日本人の多くは肥満に悩んでいるのである。

江口家の家計分析をつづけよう。

昭和二十四年度の葉煙草の収入はやはり一万二千円だった。ここから二十三年度の借金を七千円返してしまったから、残りは五千円になる。扶助料は物価にあわせて少しあがり月平均千六百円、総収入は二万四千二百円だった。

一方支出の方は、配給米が値上がりして一斗六百二十円、これを毎月三斗七升五合受けることにはかわりはないから、母が死に、弟妹が他家にひきとられてしまった十二月を除いて勘定しても二万五千五百七十五円、米代だけですでに赤字になっている。

では次年度、昭和二十五年にはどうなるか。家族は祖母と江一のふたりだけになる。それでも一日に米を、ひとり二合五勺食べなくてはならない。一ヵ月で一斗五升、値上がりしないと考えても九百三十円である。それから税金が二百五十円、醬油《しょうゆ》、塩、電気などきまりきったかかりを含めて勘定すると月に二千円、冬には炭やまきを買わなくてはならないから、月平均二千五百円から二千六百円は必要である。

収入はあいかわらず葉煙草二十貫と村の扶助料のみである。煙草のできは去年より悪いから、一万円としてひと月に八百円、扶助料を千七百円とするなら合計で月に二千五百円、祖母とふたりでかつかつの生活ができるにすぎない。借金を返すこともかなわず、田を買うなど、それこそ夢である。

江一は書いた。

〈だから「金をためて不自由なしの家にする」などということは、はっきりまちがっていることがわかるのです。

このことを考えてくると、貧乏なのは、お母さんの働きがなかったのではなくて、畑三段歩というところに原因があるのでないかと思えてくるのです。三段歩ばかりの畑では、五人家族が生きてゆくにはどうにもならなかったのでないでしょうか。

だから今日のひるま、先生に書いてやったようなことは、ただのゆめで、ほんとは、どんなに働いても、お母さんと同じように苦しんで死んでゆかねばならないのでないか、貧乏からぬけだすことができないのでないか、などと思われてきてならなくなるのです〉

母が死んで二週間め、昭和二十四年十一月末、本間甚八郎校長と無着が、ずっと学校を休んでいる江口江一を訪ねてきた。江一はそれまで冬に備えてタキギを背負って運びつづけていたのだった。

「タキギ背負いが終わったらなにをしなければならないか」と無着は江一に尋ねる。

「葉煙草のし(煙草の葉を一枚一枚のばすこと)」と中学二年生の江一はこたえる。

〈「そりゃ何日ぐらいかかるんだ。」

「わからない。」

「わからなければ去年の日記を出してみろ。」

「去年の日記さそんなこと書いてない。」

「だめだ。日記さ、ちゃんと今日から葉煙草のしを始めた、何日間かかるか、毎日書いて、次の年、計画が立てられるようにつけるんだ。今日からさっそくつけろ。」

「葉煙草のしが終ったら何だ。」

「雪がこい。」

「それが終ったら何だ。」

「それが終ると学校に行けるかも知れない。」

「なんだ、それじゃ二学期はほとんど来れないじゃないか（……）」〉

無着は江一に、翌日米配給が終わったら学校へこい、そのとき十二月の仕事と通学の計画表も持ってこいといった。江一は、あまりにぽんぽんと無着にいわれたので、むしろ気持が明るくなり、その夜は十二時までかかって計画を立ててみた。すると十二月は一回、うまくいっても二回しか学校へ行けないことがわかった。

江一が計画をたてることに熱中した日の一週間ほど前、昭和二十四年十一月二十四日夜、東京大学法学部の学生で高利貸会社「光クラブ」の社長、山崎晃嗣《あきつぐ》が自殺しているが、彼こそ計画表の鬼だった。行動的合理主義を標榜《ひょうぼう》し、すべての行為の価値を計量化して測り、まるで列車時刻表のような三十分刻みの生活を行なおうとしていた彼は、性行為さえも予定表に従って分秒刻みで実行していたのである。

この年の七月、山崎は物価統制令と銀行法違反で検挙された。取調べに対しては得意の法律知識で応酬《おうしゅう》し、処分保留のまま釈放された。しかし「光クラブ」の信用はこの一件を機に失墜した。連日債権者が押しかけ、ついに十一月二十五日の手形が落とせないとわかったとき、山崎は青酸カリをあおった。

「灰と骨は肥料として農家に売却すること」

という冗談とも本気ともつかない遺書が残されていた。服毒したのは十一月二十四日の午後十一時四十八分五十五秒である。これもその遺書にしるされていた。

三島由紀夫は「（自らの作製した）青写真を破ることもできず、さうかと言つて、青写真の作製をやめることもできない」人間、山崎晃嗣を主人公に『青の時代』という小説を書いた。戦後という時代は奇怪な人物をも生み落とし、また破滅させていったのである。

江口江一は十一月三十日に計画表を学校に持参した。無着はそれをじっと見ていて、それから、「宿直室に行っておれ」と江一にいった。やがて何人かの級友が無着に呼ばれて宿直室へ集まってきた。クラスのリーダー格で「ひたいにしわをよせてじりじりと相手を説き伏せねば止《ゃ》まない眼」を「しっかり見開いている」佐藤藤三郎、「一見鈍重に見えるくらいのおちつきをもっている」「村長の孫」横戸惣重《そうじゅう》、「父の戦死後女手ひとつで育てられた」「無口」な江口俊一、「貧ゆえにひくつであってはならないと自覚している」小笠原勉の四人である。寸評は無着が加えたもので、いかにも無着らしい、あるいは戦後民主主義の考えかたに従った言葉づかいがなされている。多少気恥ずかしくもあり、なつかしくもある。

ここでつけ加えておきたいのは、学校では誰もが姓ではなく名前で呼びあっていたということである。当時、山の子供たちはどこでもそうだった。山元村には川合、江口、横戸、佐藤、門馬《もんま》、小笠原、長橋などの姓の家が多く、姓だけでは誰のことかわからなかった。村民も同学齢の子供にはおなじ命名を行なうことを慎重に避けていたふしがある。

〈それからすぐ先生がやってきて、僕（江口江一）の計画表を出して、「みてみろ。」といって藤三郎さんに渡しました。

藤三郎さんはだまって見ていました。見終って頭を上げたとき、先生が、「なんとかならんのか。」といいました。藤三郎さんはちょっと考えるようにしてだまっていたが、「できる。おらだの組はできる。江一もみんなと同じ学校に来ていて仕事がおくれないようになんかなんぼもできる。なあ、みんな。」

と俊一さんたちの方を見ました。みんなうなずきました〉

十二月三日は曇りの土曜日だった。江一の住む境《さかい》部落だけではなく、離れた部落から も俊一、ミハル、幸重《こうじゅう》、春子、チィ子らが手伝いにきて、ひとりでなら何日もかかるはずのタキギ運びと葉煙草《はたばこ》のしは、たった一日でおわった。そのうえ男生徒たちが中心になって雪がこいまでやってしまったのである。

江一は十二月十六日につぎのように綴方にかいた。

〈僕は、こんな級友と、こんな先生にめぐまれて、今安心して学校にかよい、今日などは、みんなとわんわんさわぎながら、社会科『私たちの学校』のまとめをやることができたのです。

（……）お母さんにこのことを報告します。そして、お母さんのように貧乏のために苦しんで生きていかなければならないのはなぜか、お母さんのように働いてもなぜゼニがたまらなかったのか、しんけんに勉強することを約束したいと思っています。私が田を買えば、売った人が、僕のお母さんのような不幸な目にあわなければならないのじゃないか、という考え方がまちがっているかどうかも勉強したいと思います〉

『山びこ学校』は昭和二十六年三月五日、青銅社から出版された。そして三月十五日、『東京日日新聞』のコラム「ブラリひょうたん」で高田保《たもつ》が激賞した。

〈『山びこ学校』という本を昨夜読んで、私は無性に泣かされてしまった。（……）率直にいうが私は『少年期』を読んだとき、あの中に漂うエゴイズムのにおいにかなりの不快を感じさせられたものだった〉

『少年期』は児童心理学者・波多野勤子《はたのいそこ》とその息子による、「カッパの本」のベストセラーである。それは『山びこ学校』とは正反対の都会性を持っていたが、杉浦明平《すぎうらみんぺい》にいわせれば「教育ママのはしりと、こまちゃくれた息子との往復書簡集」だった。

高田はいう。

〈あの本を読んで妙に憂鬱《ゆううつ》にさせられた私は、この本を読んで無性に泣かされながら、しかし親愛の情を感じた。この情は人をして、何ものかに向って明るく憤怒させる〉

青銅社は暴露雑誌『真相』で知られた人民社の第二会社として、昭和二十五年に発足したばかりだった。宣伝費もなかったので、担当編集者野口肇《はじめ》は見本刷二五〇部を文化人名簿から進歩的と思われる文化人に送りつけた。高田保はそのひとりであり、当時『展望』の編集長だった臼井吉見《うすいよしみ》もそうだった。

臼井は、クラス全員四十三人が漏れなくかいている、それがこの本の特長だ、といった。そしてつぎのようにつづけた。

〈ぼくがこの本で最も感動したのは、無着先生受持のこれら四十三人の生徒たちは、いずれも現在の日本の根源的な問題を背負わされており、(……)かれらは自分の生活のなかにこの問題を見出《みいだ》し、その解決にむかって勉強をつづけている態度である。現在の日本の根源的な問題などといえば、おおげさに聞えるであろうが、ひとくちにいえば貧乏ということである。怠けたり、失敗しての貧乏でなく、働いても食えない貧乏ということである〉(『展望』一九五一年五月号)

実はこの本の出版も、無着学級の生徒たちのあいだで討議された結果決まったのである。「問題は山元村の生活がみんな明るみに出てしまうことだ。それをお父さんやお母さんたちはよろこばないと思うんだ」という意見にも説得力があった。しかし、あくまでも民主主義的な議論の結果、「どんなに恥しいことがあってもそういう恥しいことはなくさなければいけないという点で、やはりこのまま本にしてもらって、日本国中の人々から考えてもらった方がよいのではないか」という意見にだいたい落着き、出版賛成二九票対反対一一票、欠席三名という採決を得たのだった。

昭和二十六年三月に発行された『山びこ学校』は、七月には増補版を出し、版元がつぶれるまでの二年間で十八刷、約十二万部を売った。かつての無着学級の生徒たちが成人となった昭和三十一年には百合出版から新版の定本が出た。いまわたしの手元にあるものは、一九九〇年一月発行の増補改訂版第二九刷である。

出版後の昭和二十八年七月、無着成恭はベルリンで開かれた世界教員会議に出席し、その帰途モスクワに立寄って物議をかもした。昭和二十九年春、彼は駒沢大学仏教学科三年次に編入学するために山元中学校を退職した。『山びこ学校』の内包する現秩序変革への志向性が恐れられ、その結果地域から追われたのだと考えるひともいる。彼は昭和三十一年に駒沢大学を卒業すると東京都武蔵野市にある私立明星《みょうじょう》学園の先生になった。

〈いつも力を合わせて行こう。
かげでこそこそしないで行こう。
いいことを進んで実行しよう。
働くことがいちばんすきになろう。

なんでも、なぜ？　と考える人になろう。

いつでも、もっといい方法がないか、探そう。〉

いま『山びこ学校』の教室にあったこんな言葉を記憶しているひとはまれである。実践しようとしている子供たちはさらに少ない。いや、まったくいないだろうと思う。そのかわり「勝手だべ」という言葉は、「べつにィ」に姿をかえてしぶとく生き残っている。

『山びこ学校』に息づいていた東北方言の逞《たくま》しい美しさが再評価されるためには一九七四年、井上ひさしの『吉里吉里人《きりきりじん》』の登場まで、二十年あまりの時間が必要だった。そのあいだに減反が実施され、日本人は米への依存と愛着とを稀薄《きはく》にした。江口江一の希望はむなしくなり、彼の立てた問いには、ついに誰も答えることがなかった。『山びこ学校』は戦後という時代のひだにいつかまぎれてしまったのである。

しかしこの本の精神は、戦後を生きたもののなかにかすかに痕跡《こんせき》をとどめている。農業の集団化の動きがついえさり、進歩主義そのものが色褪《いろあ》せても、忘れてはいけないと訴えかけるなにものかがひそんでいるのである。父の死後、母が再婚したので祖父に育てられ、毎日炭山《すみやま》に行って働いたから学校は欠席がちだった石井敏雄の詩——『山びこ学校』の冒頭に掲げられた短い詩の輝きはいまもそこなわれない。

〈雪がコンコン降る。

人間は

その下で暮しているのです。〉

ここには、戦後という時代のはじまった場所のたたずまいが見える。それは、まぎれもなくわたしたちの原風景である。

みぞれ

わたしはP市へ出掛ける前の日に東京から電話をした。P市は日本海に面した県の県庁所在地である。

「だったらこうしようよ」と平岡真澄は電話線の反対側でいった。「あしただったら、あたしもそっちに行く用があるからさ、待ち合わせよう。車のなかで話そう」

「仕事か？　あいかわらず忙しそうだ」

「まあね。二時には終わる。そっちもそのくらいに終わるんでしょ」

「ああ。いつでも終わらせられるんだ」

真澄はいった。

「どこへ行くのよォ、わざわざ東京から」

「どこって、たいしたとこじゃないよ」

「たいしたとこじゃないけど、ひとにいえないようなとこ？」

「ひとにいえるようなとこだよ」

「どこよ」

「県立美術館」

「県立美術館？　まさか消火器のセールスじゃないでしょうね。消防署のほうからきました、とかいってさ」

「おれにも品のいい趣味があるの。多少仕事がらみだけど、絵を見に行くんだよ」

ふーん、と真澄はいった。感動したという調子ではなかった。

「いいよ」と彼女はいった。「七福デパートの脇《わき》で待ちあわせよう。あそこなら駐車できるからさ。それから青木くんもいっしょかもよ」

「青木？」彼といっしょにP市へ行くのかと尋ねた。大学病院へ行く予定なのだが、調子が悪くて運転に自信がないから便乗を頼まれたのだ、と彼女はいった。彼もまた郷里の友人である。

「どこが悪いの？」

「肝臓よ。青年時代のむちゃ飲みのむくいよ」

「悪いのか」

「よかったり悪かったり。大学病院へも行くんだから、あんまりおもしろくはなさそうね」

P市から故郷のQ市までは高速道路でなら四十分ほどだが、下の道を行けばその倍はかかる。そのあいだだけの時間ならあると彼女は言外にいうのだ。わたしはそれで満足することにした。

中学高校といっしょだったから、真澄は、まあ幼なじみだ。むかしからちょっと頭のいい女の子だった。ちょっと皮肉屋で、ちょっと世話好きだった。ひとクラスにひとりは必ずいた、生まれついての副級長のタイプだ。わたしはそういうタイプが苦手であり、同時にどこか好きでもあった。しかしそれは恋情ではなかった。口うるさいが性格のさっぱりした姉への信頼に似ていた。

彼女は忠告が趣味だった。いや、生活態度のよくない男子生徒を善導することは義務のひとつだ、と考えているふしがあった。放課後の音楽教室やサッカーのゴールのそばへ、わたしや他の誰彼を呼び出しては忠告したりお説教したりした。たいていの男子生徒はうるさがり、うるさがりつつもまれにうなずいた。誰もが彼女を冗談のさかなにはしても、誰もが彼女をうとましくは思わなかったのは、やはり真澄の人徳というべきだろう。

わたしに対しては、石原裕次郎や小林旭《あきら》の出る映画ばかり見てはいけない、ウエストサイド物語みたいなのを見たほうがいい、と中学のときにいった。二日酔いで学校にくるのはよくない、人の道に反する、と高校のときにはいった。あなたのためを思っていうのよとまでは口にしなかったが、眼《め》がそういっていた。わたしは教室の壁やグラウンドの端っこのゴールポストによりかかって両手を制服のポケットに突っこみ、型どおり気弱で中途半端《はんぱ》な不良の役をこなした。型どおり口をとがらせ気味にいい返しもした。それはいくらかなつかしい思い出である。

ほかに記憶に残っているのは、彼女が成績のわりには字がまるでヘタクソだったことだ。その頃《ころ》毎年年賀状をくれた。彼女のことだからクラスの全員に出したのだろう。微笑を禁じ得ないような稚拙な文字で決まり文句が記してあった。急いでかいたノートはときどき自分でも読めなくなる、きみちょっと読んでみてよ、といったことがある。むろんわたしにも解読できない。

永く消息を聞かなかった。五、六年前、ひさしぶりに彼女の文字を見た。それはワープロで打たれた高校のクラス会の案内に添えてあった。

「十七年ぶりのクラス有志の集まりです。必ずおいで下さいませ」とかかれ、そのあとに感嘆符がふたつ並べてあった。

青山通りの一本裏道の角にある指定された店に行くと、もう十人ほどが集っていた。たしか初夏だった。おおかたが十数年ぶりの対面で、みんな三十五か六になっていた。頭髪が薄くなっている男たちが少なくなかった。彼らは、着たまま生まれてきたみたいに背広が似合っていた。「おす」「やあ」とそこかしこから声がかかった。わたしもおなじようにこたえた。しかし、あとにつづく言葉はすぐには見つからなかった。仕事が違う。環境が違う。過ごしてきた青年期の色あいが違う。十六、七歳だった頃の共通の記憶に逃げこんでしまうまでは、話題に窮した。

ひとりの女性が近づいてきた。小柄《こがら》で髪が短かかった。化粧っ気もなく、スーツばかりの女性のなかで、ただひとりジーンズの軽装だった。身軽で面倒見のよすぎる副級長とその姿はすぐに重なった。

「おなつかしゅうございます」

あらたまってそういった彼女は、両膝《ひざ》に手を置いて腰を折った。

「ああ、おひさしぶりです。平岡さんもおかわりなく」

彼女は顔をあげ、にわかに笑いながら「へへ」といった。

彼女は東京の私立大学へ進学した。東京女子大だったと思う。そこまでは知っていた。大学を出て二年ほど勤めた。大手の保険会社だった。それから故郷へ帰って結婚した。いまは連れあいといっしょに農業をやっている。

農業ってつくるほうかい、と驚きを混じえてきくと、ううん、つくっているのは野菜を少しだけ、会社をやってるのよ、無農薬野菜や米のサンチョクの会社、といった。

帰郷したのは母親が倒れたせいだ。家業の鉄工所は父親がつづけていたが、その頃からすでに傾きはじめていた。真澄は家事をするかたわら、工場の事務も手伝った。おもに外まわりを担当し、父親とともに外国にも何度か行った。輸出用工作機械がＩＣの登場で世代がわりしはじめていた時代である。初老の父親はその波に乗りそこねた。ヨーロッパ向けなら非ＩＣ化型でもよかったが、東アジアの新興工業国がおもな商売の相手だったから、急速に業績は落ち込み、円高が追い討ちをかけた。第一次石油ショックの数年後に工場を閉じた。間もなく父親が死んで真澄は家族のすべてを失った。

放心から立直り、再び上京しようかと考えていたとき親戚《しんせき》のすすめで見合いをした。相手は農家の青年だった。彼も東京の大学を出たＵターン組だった。その家は代々の農家だったが、昭和四十五年の「減反」のはるか以前に水田は見限ってひとに貸し、その頃は商品野菜の栽培に専念していた。

「これからは消費者との直取引《じか》です。産直です」

と見合いの席で、その三歳年長の青年はいった。おなじ高校の卒業生で経済学部出身の彼は、産地直送農産物の会社を興し、東京の主婦たちと商売する計画を語って長い時間飽かなかった。真澄は農業に関心を持ったことは一度もなかったし、帰る家さえ失った故郷で後半生を送ることなど想像すらしていなかったのに、その大柄で色黒の青年にいくらかの好感を持った。

長じてからの波乱に富んだ平岡真澄の生活史を、わたしはその青山通り裏の店で聞いたのだが、彼女は時代を追って整然と話したのではなかった。ソーダ水で割ったバーボンウイスキーを三杯かそこら飲んでから、わたしと、たまたま隣り合わせた席についていた青木義郎に、時制をゆっくりと往還させながら話したのだった。実のところわたしには、自分の人生だけが波乱に富んでいると思いがちなところがあったから、彼女の話にひきこまれつつも、わずかに苦い反省を噛《か》みしめた。

青木義郎も高校の同級生だが、おなじクラスだったのは一年間だけである。やはりUターン組で、建物の内装を請け負う会社をやっている。祖父の代には大工だった。父親が株式会社にして内装一本に切換えた。長男の彼があとを継ぐのは自然なりゆきだった。

「去年から社長なんだぜ、おれがさ」といった。「オヤジは引退したのか」と尋ねると、「会長だよ、従業員二十人の会社で会長もないけどな」と答えた。彼はわざわざその夜の会合にあわせて商用をつくり、上京してきたのだった。疲れた顔色をしていたが飲むほどに元気になった。

真澄の会社は成長した。連れあいとふたりで朝から晩まで働いた。販路の開拓が彼女の役割で、見本の野菜や米を満載したステーションワゴンを駆って走りまわった。その合間に子供をふたり出産した。

「あの頃はスーパーウーマンだったわね、あたし」と真澄はいった。「体中にエレキバン貼《は》りつけて。スカートなんか十何年はいたことないわよ。必死よ。こわいことだらけだけど、もうこわいものなしよ」

昭和五十年をすぎた頃から無農薬野菜を主力商品に据《す》え、近隣の農家と契約して東京の消費者グループに出荷しはじめた。やがて地元の都市部にも販路はひろがった。サトイモやレンコンなど、もともとどこでも無農薬でつくっていた根菜類でさえ、「無農薬」と段ボール箱に印刷するだけで売れた。「嘘《うそ》じゃないけど、詐欺《さぎ》の一歩手前ね」と真澄はいった。「無知な消費者が悪いっていや、そうなんだけどねえ」

戦後もずっと農業地帯でありつづけた雪国もかわった。産業の主体は工業になり、やがてサービス業に移った。減反政策が都市化を加速し、県庁所在地のP市には、稲が水田で育つとは知らない子供たちさえいるそうだ。

「大学の先生の奥さんでさ、理工学部だったかな。お客さんなんだけどね、庭で米もつくりたいっていうのよ、コシヒカリ」

真澄はいった。

「たいへんですからおやめになったほうが、とかいったんだけど。結構がんばるのよ。これからは農業を知らなくちゃ、とかいってさ」

うまくいったのか、と青木義郎がいった。

「うまくいくわきゃないわよ。だって奥さん、庭の田んぼに白いお米を播《ま》いてるんだもの」

彼女はそのときのクラス会にもジーンズ姿で現われた。車で上京し、東京郊外の都市に住む消費者グループと話をまとめ、ついでに講演までしてきたのだそうだ。

「ジーンズじゃないと信用されないの、こういう商売。ただし汚れたやつじゃ駄目《だめ》。結構ぴしっとしたジーンズね。それからお化粧もいけない。そんなこんなでさ、身も心もすっかり田舎のおばさんになっちゃったわよ」

それからは一年か二年に一度会った。二十年近く無関係に生きてきたのに、三十なかばから突然誰がいいだしたというわけでもなくはじまった有志のクラス会の席上がほとんどだったが、まれには彼女が仕事で上京したときにも会った。滞在が永びくとき真澄は新宿のシティホテルに泊まっていた。たまにぜいたくしないと気がふさいじゃう、と彼女はいった。駐車場の心配がない、ということもあるのだろう。彼女は化粧っ気のないジーンズ姿でホテルのコーヒーショップにすわっていた。よく見ればたしかに中年女なのだが、小柄だし、もともとが童顔だから、遠くからは疲れた高校生みたいに見えた。

わたしがP市へ行ったのは十一月も下旬だった。その土地出身の画家の作品を県立美術館で見て、定期的に引受けているコラム記事を雑誌にかくためである。朝早く起き、新幹線に乗ると十時すぎにはその美術館にいた。おなじ年頃の学芸員が絵をわざわざ箱から出して並べてくれた。暖房の切れた肌寒《はださむ》い部屋で二時間あまりを過ごした。

画家は佐藤哲三という名前である。戦前に天才少年として梅原龍三郎《うめはらりゅうざぶろう》にみとめられ、梅原は彼に自分の娘をやるといってお嬢さんを嘆かせた。結局実現しなかったが、お嬢さんが嘆いたのは、画家が幼少時に患《わずら》った脊椎《せきつい》カリエスのせいでせむしだったからである。

佐藤哲三は、その初期にはヴァン・ゴッホを思わせる雄大なものづかみの表現をした。作風がかわったのは開戦前夜の頃である。農村へ行き、雪国の農民の姿を重厚なリアリズムで描いた。どこか中世のオランダの絵を思わせる暗さを持つ、プロレタリア絵画である。作者が社会的関心を過剰に抱くようになると、散文だろうが絵画だろうが、表現はとかく陳腐な写実主義へ入りこんでしまいがちだが、佐藤哲三も例外ではなかった。『農婦』と題された作品を国画展の会場で羽仁《はに》五郎が買い上げたと聞いたとき、画家は「百万の味方にまさる」といって泣いた。しかしわたしは、羽仁五郎にほめられるようではしょうがない、とその挿話《そうわ》を聞いて思うだけだ。かたわらにいた学芸員も、この時代の絵は「いたましい」といった。時代は移って昭和四十三年暮、羽仁五郎は『都市の論理』の軽装版を出した。翌年の暮までに四十万部売れた。学生たちはこぞって読んだ。そしてこぞって忘れた。「羽仁五郎はイタリアが大好きだ。わたしが彼に関して覚えているのはそれだけである。

昭和二十年から二十三年まで佐藤哲三は、自身ではまったく絵をかかなかった。農村の民主化運動や、その一環として近隣の子供たちの生活絵画の指導に、その残り少ない持時間が費された。しかし昭和二十三年の夏、彼は運動に疲れ果てて身を引く。

昭和二十四年と二十五年、その病身を小都市郊外の家に養いながら、二枚だけ制作する。いずれも田園の冬の風景である。この頃には、政治的な用向きで訪ねてくるかつての「同志」と会うことをかたくなにこばんだ。

昭和二十七年十一月、彼は晩秋の夕暮どきの田園風景を描いた。残照があかあかと野の際《きわ》を染める黄昏《たそがれ》である。冬枯れの田はさびしいみずみずしさをたたえて残照をかすかに映し出し、みぞれが静かに降っている。雪国の十一月はこうだ、そこには清涼な諦念《ていねん》がある、と誰にも思わせる力を、その『みぞれ』と題された絵は持っている。佐藤哲三は農民画家ではなかった。しかし農村の画家だった。ことに日本海側の農村の画家だった。田にたたえられた水が、そこに生きるひとの、すなわち日本人の喜びと悲しみとを映し出す時代の最後を描き、みとった画家だった。そこにはわたしたちの忘れられない風景がある。忘れてはならない風景がある。

わたしは、しばしその絵の前にたたずんだ。たしかにこんなふうに冬はやってくる。人生の終わりも、いつかこんなふうに近づいてくるのだろう。

昭和二十八年にも画家は旺盛《おうせい》な制作意欲を見せた。が、体力の衰えも手伝ってついに『みぞれ』以上の作品を完成させることはできなかった。翌昭和二十九年には目に見えて健康を衰えさせ、その年の六月末に悪性の貧血で死んだ。まだ四十を越したばかりの年齢だった。

学芸員といっしょに遅い昼食をとり、繁華街の待合わせの場所に行った。探すまでもなく、パーキングメーターの前に停《と》まっていた車のクラクションが二度軽やかに鳴った。冷えた空気が震えた。

真澄が乗っていた。彼女は運転席のガラスを巻き降ろした。そして「遅れずにくるとは感心感心」といった。うしろのシートには青木義郎がすわっていた。車内は軽く暖房してあるのに、彼はコートの襟《えり》をあわせ、「よお、ひさしぶり」とうめくようにいった。

わたしが乗りこむと真澄はいった。

「メーターにお金入れたばかりだけど、まあいいか」

それから後部座席のほうに顔を向けて、つづけた。

「青木くん、高速じゃなくて下の道行くけどいいよね」

義郎がいった。

「いいよ。どうせきょうは休みだ。あしたも休みだ」

わたしは義郎に尋ねた。

「大丈夫なの、体」

「まだ大丈夫だ」彼は小さな声でいった。「まだ死なないらしいよ。医者がそういうんだ」

「大学病院か」

「うちのやつが、どうしても一度行ってこいってうるせえんだよ。まだ大学病院信仰があるんだなあ」

車は動き出した。道路は灰色で空気も灰色だった。横断歩道をときどき明るい色を着た娘たちが歩いて暗色の調和を乱した。まばらで小さな雨滴がフロントグラスにあたり、割れた。たったいま降り出した雨だ。

「よく飲んだからねえ、青木くんは」

真澄が運転しながらいった。

「ああよく飲んだ」義郎がいった。「なんであんなに飲んだんだろう」

「お酒が好きなんだ」

「好きじゃないのにな。憂《う》さを晴らしてたってわけでもない。自分でもわからない」

「おまえ、高校のときから強かった」

「強かったなあ。サントリーレッドをひと晩で一本飲んだりしてさ。ばかみたい」

「そうよ、ばかみたいよ」

「でもどうしてあんなに酒が強かったんだろう。親を恨むよ。お蔭《かげ》で肝臓がぼろぼろだ」

「なんだったら横になってなさいよ、ちょっとせまいけど」

義郎はいった。

「大丈夫だ。このほうが楽だ」

大通りを走って川を渡った。長い、大きな川の河口である。灰色の流れのむこうは日本海の、やはり広漠《こうばく》とした灰色のひろがりだ。その、空と海の溶けあうあたりのどこかに、わたしはみかんを一個置きたくなった。ただ一点の色彩がすべてを引締めるだろう。

小雨はあいかわらず降っているが、川のおもてに雨の花が咲くほどではない。橋を渡り終えて右折した。陸橋の入口を無視して進んだ。さらにもうひとつ陸橋をくぐった。出発してから十五分ほどでようやく街並みが途切れ、風景は現代日本にありふれた街道筋になった。中古車のディーラーの駐車場や倉庫の向こうには、枯れた田んぼが遠くまでつづいている。

右手、つまり西の方角はまばらな建物と、おそらく神社のまわりの木立ちなのだろう、黒いひと塊を除けば見わたす限り正確な矩型《くけい》の田である。それは日本海の波打際まで広がる。左手もおなじ風景で、十キロか十五キロ先の山脈に突き当たるまでの田の連なりだ。左右どちら側にも点々と虫喰《むしく》いのように住宅群が見える。飛び散って成長する小さな腫瘍《しゅよう》のようでもある。田を区切る畔道《あぜみち》のところどころ、間隔を保った列をなして丈の低いタモの木が植えられている。上の方の枝を荒く裁ち落とされた裸の木は、寒い風景によく似合う。二、三日つづいた冷たい雨水のまだらにたまった水田に、その影を映している。タモはいくら生長しても直径十五センチほどにしかならない。硬い木質を持っていて、わずかに節くれ立たせながら真っすぐにのびる。そして五メートルほどの高さに至ると生育をやめる。秋には、まっすぐ一列に植えられた木に横木を何段にもゆわえつけて稲束をかけ、天日に干す。それ以外にはなんの役にも立たない木である。そういえば佐藤哲三の絵のなかにもこの木はあった。いや、その黒い影が遠く佇立《ちょりつ》して、はじめて雪国の晩秋である。

「商売のほうはどうなの」

助手席の体をはすかいにし、義郎が眠ってはいないことを確かめたうえで、わたしは尋ねた。彼は座席からわずかに背を浮かせ、前かがみの姿勢で窓の外の景色を眺《なが》めていた。

「商売？　商売は順調だよ」

真澄がいった。

「奥さんがしっかりしてるから、青木くんとこは」

「しっかりしすぎてるよ。あいつのほうが商売はうまい。お客もおれよりあいつが行ったほうが喜ぶんだ。小学校の四年生から子供に英会話を習わせる。学校で問題があればすぐ出掛けて行く。家事にはそつがないし。まあいうことはないね」

「美人だし？」真澄がいった。

「それはどうだか。とにかくおれにはできすぎた女房だよ」

「女房がけむたいわけだ。家庭じゃ孤独なわけだ」

真澄がいった。

「でも青木くんは裕子さんを愛してるんだよね。なにしろミス世田谷区だもんね」

「ミス狛江《こまえ》市」

「へえ、ミス狛江市なわけ。すごいんだ」

「いや、おれは女房を愛しているよ、いちおう」

真澄は「あら」と明るくいった。「いちおう、ってとこが微妙ね」

「愛してるさ。もう十五年もいっしょにいるんだ。愛してないなんてことになったら、とても耐えられんよ。わかれよな、おまえ。そういう家庭生活の機微をさ」

わたしはいった。

「いまなにが売れてるの。内装屋としては」

「便器だね」

「便器かよ」

「お湯がぴっと出るやつあるだろ」

「ああ、あのお尻《しり》にいいってやつ」

「最近まではあれがよく出たね。だいたいうちは便器で成長したようなもんだから」

昭和三十年代のおわり、ちょうど東京オリンピックの頃からトイレの工事と備品の納入が増えはじめた、と青木義郎はいった。農家が発酵させた人間の排泄物《はいせつぶつ》を肥料として使わなくなった。みんな化学肥料にのりかえ、田園から独特のにおいが消えた。まず市街区域が水洗化した。青木の父は便器を売りまくり、農家にも「汲《く》みとり便所じゃ先進国とはいえませんよ」とセールスしてまわった。ちょうどわたしたちが中学生から高校生になる頃だった。便器のおかげで青木建材株式会社の現在はある。

五年ほど前に父親は引退した。母親をともなって、前々から建てておいた山の家に越してしまった。街には週に二日出てくるだけで、あとは山で菜園をつくったり、近くのゴルフ場でゴルフをしている。当主になった義郎もまた便器を売りまくった。今度はお湯の出る便器で、市街地農村ともによく売れた。

「でも、もう行きわたっちゃってね」

と義郎はいった。

「今度はなに？　狙《ねら》いは」

と真澄がいった。

「床暖房だね。韓国とか中国にあるだろ。それを電気をつかってやる」

「ホットカーペットじゃないの？」

「あれは掃除が結構たいへんでさ、カーペットってよく髪の毛がからみついたりするだろ」

「うんうん」

「直接床を暖房するわけよ」

「もうこたつは駄目なわけか」

「おれ自身はあのほうが好きだけどね」

わたしはいった。

「しゃがむ便器がなくなる。畳の上で正座しなくなる。ますますオリンピックの三段跳びが弱くなるなあ」

　小さな町をいくつか過ぎた。人口五万ほどになると、どこでも繁華街にファーストフードの店ができるのだとわかる。

　やがてなだらかな丘の連なりに近づいた。この丘を越えればわたしたちの生まれ育ったQ市である。再びフロントグラスに水滴があたりはじめた。砕けた水滴は氷りかけていて、粘りがある。とてもゆっくりと流れ落ちる。

「みぞれ」

　と真澄がつぶやいた。

「とうとうみぞれか」

　と義郎がいった。

「寒いわけだ、道理で。もう冬だなあ」

「また冬かあ」

　真澄はうんざりした口調だった。

「いいじゃないか。雪も降るし」とわたしが口にしたとたん、「おいおい」と義郎がさえぎった。

「そういうことはいってくれるな」

「そうよ」真澄がいった。「そういうことをいって欲しくないな。住むものの身にもなってみてよ」

「雪さえ降らなきゃ、ここもいいところなんだが」

「悪かった」とわたしはいった。「東京にいると、雪をつい情緒的に考える癖がつく」

義郎がいった。

「ねえ、なんかテープないか」

真澄がこたえた。

「どんなの?」

道路はもう丘への登り道にかかろうとしている。

「クラシックだな。モーツァルトでもなんでもいいや」

「ごめん。『みんなの歌』と、あと中国語のテープしかない」

「中国語のテープ」

「来年、行こうかなとか思ってね、中国へ。あっちは無農薬農業の本場でしょ」

「そりゃそうだ。水洗便器はまだ売れねえ」

わたしはいった。

「えらいなあ、中国語の勉強してから中国へ行くなんて」

真澄が答えた。

「えらかないよ。こわいんだよね。知らない土地で、なんにもわかんないのが。あたし臆《おく》病《びょう》なの。それに、うちのにね、悪いけどおまえ中国語やってくんないかって。自分はむかし毛沢東主義者だったくせに、全然やる気がないの。だらしないの」

「いっしょに行くわけ？」

「いっしょよ。驚かないでよ。銅婚式旅行兼研修旅行よ」

ははは、と真澄は笑った。

みぞれは降りやんだ。道路はゆるやかな坂道にゆるやかなカーブを左右に描いて、のぼる。窓を少しだけあけると、硬い冷たさを感じさせる空気が吹きこむ。道路の両側の森は水蒸気にかすんでいる。人生は孤独だ、と思わせる風景である。孤独だからこそ邪心を持たずに生きなくてはならない、と思わせる風景でもある。

やがて峠に出た。なんの目印もない。この低い丘陵を下り、川をひとつ渡るとQ市である。丘の中腹から、河畔《かはん》にべったりとひろがったその市街地の全貌《ぜんぼう》が見えるはずだ。さらに二十分ほど走ればもう新幹線の駅だ。わたしはそこで列車に乗って東京に帰る。義郎は家に帰り、義郎を送ったあと真澄は自分の会社に戻って、また得意先をまわる。

「ちょっとさ」と義郎がいった。「ちょっとこの先で右へ曲がってくれないか」

「いいけど。なにがあるの」

「なんにもない」

「なんにもないのに、曲がるの？」

「いいだろ。みぞれもやんだしさ」

「いいけどさあ」

峠から五キロほどくだったあたり、荒れた感じの神社の脇道を入った。細い鋪装道路がつづいている。農道だろう。やがて鋪装が途切れた。道はさらに細まり、先の木立ちの方へ向かっている。いくつも見える水たまりが、光の加減で銀板のように輝いたり鉛の板のように鈍く沈みこんだりした。

木立ちの手前で車を停めた。

「少し歩いてもいいかな」

と義郎がいった。わたしと真澄は口々に、いいよ、といった。彼はコートの襟を立てた。痩《や》せているからとても寒そうに見える。しかし、そんな仕草が似合っていないこともない。

「なによ。ちょっと意味ありげ」

真澄が歩きながらいった。

「湧《わ》き水」義郎がいった。「たしか小さな池があるんだ。岩のあいだから水がしみだしていてね」

「よく知ってるんだ」わたしはいった。

「いまあるかどうか。中学生の頃に見つけたんだ。自転車できたことがあってさ」

「ひえーっ、中学時代かよ」

「じゃ、もう」

あるわけないわよね、という言葉を真澄は最後まではいわなかった。水滴を含んだ枯草がわたしたちのズボンの裾《すそ》を濡《ぬ》らした。靴底《くつぞこ》は湿った黒土を踏んで、みしみしと音をたてた。そのたびに水が土のなかから沁《し》み出した。

木立ちを抜けると突然視界がひらけた。Q市の端を流れる大きな川が見えた。丘のゆるやかな黒土の斜面は、はるか川の近くまでのっぺりとつづいている。川向こうは市街地のひろがりである。

「キャベツね」と真澄がいった。「いい畑だわ」

夏には一面の浅緑だ。結球したキャベツの群落は壮観だろう。

わたしは、この十一月の低い空の下の刺すような寒気のなかで、むかしの夏を思い出した。朝露を表面に結んだトマトは粉をふいていた。ブルームというやつだ。昨今の都会人はその粉を農薬と間違えて、とても嫌《いや》がる。農家のおばさんの売りにきた枝豆を、泥《どろ》のついた枝からもぎとるのが夏の朝のわたしの仕事だった。井戸水は冷たく澄んでいて、午後には暑さに疲れたカンナの花がしおれた。家の羽目板は埃《ほこり》で真っ白だった。遠くの、しみるような緑色の水田では、稲の葉が呼吸しつつ熱気を噴き出していた。

めざす斜面の隅《すみ》にはもう池はなかった。空缶《あきかん》のいくつか転がった、ただの枯れた草はらだった。そこらあたりから土地が隆起してまたべつの丘になり、岩が露出していた。岩と岩の継ぎ目あたりから水が薄くにじみ出していた。

義郎は立ち停まった。

「水だけはまだ少し出てる」

「ほんとね」

「でも、おしめり程度ね。いわゆる青春のはかない思い出って感じね」

義郎がいった。

「飲んでみたいな」

真澄がいった。

「やめときなさい。土に沁みこんだ農薬も混じってるんだから」

わたしたちはしばらくそのあたりにたたずんでいた。初冬の水田は眼下に静まりかえっていた。ここ数日の雨ときょうのみぞれのせいでまだらに水をたたえ、泣いて流れた化粧のように汚れていた。

「むかしもここはずうっと畑だった」義郎がいった。「三十年たってもまだキャベツ畑だ」

「このあたりは全部住宅地になっちゃったのに」真澄がいった。「よく残ったね」

「地主が因業《いんごう》なんだろ」わたしはいった。

「最近、車でとおるとき思うんだけど」義郎がいった。「墓をつくるにはいい場所だよ、ここは」

「縁起でもないことというんじゃないの」

「いや、そう深い意味があるわけじゃない」

「あっちゃ困るわ」

「うちの寺は法性寺《ほっしょうじ》なんだけどさ、おれ、あそこ嫌《きら》いなんだ」

法性寺は旧市街にある古い寺だ。陸軍大将や幕末の志士の墓もそこにある。

「なんで？」わたしは尋ねた。

「陰気臭いしさ」と義郎はいった。「木の上にトンビが巣をつくってるんだ。巣のなかにはヘビとか毛虫とかためこんであるっていうじゃないか。小さい頃からこわかった。それにさ、じいさんの法事で行ったりすると、なんとなく住職のお経がありがたくない」

「ああ、あそこの住職、息子になっちゃったからね。有名なナマグサ坊主《ぼうず》よ。カラオケの鬼よ」

「そういうこと気にするわけか、義郎は」

「多少はな。それにここは景色がいい」

「それは認めるけど」

「おまえはもう忘れただろうけど、春になると田植え前の田んぼに水を入れるだろ。きれいだぜ。山とか雲とか全部映すんだ。日本中がでかい湖みたいだ。夏は全部緑色で、秋は全部黄色だ。それから、いまごろはなんともいえない味のある暗さで、雪になれば白一色だ。こんなところに墓をたてたら死んでも飽きがこないだろう。それにみんなもたまに墓まいりにきてくれるだろう、景色に誘われてさ」

真澄がいった。

「もう帰ろう。つまんないこといってないで」

義郎がいった。

「つまんないことじゃないぜ。どんな死にかたをしようとしかたないと、そっちの方はあきらめているけど、墓にはいくらか希望がある。そういうことを考えるのはすごく楽しい」

いやだいやだ、と真澄は意図した軽い調子でいいながら、もときた道を戻った。わたしたちも従った。たしかに不吉な話題だが、わたしには義郎の気持がなかばわかる。いい場所にある墓なら友も訪ねてくれるだろう。生きているうちは、死ぬことより忘れられることのほうが耐えがたいから、わたしもそれをひそかに望んでいる。

「とにかくあの寺はいやなんだ」

歩きながらも義郎は低い声でいいつのった。

「いいじゃないか、もう」わたしはいった。「まだ三十年か四十年先のことだろ。いまから悩んでもしかたない」

「そうよ、そう」

真澄は背中を見せたまま、大声で同意した。

「そんなに先のことじゃないんだけどなあ」

義郎は低くつぶやいた。

車に着いたとき、またみぞれが降りだした。見あげた眼に、結晶になりきれない雪があたった。地面に敷いた腐りかけた枯葉に、みぞれの降りかかる音がした。

雪国の人々は、秋にもっとも落着かない気分になる。冬を恐れつつ、まだなんとかとりかえしのつきそうな気がして、じたばたする。しかし、十一月になり、みぞれが降ればあきらめる。ようやく長い冬をむかえる覚悟がつくのだ。あらためて眺めなおした十一月の風景は、陰鬱《いんうつ》でありもの悲しくもあるが、一種凄愴《せいそう》な美しさをもたたえている。五十回か七十回か、そんな風景を見るとひとの一生は終わるわけだ。

車はゆっくりと街道に戻った。それから真っすぐな坂道を一気にくだり、橋を渡った。たいして時間もかからず、街の中心部に着いた。わたしは駅のずっと手前、繁華街の交差点で車を降りた。

「駅まで行くんじゃないの」

と真澄が尋ねた。

「いや、ドーナツ屋かどこかでコーヒーを飲んでからにする」

とわたしはこたえた。

義郎は胸のところまでものうげに手をあげ、「じゃあな」といった。わたしも「じゃあな」とこたえた。真澄は「また気が向いたらきてね」といった。わたしは「気が向いたらまたくるよ」といった。ふたりを乗せた車はみぞれのなかを走り去って、すぐに見えなくなった。

日本の青春――石坂洋次郎に見る「民主」日本

日本人は小さくて貧弱だ。もっと明るく、もっと健康にならなくてはならない。肉体を、大きく逞《たくま》しくつくりあげなくてはならない。小さくて貧弱な肉体には、ちぢこまった貧乏くさい精神が宿る。大きくて逞しい肉体には、前向きで豊かな精神が棲《す》みつく。それが文化である。文化的生活である。

そうなってはじめて貧乏を退治できる。制度の犠牲とならずに済む。日本の後進性を破って西欧文明と肩を並べられる。辺境に位置する宿命はいかんともしがたいが、なんとか西欧文明の一員に加えてもらえる。

石坂洋次郎は以上のように昭和二十二年にいった。そして昭和三十六年にもいった。

昭和二十二年は『青い山脈』である。このとき作者は四十七歳だった。昭和三十六年は『あいつと私』である。このときは六十一歳だった。すなわち石坂洋次郎は終戦直後から安保直後までおなじことをいいつづけている。安保直後どころか石坂洋次郎は昭和四十六年、七十一歳のときまで創作活動を行なっているが、その作家生涯《しょうがい》の全体を通じてそのような姿勢は一貫している。

昭和八年、三十三歳で出世作『若い人』を書きはじめた。当時石坂洋次郎は秋田の田舎の女学校で教師をしていて、作品は『三田文学』に掲載された。連載開始後五年、『若い人』は改造社から単行本として刊行された。たちまちベストセラーとなり、その年、昭和十二年十一月には豊田四郎の監督で映画化された。

ところが翌十三年夏、『若い人』は不敬および軍人誣告《ぶこく》で右翼団体から告訴された。結局不起訴に終ったが、この事件をきっかけに石坂洋次郎は教員生活を切り上げ東京へ出た。

どこが問題にされたのか。

『若い人』のヒロイン、江波恵子ら女学生は修学旅行で上京し、皇居前の広場でこんな会話をする。

〈「……先生。天皇陛下は黄金《きん》のお箸《はし》でお食事をなさるってほんとですか？」

「天皇様と皇后様は御一緒にお食事をなさいますか？」〉

このくだりが不敬で、海軍軍人たちが腰の短剣で果物の皮をむき、鉛筆を削るところが軍人誣告にあたるとされたので、とくに「危険な思想」というわけではない。時代はそこまで硬直しつつあった。

ところで、この物語の主人公の女学生はつぎのような設定と性格を与えられている。

出生が正統ではなく、父のない娘である。そのことが性格の若干のかげりとなってはいるが、いじけてはいず、むしろ適度に「あぶない魅力」を発散させる。彼女は健康で早熟である。

この女学生に、作家自身を投影したと思われる教師は、なんらなすすべもなく翻弄《ほんろう》される。しかし結局彼は、彼女との関係を一定以上進めることなく、同僚の常識人、というよりたんに生意気な美人教師を選んで草深い田舎を去る、そういう物語である。この主人公の造型と人物の配置は、石坂洋次郎のすべての作品にあらわれる。すなわち、戦前の作品も戦後の作品も本質的な差を感じさせないのである。

昭和二十年には石坂洋次郎は四十五歳になっている。『若い人』の教師とおなじく、昭和十三年には「不敬事件」で教職を離れ、昭和十六年末、陸軍報道部員となって尾崎士郎、今日出海《こんひでみ》らとフィリピンに行き、そこに一年ほどいた。昭和十八年にもフィリピンに派遣され、半年ばかりとどまった。帰国したその年の秋、郷里の弘前《ひろさき》に疎開し、そこで終戦をむかえた。翌昭和二十一年、上京して大田区田園調布に一戸を構えるが、弘前の家はそのままで、以後数年間、春秋の二、三カ月をそこでひとり過ごした。

昭和二十二年六月、『青い山脈』を朝日新聞に連載しはじめ、十月に完成した。十二月、単行本を新潮社から刊行すると爆発的に売れた。

『青い山脈』のヒロインは十七、八歳の女学生である。「五尺三寸、十五貫、視力二・〇」とある。百六十センチ五十六キロ、当時としては大柄《おおがら》、かなり肉づきがいいといえる。これを作者は「ネコのように野蛮で美しい娘」と形容する。リンゴ園を経営する農家の娘である。出生の秘密はないが、やはり家庭は複雑で、母親がふたりいる。両親が離婚したのである。彼女は県立女学校から「県立を落ちた生徒の入る」格落ちの学校に転校してきている。県立時代に工業学校の生徒からラブレターをもらい、いっしょに町を歩いたりしたことが噂《うわさ》になって女学校にいづらくなったからである。いわば「封建的遺制の犠牲者」だが、彼女自身はそのことをさして苦にしていない。明るく前向きな性格で、新時代の象徴のようである。そんなヒロインが学費をつくるために町に米を売りにきてヒーローと知り合う。普通は一升八十円だが、負けて五十円で五升闇米《やみごめ》を売る。その悪びれたところのない態度に弘前高校の生徒で、一日二合五勺《しゃく》の配給だけで食べているヒーローは圧倒されるのである。

「出生の複雑さ」は石坂作品の主人公が必ずになわされる運命である。戦後の作品ではそういったことがもたらす暗い魅力はやや減じたが、出生の不利さや家庭のこみいった事情を主人公が克服するという基本的な設定に、なんらかわりはない。しかし『青い山脈』を最後に、非正統の血を受けつぐ主人公は女の子から男の子に移る。ヒロインは中流のしっかりもの、ヒーローは「上流」の日蔭《ひかげ》もの、しかし彼は戦後という時代が認知した個人主義と、それに基いた家庭内民主主義の力によって、危なっかしくはあっても決してグレたりしないという物語は、つねに同工である。

日本人を抑圧するものは制度だ。その元凶は「家」という古い考えかたと、「家」の集合体たる国家のありかただ。日本人が「欧米人のように」自由になるためには、まずそれぞれが個性的で個人主義的でなくてはならない。そのためには性を節度をもって解放しなくてはならない。その第一歩は、女性を「家」から解放することである。石坂洋次郎は生涯を通じて、そういう歌を歌うただ一枚のレコードをまわしつづけた。

戦争が終わると、日本人は一瞬のうちに「古い上着」を脱ぎ捨てたようだった。戦後間もなくのある時期、日本中にダンスが大流行した。『青い山脈』の旧制高校生はそれについて、こんな感想を述べる。

「こないだも、ある小学校の体操場でパーティーがあったので、行ってみたら、二千人以上の男女が集って踊っているのには一驚した。服装も年齢もまちまちで、裏革にクギやビョウを打ったクツをはいてる人もたくさん居ると見えて、床の板の間にステップのすれる音が物すごく、脂《あぶら》の臭《にお》い、汗の臭い、すなぼこり、調子の悪い拡声機から流れ出すジャズ・スイングのレコード……。いやはや胸がつかえそうな一大壮観だった。

同じ物でも、どうして日本人がやると、こう下卑た感じのものになるんだろうね。ぼくはちょっと悲しくなったよ」

友人が答える。

「社交ダンスというのは、現在の日本人の生活には少し無理ではないのかね。なぜならぼくたちの社会には、まだ『社交』という言葉で呼ばれるほどの礼儀作法は存在せず、あっても極めて未発達な段階のもので、いわゆる社交ダンスが自然な形で生れて来るようなものではないと思うんだ」

日本にあるのは宴会だけだ、と彼は慨嘆する。それは「醜業婦が侍《はべ》ってジャカジャカ三味線を弾き、唄《うた》い、罵《ののし》り、踊り、愚痴をいい、泣き出し、喧嘩《けんか》をはじめ、ヘドを吐き――そうしてお互いに肝胆相照らす」ようなおそろしい儀式だ、という。

「(そうでもしなければ肝胆相照らせないという性癖は、ふだん形式ばったウソばかりついていることの証《あか》しで)腹芸《はらげい》だの黒幕だの、とかくぼくたちの過去の生活習性には、ジメジメした陰性なものが多いようだが、この際、子供の無邪気さにかえって、人間性に即した、明るい、素直な、新しい風俗を創《つく》り上げていくことが、何よりも大切なことだと思うんだ」

だから、と彼はつづける。未熟な文明にはその未熟な段階に見合ったものがあるはずだ。

「ダンスの流行も、新風俗の創造という観点からいえば、まあ結構なんだが、しかしやるならフォーク・ダンスがいいのではないかと思う」

戦後に至っても日本人の軽薄な心性は救いがたく治癒《ちゆ》しない、と彼はその舌鋒《ぜっぽう》をこれも流行中の「人民民主主義」にも向ける。

「さきごろ、(青森県に)天皇陛下の巡幸があった際、一部の急進分子は陛下に面会を強要し、ご滞在中の献立の公表を迫ったり、外食券の有無を問いただしたりしたという。例によって例のごときイヤがらせだが、かつての右翼の運動により顕著だった、こういう偏狭で、平板で、排他的な民族性は、小さな島国で、長い間、鎖国封建の政策でしばりつけられている間に培《つちか》われたもので、今日も、政治に、職場に、研究室に、都市に、農村にしつっこく根を張って、国家の再建の進行を妨げている、悲しむべき現象だ」

会話調なのに、もののいいかたがおそろしく生硬なのは、このくだりが学生同士の書簡のかたちをとってかかれているからだが、石坂洋次郎の場合、会話もとってつけたような翻訳調であることが多い。「西欧的個人主義に基いた会話」を登場人物に行なわせることによって、開明度高い印象を読者に持たせるというもくろみが作者にあり、世間もそのように抵抗なく受取る時代だったのである。

敗戦は西欧文明に対する色濃い敗北感をもたらした。作者は、日本は再度徹底的に脱亜入欧しなくてはならないと考えている。それは石坂洋次郎だけのものではなく、日本人がこぞってそのような気分のなかにあった。しかし「脱」東アジア「入」欧米の手段がダンスでありフォーク・ダンスであるなら、それは鹿鳴館《ろくめいかん》外交とおなじ発想である。しかも、鹿鳴館には条約改正という具体的な目標があったが、ここにはそれがない。なにがなんでも、過去と歴史そのものを否定したい情熱のみが沸きたぎっている。

「子供の無邪気さにかえ」れば「人間性に即した、明るい、素直な、新しい風俗」がおのずとできる、というのは性善説である。悪いのはおとなだ。人間は長じるに従い、社会と制度によって次第に悪くなるとする。その結果、学校はトンネルと形容され、会社は地獄と認識される。やがてこの考えかたは、日本の社会主義への好意と傾斜とを育てるのだが、一方では親の無責任を自由放任教育といいくるめる流行にもつながり、その二十年あまりのち、昭和四十年代後半には親になれない青年たちを、あるいは「子供より親がだいじと思いたい」若い父母の群を大量に生み出すことになるのである。

西欧文明は善、と石坂洋次郎は確信している。西欧と肩を並べるためには健全で雄大な肉体を持たなくてはならない。そういう肉体にこそ、いやそういう肉体にしか新時代の精神は宿らない。ゆえに彼は『青い山脈』のヒロインの女学生を当時としてはとても立派な（いまふうにいえば多少肉づきのよすぎる感のある）体格に設定したのだと先に述べた。若年の折の兵隊検査で、軍医に「おまえは、もっとミガキニシンを食って太らにゃいかん」といわれた作家自身の屈辱の体験が反映しているのかも知れないが、その若く健康な肉体への執着ぶりにはなみなみならぬものがある。しかるに戦後十五年をへても、彼はおなじ嘆きを嘆かなくてはならなかった。

昭和三十六年に書かれた『あいつと私』の主人公たる男女は、慶大とおぼしい大学に昭和三十五年入学の一年生である。

その年の六月十五日、クラスメートの女子学生が大学を辞めて結婚式をあげる。恋人が海外赴任するのについていくという。主人公たちは他のクラスメートと連れだって、ヒーローの運転する外車で会場に向かおうとするが、溜池《ためいけ》の交差点で全学連のデモ隊と遭遇して身動きがとれなくなった。

ヒロインは「よそいきの服を着て高級車におさまっている自分の在り方に、反射的な劣等感のようなものを覚え」、「車の中で、無意識に身体を縮めて、知ってる学生に自分を見られないようにした」のだが、ヒーローは違う。ひとりごとのようにつぶやく。

〈「おい、そう思わないか。……日本人って、まったく貧弱な身体をしてやがるんだな。大勢集っても、さっぱりボリュームが盛り上がらないじゃないか……」〉

ヒロインは同感する。そして、にわかにうしろめたさから自由になる。

〈車の奥に身体を隠すようにして、黒っぽい行進を眺《なが》めていた私は、さっきから胸がつかえるような思いがしていたのは、そのことだったのだと気がついた。ほんとに、道路の端の方をきれ間もなくゾロゾロと動いていく男の学生たちは、痩《や》せて肉づきがわるく、見栄《みば》えがしなかった。眼鏡をかけている者もじつに多い〉

女子大生のデモ隊がやってきた。

〈小さい、ほんとに小さい！　さっき貧弱だなと思った男の学生たちに較《くら》べると、ガクンと段がついたように、ずっと貧弱な肉体をしているのだ〉

〈男も女も、かれらは、栄養のいきわたらない身体を背伸びさせて、たいへん無理なこと

をしているのではないだろうか〉

こののち二十年もたたぬうちに肥満が最大の嫌悪《けんお》の対象となり、拒食症まで流行することになろうとはこの小説家は予想だにしなかった。日本人の誰もがそうだった。

文明化は雄大な体軀《たいく》によってもたらされる。そのためにはよく栄養をとり、よくスポーツをすればいい、と小説家は考えたのだが、それだけではまだ不足である。肉体の成長に見合った精神の発育と精神の健康も欠かせないから、個人が制度に抑圧されずのびやかに生きる必要があった。古い「家」を解体し、新しい「家族」像を設計しなくてはならなかった。そのような意気込みを端的に示した物語は、昭和三十一年から三十二年にかけて読売新聞に連載され、三十二年の暮れに講談社から刊行された『陽《ひ》のあたる坂道』である。これも若い男女の恋愛物語で、地方の中流家庭出身のしつけのいい女子大生が、警戒しながらも魅《ひ》かれてしまう青年は妾《めかけ》の子であるという、石坂作品における「出生の秘密」のパターンを踏んでいる。

実は『陽のあたる坂道』の四年後に書かれた『あいつと私』でも、ほぼおなじ設定がなされているが、こちらは時代の空気ゆえにか、より過激より「進歩的」である。映画では石原裕次郎が演じた主人公の青年は、やり手のデザイナーである母親が若年のおり、既婚の身でありながら優秀な遺伝子を貰《もら》い受けるために便宜的に「ベッドをともにした」男性の子供なのである。このことを母親は必ずしも隠そうとはしていない。彼女には（すなわち石坂洋次郎には)、どのような性のありかたであれ隠蔽《いんぺい》するのは不自然だという確信、または信仰が宿っている。性は人間の暗部とはなんの連繫《れんけい》も持っていないのだという考えには、どこか素朴《そぼく》な社会主義のにおいがする。

ところで『陽のあたる坂道』では、家を解放し、新しい家族像をつくるためにどのような方法を採用しているのだろうか。

そのもっとも有力な武器は「家族会議」という虚構である。この家では父親が中規模出版社の社長、母親は有閑階級婦人としてボランティア活動に専念しているようだ。長男は東大病院のインターン、末娘は雙葉《ふたば》かどこか、上品な校風の私立女子高校の生徒で少し脚をひきずって歩く。物語の主人公となる不良っぽい次男は美術学校に通っている。田坂具隆《たさかともたか》監督の日活映画では父親を千田是也《せんだこれや》、母親を轟《とどろき》夕起子《ゆきこ》、長男を小高《おだか》雄二、末娘を芦川《あしかわ》いづみが演じている。次男は石原裕次郎である。この映画は原作小説に極端に忠実な台本のもとに製作された。

ある晩、父親が全員を居間に集める。この家族会議には、なぜか末娘の家庭教師として採用されたヒロインも参加する。母親に「あなたはもう家族の一員のようなものですから」と慫慂《しょうよう》されたからだ。この役には映画では北原三枝があてられている。

「みなに話したいことといっても、べつに新しいことではないのだが」と父親は話しはじめる。「みなが内々で知っていたことを、みながそれぞれ一人前の分別を備えるようになった今日、改めてハッキリさせておきたいということなのだ……。そうすべきものだと思うからだ……」

それはむろん次男の出生の秘密についてである。うちあけたあと、「過去の過失」を父親は全員に詫《わ》びる。母親は咎《とが》めず、父親をそこまで追いこんだのはむしろ自分の責任である、といい添える。

「ママって、貴方《あなた》がたもそう感じるでしょうが、一緒に暮している人たちに、重くるしい感じを与える人なんです。ことにパパに対しては……」

末娘がいう。

「私、そんなこと、ちっとも知らなかったな」

もちろん彼女は次兄の出生の経緯を承知していたのだ。そして、

「そうだと分っていたら、信次兄さん（次男たる石原裕次郎）にあんなに親切にしてあげるんじゃなかったわ」

と冗談めかしてはいるが、結局は血は水より濃い、と「保守的」な内心を吐露してしまっている。

「でも、雄吉兄さん（長男たる小高雄二）、この機会に私たち、改めて信次兄さんを、私たちの家族の一員として歓迎することにしない？」

憎まれ役の長男も微笑しながらうなずく。

つぎは裕次郎の発言である。彼は「まずパパに感謝する」という。「パパの気紛れがなければ、僕はこの世に存在しなかったろうからだ。自分が生きてるってこと、これはあらゆる倫理に先行することなんだ」

いちおうの諒解《りょうかい》がなされ、「家族会議」という儀式が終わると、家族全員がピアノのまわりに集まって讃美歌《さんびか》を歌う。ピアノを弾くのは母親で、こんなことをこの家ではときどきやっているのである。

歌いながら、ただひとりの第三者であるヒロイン、北原三枝は「こういう家庭ってめったにあるものではない」と思っている。

彼女の感想は以下のようだ。

〈なにかしらそらぞらしく、なにかしら立派なのである。家族の一人ずつが、ちぢこまっていないで、幹や枝をいっぱいに張った樹木のように、ガッシリと生きている感じがする。庶民階級の人間には、堪《た》えられないような、澄んだ透明な空気が、家庭の中に流れているような気がするのだ〉

〈「私、政治運動、大賛成よ。新安保条約の細かいことなぞ分かりっこないけど、ともかくそれが戦争に反対する運動であること、政府がそれを通過させるために、多数の暴力を行使したことなどを承知してるだけでも、デモに参加する意義があると思うわ」

「天下りの民主主義に活を入れるのは、私たち若い者の責任だわよ。それには、みんな力を合わせて行動しなくっちゃあ……。黙って国のことを年寄たちに委《まか》せていては、身に沁《し》みついた昔の感覚で、昔の政治に逆もどりするに決っているわ。一度デモに参加してみるといいのよ。身分や年齢や性別を超えた大衆のデモンストレーションの中にいると、まっ白い霰《あられ》にパチパチ打たれているような生甲斐《いきがい》を感じるわよ」〉

『あいつと私』での主人公の級友の発言だ。主人公は慶大とおぼしい大学の文学部の学生で、中平康《なかひらこう》監督の映画では石原裕次郎と芦川いづみが演じている。

級友の彼女は活動家である。彼女は日本の民主主義を「天下りの民主主義」だと認識している。「身分」というすたれた言葉が出てくる。この頃の学生たちは「大衆」ではなく、「天下りの民主主義に活を入れる」すなわち憂国する資格あるエリートだったのだとわかる。「新安保条約の細かいことなぞ分かりっこないけど」、「デモに参加する意義」があって、それは「生甲斐」に関係するのだというくだりは、当時の運動の実態と、現在に尾をひく欠陥とを正確に描写しているようだ。現実に、一九六〇年の学生たちにとって安保条約の「細かいこと」などどうでもよかったのである。

六月十五日、べつの級友の結婚式のあと彼らは、花嫁におか惚《ぼ》れしていた学生（映画では小沢昭一）を慰めるために銀座を歩く。彼女は大学をやめて、赴任する相手といっしょに外国へ行ってしまうのである。

そのおか惚れの彼が突然いいだす。ヤケ酒を飲んでいる。

「僕らもスクラム組んで革命歌をうたおうよ。まんざらの気紛れでもないさ、僕は政治オンチだが、しかし、新安保の議会での通し方は癪《しゃく》に障るからな……。それだけのことでも、デモ隊に参加する資格があるさ。みんながみんな、ちゃんとした認識をもってる奴《やつ》らばかりでもあるまいからな」

昭和二十六年、対日講和条約とともに調印された旧安保条約は、アメリカの対日防衛義務を明記しないままにアメリカに日本が軍事基地を提供するという、いわば不平等条約だった。戦後十五年、経済力は急速に伸長した。政治的にも双務的な平等条約を締結し直し、一挙に「戦後」を解消したいというのが日本政府の意図だった。すなわち新安保条約は最強国との対等条約だから、その限りにおいては「進歩的」な存在だったということもできる。しかし、ソ連がアメリカに先んじてＩＣＢＭの開発に成功し、中国が「大躍進」政策失敗ののちソ連との対決の姿勢を強める東西対立の構図のなかで、新安保条約の国際政治的、軍事的意味を考え、「ちゃんとした認識」をもったひとなど実は皆無に近かったのではないかとも思える。

一九六〇年五月中旬までは、反安保闘争はさしたる盛りあがりを見せなかった。それが突如、全国民的運動と化したのは五月十九日（正確には二十日、午前零時六分）の衆議院本会議における強行採決以後である。強行採決によって、国際政治、対等条約、戦後処理、すべての問題が一気に吹きとんだ。新条約反対運動は変則的なナショナリズムの高揚をもたらし、民主主義への危機感という一点で劇的な焦点を結んだ。だからこそ「新安保条約の細かいことなぞ分かりっこない」と考える女子学生も「新安保の議会での通し方が癪にさわる」学生もデモに参加できたのである。また戦争経験者である年配者は、岸内閣の強引なスタイルに反動の影を見てデモの波に身を投じ、その瞬間から安保そのものは忘れられた。そして、いまも忘れられている。

後年、当時の学生リーダーのひとりだった西部邁《にしべすすむ》は『六〇年安保』に書いた。

〈安保闘争が日本人の厖大《ぼうだい》なエネルギーの解放の契機となり得たことは）おそらく、戦後思潮のうちにはらまれる対米複合感情とふかい関係をもっている。アメリカ軍は占領軍であるとともに解放軍であると認定された。それだけでも十分に矛盾した受けとめ方であるが、親ソ的あるいは社会主義的な思潮の要素がそのコムプレックスとそのコントラディクションとをいっそう激しいものにしていた。一方で、「平和」、「ヒューマニズム」、「民主主義」そして「進歩主義」の魔語はアメリカ製のものであると認定されながら、他方では、アメリカこそがそれらの魔語によって詛《のろ》われるべき対象だとも認定されていたのである〉

〈（平和、ヒューマニズム、民主主義、進歩主義など）戦後思潮を支配してきた魔語は、みかけのうえではつよい信頼を寄せられてはいたのだが、裏ではいいしれぬ不信を抱かれていた。この不信をおさえこむには、より声高にそれらの魔語を叫んでみせなければならない。

この心的葛藤《かっとう》がクライマックスに達したことの現れ、それが安保抜きの安保闘争ということである〉

石坂洋次郎はすでに忘れられた作家である。『青い山脈』の歌はナツメロとして愛されつづけているが、その本家たる小説は、他の厖大な石坂作品とおなじくかえりみられない。当時あれだけ読まれたのに、現在に至るまで、ついに一度も批評の対象となることがなかった。その理由は、「石坂文学」がいわゆる大衆小説だったからではないだろう。作品には、粗雑さと御都合主義のうらみは大いにあるにしろ、むしろ石坂作品群が一種の思想小説だったからである。あるいは戦後の思想潮流をあまりにも忠実に反映した小説だったからである。

彼の作品はある時期、日本の戦後そのものだった。その作品群を通底する思想の単純さ、明快さ、あるいは脆弱《ぜいじゃく》さは、そのまま戦後という時代の単純さ、明快さ、脆弱さを体現しているとも思われる。

石坂作品は、昭和二十年代から三十年代にかけ、ひんぱんに映画化された。昭和二十四年、池部良、杉葉子主演で今井正が監督した『青い山脈』が名高いが、もっとも多くの映画を生産したのは昭和三十年代の日活である。

その初期に主演男優として選ばれたのは石原裕次郎だった。明るく合理的な、すなわち現代的な青年であるにもかかわらず、「出生の秘密」によるかげりを感じさせる主人公という設定のときに石原裕次郎が配されたのは象徴的だ。

後期には吉永小百合が主演になった。戦後の石坂洋次郎の小説では『青い山脈』以来、ヒロインには負の要素がもとめられなくなったからである。彼女は「民主主義の底抜けの明るさ」を表現するのに、もっとも適切なキャラクターを持っていた。逆説的にいえば、彼女は役者としてはまったく個性的でなかったがゆえに、個人がそれぞれに個性的であることによって制度の束縛を解こうとするドラマに、皮肉にもぴったりとはまったのである。

『陽のあたる坂道』の影響かどうかは知らないが、母の提案で、わが家でも定期的に家族会議を持とうとしたことがあった（「会議を持つ」――組合運動から流行したこんないいかた自体、はなはだ時代的である）。たしか昭和三十二、三年頃のことだ。家庭内の問題点を率直に話しあおうというもくろみがあったはずなのに、いざちゃぶ台をかこんですわってみれば、とくに話すことなどないのだった。子供は朝早く起きて玄関をはくこと、となりのネコをひきいれて畳を汚さぬこと、手洗いの紙はできるだけ倹約すること、などと母がいった。なんのことはない、普段の叱言《こごと》である。またはホームルームにおける副級長の「建設的提案」である。父は腕を組んで天井を見あげ、民主主義の居心地の悪さに耐えていた。わたしだってつらかった。さすがの母も、その味気のなさに懲《こ》りたのか、二度とそんなばかげた提案をすることはなかった。

実際『陽のあたる坂道』の世界には、ぴんと張られた糸の上で登場人物が踊るような、きわどいところがあると作者自身も気づいていたようだ。ひとりが笑い出すとみんなが笑い出して、結局全員が糸の上から落ちてしまう、そんなあやうさがつきまとっている。作者はヒロインの家庭教師に、この砂上の家族を「なにかしらそらぞらしく、なにかしら立派」と評させている。末娘につぎのように発言させるのも一種の自作評であり、「天下りの民主主義」評でもあるのだろう。

「私、四人なり五人なりの人間が集まって、一つの家庭をつくっていくためには、真実だけではダメで、どうしてもウソみたいなものが必要なのだと思うわ。セメントに砂が混らないと、うまく固まらないようなもンよ」

重箱の隅《すみ》をつつくようで気がさすが、セメントは砂がまじらないと固まらないのではない、砂や砂利などの骨材を固めるためにセメントをつかうのだ。骨材六対セメント四が適正比率だとするなら、「嘘《うそ》」であるセメントの割合は思いのほか高い。

家族全員が集まる場所としての洋風調度の居間は、その当時から「応接間」という名前で急速に日本に流行した。そこには安物の油絵が飾られ、使いもしない煖炉《だんろ》がつくりつけられた。マントルピースに飾るための本として、昭和三十年代には各出版社が競って刊行した文学全集があり、四十年代はじめには、強引なセールスマンに買わされた英語版百科事典、エンサイクロペディア・ブリタニカがあった。そしてさらにはげしく虚構の装飾を求めるひとは無理をしてピアノを買い、それは現在も埃《ほこり》を白くかぶったまま応接間にうずくまっている。みな家族民主主義の小さな古墳である。

わたし自身は、家族が腹蔵なく話すという約束はたんにきれいごとにすぎないと身を持って知ったので、洋風居間に対する幻想はすぐに消し飛んだ。しかし個室への憧《あこが》れだけは強く残った。ひとりになりたかった。ひとりになって一人前の個人主義者となり、一刻も早く「庶民階級」を脱出したかったのである。

「それじゃあ、ママは一人ぎりになりたいから、みんなめいめいの部屋に引っこんでください」

と『陽のあたる坂道』の母親はいう。わたしはこの、家族会議のあと居間にひとり残る母親には同情せず、憧れもしなかったが、ひきとるべきめいめいの部屋があることには猛烈に嫉妬《しっと》した。わたしは当時祖母といっしょの部屋にいて、父親のおさがりのすわり机をつかっていた。そして祖母は夜ごと寝る前に日蓮《にちれん》さんのお経を唱えて、小さな近代主義者を苦しめていたのである。

『陽のあたる坂道』の家の構造は、いま思い返してみると不思議だ。一階に板張りの居間があり、そこから二階に階段がつづいている。二階の廊下は一階の居間をとりかこむギャラリー状になっていて、「めいめいの部屋」のドアが並んでいる。これはヨーロッパの娼《しょう》家《か》のつくりではないか。一階に酒場（ホームバー）とピアノがあるのもおなじだ。民主主義と個人主義の棲家《すみか》が娼家とはまことに皮肉である。

昭和三十年代のおわりになると、石原裕次郎はかげりある民主青年をやめ、かげりあるギャングになった。日活の、おもに浅丘ルリ子を相手役とした「ムード・アクション」と呼ばれる一連のアウトロー映画である。しかし、ここでの石原裕次郎は、かげりとともに口数の多さを民主青年からひきついでいた。彼は、なぜ相手を殺さねばならないか、なぜ友情を尊重しなければならないか、あるいはなぜいっしょになれないかを十二分にヒロインに説明したあとでないと行動できないのである。これほど言語の力を信じたギャングは世界にもまれだろう。その彼がしばしば滞在する港のホテルが、実はこの娼家、あるいは『陽のあたる坂道』の家のつくりと瓜《うり》ふたつなのは注目すべきことである。

現在、日本人の体格はとても立派になった。『青い山脈』の大柄《おおがら》なヒロインもいまや中背である。石原裕次郎より背の高い青年は、その立派な肉体に貧弱な精神を宿してさっそうと街路を歩いている。健康願望は世に蔓延《まんえん》して、いまや健康のためなら死んでもいい、とまで考えるひとがいる気配だ。

石坂洋次郎の小説は忘れられても、その精神は生きている。西部邁いうところの「魔語」はあいかわらず健在である。しかし、日本人が好んでしがみついているとは思えず、ただそれにかわるべき規範をもとめ得ないから神棚《かみだな》に並べて置いてあるようだ。ゆえに気が向いたときだけ拍手《かしわで》を打つ。もっとも、最近は「金《かね》がすべて」と書かれた新興宗教の護符も流行して、こちらのほうはより頻繁《ひんぱん》に拝む。

『あいつと私』の主人公たちも参加した六〇年安保闘争当時全学連主流派中枢にあった西部邁は、そのうちの「ハガチー闘争」について以下のように書いた。昭和三十五年六月十日、新安保条約自然承認の九日前、アイゼンハワー大統領の新聞係秘書ハガチー氏が大統領訪日に先だって羽田空港に降り立ったとき、共産党と国民会議のデモ隊が激しい反米示威行動を行なって彼の乗った車をとりかこみ、文字通《もじどお》りもみくちゃにした事件である。〈ハガチー闘争の結果としてアイク訪日は中止されたのだが、それはいわば日本が免罪符を手に入れたようなものである。つまり、いっとき反米感情を爆発させてみたあとで、日本は、高度成長という形で、アメリカ型文化の盛大な祭典を享受《きょうじゅ》しえたのである〉(『六〇年安保』)

高度成長期が終わり、「戦後」が果てたいまも、この流れは基本的にかわらないようだ。テレビ画面ではマイアミのポン引きのような発音のアメリカ語を喋《しゃべ》る「タレント」が横行している。外国語といえば英語、留学(遊学)といえばアメリカである。かつて石坂作品の読者だったひとびとの子供たち、そしてそのまた子供たちは、とうにアメリカ型文化に飽き飽きしているくせに、やはりその親たちとおなじように張りつめた糸の上で踊りつづけているのである。ひとは思想を「古い上着」のようにたやすく脱ぎ捨てられないものらしい。

「若い人」も老いる。「青い山脈」もいつかは冬枯れる。

昭和四十六年、七十一歳のとき妻をなくした石坂洋次郎は急速に衰え、二度と小説を執筆することはなかった。田園調布の「陽のあたる坂道」をゆっくりと歩いてくだり、終日駅前のベンチにぼんやりすわっていることが多かった。死の数年前には伊東に転地した。

やがてボケは進行した。自分の子供たちを忘れ、他人行儀なあいさつをくり返すようになった。昭和六十一年十月七日、半世紀にわたっておなじ旋律をかなでつづけたレコードは、永遠に停止した。八十六歳の大往生であった。

思い出のサンフランシスコ

高崎順一に上四方固《かみしほうがた》めをかけていると、卓球部の清水がこぼれた球を拾いにきた。畳の上に運動靴《ぐつ》でずかずかとあがりこんで、「くせえ」と大きな声でいった。

「なんだよ」とぼくは半身を起こしていった。

体育館の壁にもたれていた中島健夫が、柔道着の前を合わせて立ちあがった。そして「清水ぅ、くせえとはなんだ、くせえとは」といった。

「くさいからくさい。柔道部はくさい」

「くさい？　どこがくさい」

とぼくは六枚しか敷いていない畳の上に立った。両足に反動をつけて、よいしょと起きあがった高崎も「清水ぅ因縁つけてるわけ？」といった。畳に押しつけられていた髪がちりちりに乱れ、首筋が赤く染まっている。

「因縁じゃねえよォ」清水はいった。

卓球部の地味な緑色のユニフォームを着た彼が、仲間うちではめずらしい坊主頭《ぼうずあたま》のまま、やつの癖で口をとがらせた。タコハチという一年生のときのアダ名は、あまりにつきすぎで、かえっておもしろくないというので最近は誰も口にしなくなった。本人は、どうせならブリンナーと呼んでくれというが、そういうアダ名は受けないのだ。ただシミズとか和尚《おしょう》とか呼ばれるばかりだ。そんな彼も、十月いっぱいで三年生が高校受験のために引退すると部長になった。ぼくも部長だが入部がいちばん早かったという「年功」で、部員はたった三人だけだ。女子の多い卓球部では民主主義の空気が強いから、清水は選挙の結果の堂々たる部長だ。

「因縁じゃねえよ」清水はくり返した。「ただ感じたままをいっただけよ。おれはさ、いっちゃ悪いけど思ったことをすぐ口にしないと気分が悪くなるたちなんだ。ものいわぬは腹ふくるるわざっていうだろ」

高崎が清水に近づいていった。

「清水ゥ、とにかく畳から出ろよ」

清水は運動靴のままでまだ畳の上に立っていたのだ。高崎はとても小柄《こがら》で、清水の口元までの背丈しかない。

「お、悪い悪い」清水は意外に素直に外へ出た。「とにかくさ、柔道部と剣道部はくさいんだ。うちはいつもおまえらといっしょだろ。女子のつきあげがきびしいんだ。おまえらにひとこと叱言《こごと》をいってくれと、まあこうきたわけだ」

「くさくないよ」とぼくはいった。そして「なあ」と高崎に同意をもとめた。

「うーん」と高崎はいった。「くさくないとはいえんなあ、たしかに。上四方やられると相当にむっとくるわ」

「そう？」ぼくは道着《どうぎ》の襟元《えりもと》をつまんで鼻先に近づけてみた。におうようでもあるし、そうでないようでもある。どっちにしろ鼻がばかになっているから嗅《か》いでみてもしようがない。

「柔道剣道がくさいのは、いわば宿命だな」と中島がいった。

「とにかくさ」清水がいった。「洗濯《せんたく》をこまめにして、それから畳も毎日ぞうきんがけしてくんないかな」

清水は体育館の反対側を見やった。清水が相手をしていた一年生の女子だけではない、全部員がこちらを注目していた。

「そうでなきゃ練習日程をかえてもらったらどうだ。バスケやバレーといっしょの日にしたらいいじゃないか」

「ばかいえ。あんなデカい球が飛んでくるところで練習できるかよ」

月水金は柔道、剣道、卓球、火木土はバスケットとバレーで体育館を分けあって使っている。コートが一面分しかないから、普段はバスケとバレーが半分ずつ使ってパスの練習ばかりしている。シート練習や練習試合をするときは話しあいで、片方は隅《すみ》によける。部員の少ない男子バレー部なんか、女子に対して発言権がからきしないらしく、廊下を走ったりウサギ跳びをしていることが多い。練習日をかえろというのが無理な注文だということは、誰にでもわかっている。

「まあ、せまい日本なんだからよ」と清水はいった。「おたがい協調していかなきゃな。頼むよ、洗濯な」

「剣道部にもそういったのかよ」と中島がいった。「あいつらはこっちよりくさいぜ。面や胴なんかもうドロドロだ。鼻が曲がるくらいだ」

「いったさ。いったよ」

清水は駆け去って行った。ぼくたちはやや気勢をそがれた感じで、三人ならんで体育館の隅の壁にもたれてすわりこんだ。清水は女子のつきあげで剣道部にも申し入れたんだろうが、あちらは十二、三人の所帯、こちらは二年生の三人だけだ。おのずとものいいかたも違うだろうと想像できた。

一年半前、ぼくが入部したときも三人だった。上級生がふたりとぼくだけだった。これならすぐレギュラーになれるだろうと踏んで入ったのだ。この春の市内公式戦ではたしかにレギュラーになったが、簡単に大外刈りで一本負けだった。五人のチームのうち、三人は自前だが、残るふたりは陸上部と野球部から借りた。二カ月間だけ、部長の松井先生が猛稽古《もうげいこ》をつけてなんとか選手らしく仕立てあげた。引き分けたのは陸上部の三年生だけで、あとは全員負けた。

この秋の新人戦はついに、団体戦は欠場してしまった。どこの部でも選手を貸してくれず、ぼくがスカウトした同学年の高崎と中島だけではチームが組めなかったのだ。個人戦には出場したが、運悪く強い相手とぶつかって、またまた全員一回戦敗退だった。町でたったひとつの私立中学で、なにかと公立の連中に目の敵《かたき》にされているせいもあるにはあるが、もともと実力がないという事実は否定しようがない。

「負けないように努力する、そういう消極的な作戦しかないなあ、おまえらじゃなあ」

と松井先生はいった。彼は美術の教師である。師範学校時代にいくらか柔道をやったことがあるということで部長になった。体が弱いから現役時代はたいした実績がなかったそうだ。生来腎臓《じんぞう》が悪いらしい。だから稽古も滅多につけてくれないが、たまに組手をやってくれるときの技は切れる。払い腰や内股《うちまた》がすっきりと入る。運動神経がいいのだろう。しかし寝技となるとすぐに息があがる。袈裟《けさ》固めをかけられたぼくがじたばた畳の上を這《は》いずりまわったとき、先生は突然気分が悪くなったことがある。青い顔をして荒く息をついていた。やかんの水を飲んでしばらく横になっていたら治ったが、あのときは不安だった。

「負けないため、いや早く負けすぎないためには寝技だなあ。立ち技じゃ一分もたんだろう。とにかくタックルだろうが浴びせ倒しだろうが、相手を倒してしまって畳の上でいっしょに泳ぐことだなあ。運がよけりゃ三、四分は負けないだろう」

というわけで、ぼくたちは夏前からさんざ畳の上を這わされた。畳を十枚ばかり縦につなげて長い通路をつくる。そこを端から端まで匍匐《ほふく》前進の要領で這う。肘《ひじ》の力だけで体をずりあげるのだ。あお向けでもおなじことをする。今度は肘と足の裏だけで体を進ませる。寝技を逃がれる技術と体力がなければ寝技もかけられない。腹這いの方は敵陣に迫る歩兵の進みかたに似ていたし、あお向けのはドイツ軍の鉄条網をくぐり抜けるときのサンダース軍曹《ぐんそう》そっくりだったから、ぼくたちはこの練習を「コンバット」と呼んだ。

もう試合もないから威張ったり怒鳴り散らしたりするだけが仕事、たまになにかべつのことで気が滅入《めい》るとぼくたちを投げ飛ばしては憂《う》さを晴らす三年生の監視のもと、三人ともそれこそノルマンディーからベルリンまでたどりつくほど這い、バリケードをくぐり抜け、寝技にだけは自信をつけて十月の新人戦に出場したのに、高崎は二十秒で体落としを決められ、中島は一分で背負いを食った。ぼくは一分半まで相手の脚を狙《ねら》って粘ったが、諸手《もろて》刈りをかわされて逆に体を返されてしまい、あっという間に横四方ががっちり決まった。すみません、と三人並んで松井先生にあやまった。松井先生は、おまえらほんとうに弱いなあ、と笑った。それから、しかしまあ、そのうちなんとかなるだろう、といった。半分笑いながらそういったので偶然植木等の歌いかたとそっくりになった。

新人戦がおわると三年生は引退して、放課後の体育館から姿を消した。もう公式戦は来年の六月までないし、練習試合の予定も入っていなかったから練習は休んでもいいのだが、週三回に減らしてつづけることに決めた。

「小人閑居して不善をなすというしな」と中島はいった。

「どうせ泣くなら講道館の、青い畳の上で泣け、ともいうぜ」と高崎が応じた。

新人戦までは体育館使用日ではない日も階段や廊下を使って足腰を鍛えていたのだが、それはやめにした。完全に休んだら、他の部に体育館からなしくずしに追い出されるかも知れないという恐れもあった。なにしろ去年までは二十枚の畳を敷いていたのに、今年の四月からは十二枚になり、七月には十枚、新人戦が終わった十一月からは六枚しか敷かせてもらえないのだ。卓球部と剣道部だけではなく、練習日が違うはずのバレー部までが女子部長を先頭に押したてて圧力をかけにくるのだから、まいる。民主主義とは多数決のことだから、三人しかいないこちらとしてはじりじりと後退するしかなかったというわけだ。

「くさいかなあ、やっぱり」

ぼくは高崎に尋ねた。

「まあな」と高崎はいった。「でも男くさくなるのは人間のサダメだよ。しようがないよ」

「そうだ、そうだ」と中島がいった。「高崎、おまえもくさいぞ、最近」

「おまえもな」と高崎はいい返した。

「まあ、そういうわけよ」中島はうなずいた。「おれたちは全員くさいわけよ。で、このことはどうしようもないわけよ」

「これからは、ばっちりバイタリスでもつけて練習するか」ぼくは高崎にいった。

「駄目《だめ》駄目、そんなことしたら汗のにおいと混じって鼻がひん曲がらあ」と中島がいった。

「こまめな洗濯と風呂《ふろ》、これにまさるものはないってわけですな」

高崎が帯をもてあそびながらいった。

「どうする？　明日《あした》の練習」

「やりたいの、高崎君は」

「やりたくはないけど」

「明日は休みにしようか」とぼくはいった。「勤労感謝の日だからね」

「どうせ休日練習届け、出してないんだろ」

「出してないよ」

中島がいった。

「魔の土曜日だしな。勤労に感謝して練習はやめといたほうが無難だな」

二週間前の土曜日、九州で炭鉱の爆発事故があり、おなじ日の夜横浜で列車事故があった。たった一日で合計六百人以上が死んだから、新聞やテレビは魔の土曜日と名づけたのだった。

高崎が大きく伸びをした。それから「赤ァい夕陽《ゆうひ》がァ」と小さな声で歌いかけた。中島とぼくはすかさず手のひらを高崎に向けて差し出した。

「十円」

高崎は「シェーッ」と大きな声を出した。「歌ってない、歌ってないよォ」

「歌った」

「歌った」

「歌ってない。つぶやいただけだよ。赤い夕陽が校舎を染めるような時間になったから、もう帰ろうかな、なんてさ」

　ぼくたちは、にやにや笑った。

「おえりゃせんのう」と高崎は『三匹の侍』の長門勇の口真似《くちまね》をした。「帰りにコロッケおごるわ。そんなところでこらえてつかーさい」

　三人でいつだったか約束したのだ。といっても、まあ所詮《しょせん》は遊びだが、テレビの『私の秘密』を見ない、『高校三年生』を歌わない、フォークダンスをしない、と申しあわせた。違反したら一回十円だ。日本は駄目だ、遅れていると中島はいつもいう。そのいちばん駄目なところは流行に弱い点だ、おれたちはダンコとして流行に抵抗しよう、といってこういうことになった。他のふたりも基本的には賛成だが、中島ほどには強くその必要を感じていない。

『私の秘密』という高橋圭三《けいぞう》が司会する番組の視聴率は二五パーセントで、とにかく誰もが見るような番組を見ているようじゃ行く先見込みがない。この夏頃《ごろ》から流行しはじめて、いまや誰もが歌っている『高校三年生』など、中島にいわせれば日本的音階の最悪の歌謡曲で、聞くだけで胸が酸《す》っぱくなるそうだ。すべて日本の庶民に流行するものは低級だと彼はいった。ここのところ校内に流行しているフォークダンスだってナンジャクで低級じゃないか、とこれはまだ女の子に興味のなさそうな高崎がいいだして、柔道部としてはこの三つに断固背を向けるという方針を固めたのだった。

「きょうはあがりにしよう、ちょっと早いけど」

とぼくはいった。

「そうしようぜ」ほかのふたりも立ちあがった。「早いとこシャワーを浴びて汗を流しちまおう。すいているうちにさ」

シャワーは冷水だから、浴びるのにすごい覚悟が必要だった。十一月にしては暖い日だとはいえ、もう冬が間近いのだ。冷水シャワーといっても、そんな設備がある中学なんて、市内ではうちの学校だけだ。これがなければ、ぼくたちはもっともっとくさい。

水をいっぱいに出し、いち、に、の、さん、でとびこんだ。しかし、がまんできたのは一瞬だけだった。とびだして泣き声をあげ、もう一度勇気をしぼり出し、今度は足から水に打たせた。なし崩しに全身を入れていこうという策だ。両隣のボックスも似たようなことをやっている。中島が大声で「うー、縮む縮む」と叫んだ。たしかに情ないほど縮んだ。いつまでためらっていても仕方がない。青春の汗くささをこそぎ落とすために一気に体を水しぶきのなかに放りこんで、体中を両手でこすりあげ、髪の毛をかきまわした。あしたは休みだ、あさってても日曜で休みだと思いながらしばらく震えながらがまんしていると、痛い冷たさがごくわずかだが快さにかわっていくのがわかった。

高崎はもう、曇った鏡に向かってバイタリスを頭にふりかけていた。

「おまえも使う？」と鏡の中でいった。

「いらない」とぼくは答えた。

「おれに貸せ」水しぶきのなかから半身をのぞかせた中島がいった。彼の肩を打った水流は細かな飛沫《ひまつ》となり、曇りガラスを通した光がそこに虹《にじ》をつくっていた。きれいだが寒そうな、小さな虹だった。

ぼくは手早く服を着た。それから、カバンをとってくるから待ってて、といった。なんだよ持ってこなかったの？　段どりの悪いひとですこと、と高崎がいった。まだていねいに櫛《くし》を入れている。校門のあたりにいるぞ、という声を聞きながら更衣室のドアを閉じた。

冷たいシャワーを浴びたあとは気分がいい。校舎には普段は全然感じない放課後独特のにおいがする。渡り廊下の乾いた埃《ほこり》やコンクリートのにおい、理科準備室からただよってくる弱い酸のにおいなどだ。水飲み場の完全に締まらない蛇口《じゃぐち》のひとつからは、ステンレス板に水滴の垂れる音が妙によく聞こえる。ぼくはそういう雰囲気《ふんいき》が嫌《きら》いではなかった。帯でしばった道着を肩にかけると、練習のつもりで、わざと腿《もも》を高く引き上げながら三階まで階段を駆けのぼった。カバンをとり、帰りかけて音楽室をのぞいた。階段の途中でもう気づいていたのだが、半分ひらいた音楽室の扉《とびら》からピアノの音が聞こえていた。それは結構じょうずな『思い出のサンフランシスコ』だった。音楽教師は普段からパイプをくわえて歩くちょっといや味なタイプで、授業中にもポピュラーを軽蔑《けいべつ》するようなことばかりいっていたから、彼であるはずはなかった。誰が弾《ひ》いているのだろうと気になった。ピアノは入口からいちばん遠い場所にあるので、女生徒だということ以外にはわからなかった。もう一足だけ踏みこんだとき、ピアノの音がとまった。失敗した。でも、ここで身をひるがえすのは男らしくない気がして、じっとしていた。

彼女はピアノの向こう側で、少し首を傾けるようにしてぼくを見た。三年生の矢田部優子だった。一学年百二十人しかいない学校だから、同学年はむろん、三年生の顔と名前ならたいてい知っている。なのに一年生のことはほとんど知らないのは、早くおとなになりたくて、歳上《としうえ》の方ばかり見ていたせいだろう。当時は誰もがそうだったと思う。三年生になる頃からにわかにおとなびてくる上級生を、自分も早くああなりたいものだ、と少しの憧《あこが》れの気分を混じえつつ眺めていたのだ。

「こんにちは」と彼女はいった。「ここ使うの？　教室」

「いえ」とぼくはいった。「使いませんけど」

「けど?」

「ええと、あの……」

「なんですか」と彼女はいった。

短かめの髪の彼女の、この低い声がぼくは好きだった。ぼくだけではない。放送部の彼女が担当する校内放送は結構人気があった。高崎は「ちょっとぞくぞくする感じだな」というし、皮肉屋の中島までが「悪かない」といって連絡放送に聞きほれていたりしたのだ。もっとも中島の場合、「ああいうタイプの女は、男運が悪いんだよな」と知ったかぶりの意見をつけ加えたりもした。彼はクラウディア・カルディナーレのファンで、日本の女は駄目だといつも口にしていた。結婚するなら外人だぜ、そのためにゃ英語だよな、といいながら『老人と海』だの『嵐《あらし》が丘』だのをペンギン版のペーパーバックで読もうとしていた。

矢田部優子は微笑した。ぼくの言葉をうながしているのだ。なにかいわなくてはならない。

「ええと……おじょうずですね」

「え?」

「『思い出のサンフランシスコ』。すごくいいです」

「そうかな。こんな曲弾いてると叱《しか》られるんじゃないかと思って。びっくりしちゃった」

彼女は音楽教師の若杉のことをいっているのだ。

「好きなの？『思い出のサンフランシスコ』」

「好きですよ、ぼく」

「一度、行ってみたくなるよね」と彼女はいった。「ケーブルカーとかにも乗ってみたい」

「夜なんかよさそうですね、いわゆる満天の星のときなんか」

「そう。夜なんか最高」

「でも……」とぼくはいった。

「え？」

「あしたは雨かも知れませんね」

ピアノの向こう側は窓だ。三階の窓の外は住宅地だった。家並みはときどき枯れ田にさえぎられながら、遠くに見える山のふもとまで広がっている。落葉した木で一面におおわれた褐色《かっしょく》の山が、いつもよりずっと近くに見える。こんなときは雨が近いのだ。

彼女は、ぼくの視線を追って首をめぐらせた。窓からの淡い光をまともに受けた彼女の細長い首筋は、にじみ出すように輪郭があいまいだった。

「あのォ」とぼくはいった。「そいじゃ失礼します」

「さようなら」

彼女の声が背中に聞こえた。賢そうなその顔だちと、どこかひとを不安にさせるエロチックな声は似合わない。しかし、そのアンバランスさが魅力になるわけだなとぼくは思った。


校門にもたれていた高崎は、ぼくの姿を見るといった。

「トイレに入ってるだろ？　たとえば。そんなときなんと答えるんだか知ってるか」

「入ってます、じゃないか」

「英語でさ」

「サムワン・インじゃないの？」

中島が笑った。

「そりゃおまえ『英語に強くなる本』に書いてあったことだろ？　ああいうものを信じちゃいかんなあ」

「じゃ、なんていうの」

「なんにもいわなくていいの。ただ咳払《せきばら》いすりゃいいの」

「咳払いかあ」

「常識で考えようね、諸君」

ぼくたちは歩き出した。ここのところの好天つづきで道路はすっかり乾いている。土埃がときどきの風に舞いあがる。もうじき高崎の頭も中島の頭も、粘りあるバイタリスの油のせいで埃だらけになるだろう。

「堀江謙一《ほりえけんいち》だって、『英語に強くなる本』を持って行ったんだけどなあ。太平洋横断のとき」

高崎が未練がましくいった。

「だよな」とぼくはいった。「ミッキー安川の『ふうらいぼう留学記』もな」

「そこが諸君の甘いところよ」と中島がいった。「堀江謙一も甘いけどね」

「甘いかね」

「甘い。ミッキーの『ふうらいぼう留学記』なんて全然役に立たないね。あの本でおもしろいのは、アメリカ人はクソと小便がいっしょにできないというとこだけだぜ」

「へえ。アメリカ人はいっしょにできないのか」

高崎はその本を読んでいない。ミッキー安川がアメリカの大学生と、一度に両方できるかできないかを賭《か》けて一ドル儲《もう》ける話だ、とぼくが説明してやった。アメリカ人はどちらかが完全に終わらないとつぎの行為に移れないのだそうだ。

「たまげたなあ」と高崎はしきりに感心していた。「そうか、アメリカ人はいっしょにできねえのか」

やがて電車の駅についた。市内を走る私鉄の無人駅だ。板張りのプラットフォームが一本だけ単線の脇《わき》にしつらえてある。軌道の幅もせまく、中学生が五、六人片側に寄って跳びはねると車輪が浮いてしまうような、かわいいチョコレート色の電車が走っている。うちの中学校は学区とは関係のない私立だから、これで遠くから通ってくる生徒も多いのだ。

駅の脇には肉屋があって、ぼくたちは帰りがけにここでよくコロッケを買って食べる。その日も、人生には絶望もなければ希望もないといった表情でコロッケを揚げているおばさんから二枚ずつ買った。高崎のおごりである。ぼくたちは、歩くだけできいきいと鳴る情ないプラットフォームの上で、立ったまま食べた。

「だいたいさァ」と中島はいった。「ミッキーの本は一九五三年頃の経験だろ。十年も前のアメリカだよ。古いぜ、もう」

「古いか」

「古い」中島はきっぱりといった。「堀江謙一だって、ヨットにウクレレを積んで行くようなやつだぜ。参考にはならん」

「そうかなあ」

今年のはじめ頃、学校に『太平洋ひとりぼっち』を持ってきて、貸してくれたのは中島だった。なかなかすごい本だ、といったのも、積み荷リストをノートに写して研究していたのも彼だったのに。

「駅にはどう行ったらいいんですか、と英語でいってみな」と中島がいった。

「ウェア・アム・アイ」と高崎がいった。

「そりゃおまえ、ここはどこ、じゃないか。だいたいそれも『英語に強くなる本』だろ?」

「ウェア・イズ・ステイション」とぼくはいった。

「そりゃおまえ、中学の英語だ」と中島はいった。「アム・アイ・オン・ザ・ライト・ウエイ・トゥ・ザ・ステイション、プリーズっていうの。このプリーズが憎いだろ」

「なるほど」ふたりは感心した。

電車が近づいてきた。ぼくたちは急いでコロッケを食べてしまい、その手を道着で拭《ぬぐ》った。どうせ洗濯するんだから構やしない。

「じゃ、工事中は?」

「アンダー・コンストラクション!」

「大間違い。ロードワークでいいんだ」

「そりゃ、ファイティング原田とか海老原《えびはら》が練習するやつじゃないの」

「大間違い。これも英語の発想だな」

大きなリンゴ箱みたいな車輛《しゃりょう》の、靴磨《くつみが》きの椅子《いす》みたいな座席に腰をおろしてからも、すごいね、とさかんに感心しつづけるぼくたちに、中島は自分の白い肩掛けカバンのなかから一冊の雑誌をとりだして見せた。

「ここに書いてある。この伊丹一三《いたみいちぞう》ってやつ、なかなかいいことというよ」

それは『洋酒天国』という小さな判型の雑誌だった。表紙がだいぶよれよれになっていた。月号の文字は見えず、ただ「第56号」とだけ記してあった。おやじがトリスバーで貰《もら》ってきたのだそうだ。おれはこいつでヨーロッパに開眼したね、と中島は得意そうにいった。

「伊丹一三？　知らねえなあ」と高崎はいった。

「伊丹万作のせがれだよ」

「伊丹万作？　知らねえなあ」今度はぼくがいった。

「むかしの映画監督だよ。結構いい映画を撮っている。おれも見たことはないけどさ。一三のほうは、ほら『北京の55日』に出てた日本人の俳優だよ」

「あ、あれ。あのへんな歩きかたする日本人か」ぼくはその映画を見に行った。体操シャツを買うのだといっておふくろから欺《だま》しとった金でだ。「でも、たいしておもしろくはなかったな」

「まあな」と中島はいった。「映画はつまらなかったけどさ、これはいける。『ヨーロッパ退屈日記』は。アスパラガスの食べかたから、ジャギュアの注文の仕方まで書いてあって、将来の参考になる。恥をかかずに済むね、あっちで」

「アスパラガスに食いかたなんてあるのかよ」ぼくはいった。

「あるね。断固ある」中島は答えた。

「ジャギュアって、ジャガーのこと？」と高崎が尋ねた。

「ジャガーはジャギュアね」中島は雑誌を高崎の手からとり戻し、またカバンにしまいこんだ。「だからさ、こういうものを読んで、あとは地道に勉強、そいでＡＦＳ《エーエフエス》を受けて高校二年で一年間アメリカ留学。これがまあ、理想のコースだな」

「ＡＦＳはむずかしいぜ」と高崎はいった。「三年の矢田部優子くらいにできりゃべつだけどね。あのひと、県の英語弁論大会優勝だもんな」

「甘い、君たちは甘い」と中島はいった。「弁論大会の英語とだな、生きた英語とは関係ねえんだ」

「そういうものかね」

「そういうものさ。日本もめでたくＩＭＦ八条国になるみたいだしな。これからは生きた英語ってわけよ」

「なんだい、ＩＭＦ八条国って」

「ＩＭＦは国際通貨基金。習ったじゃない、このあいだ」と高崎がいった。「でも八条国ってなに？」

「細かくつかれると、ちょっと痛いんだけどね」と中島はいった。「とにかくさ、来年からは海外へ出やすくなるってこと。せまい日本にゃ住み飽きたってこと」

電車が川岸町の駅に着いた。ぼくはそこで降りた。ふたりは、あと二つ先の駅まで乗って行くのだ。降りようと立ちあがったとき、高崎がいった。
「明日、午前中にうちへこないか。留守番なんだよ。ビートルズでも聞かねえか、いっしょに。歌詞覚えると勉強になるぜ。一石二鳥だぜ」

昭和三十八年十一月、もう三十年近い前の話である。その翌々年、ぼくたちは三人ともおなじ公立高校に入った。小さな町だからそこしか行くところがなかったのだ。公立に失敗した仲間は、わざわざ東京の私立高校へ行った。田舎の私立より、いっそ東京の大学の付属という選択で、卓球部の清水もそのくちだった。坊主刈りが義務の学校だったが、清水はもともと坊主だから楽だよな、と三人で話した。

しかし、柔道部の三人も高校入学後は少しずつ疎遠になった。道は岐《わか》れた、という感じだった。柔道をつづけたのは結局ぼくだけだった。汗くさいのはかわらないどころか、もっとひどくなった。でも実力の方はちっともつかず、都合十回ほど試合に出て二回勝っただけだった。立ち技にこだわったのが原因だろうと思う。中島は髪を切って勉強ひと筋に打ちこんだが、AFSの留学生試験は受けなかった。高崎はジャズ研に入って、ずっとヘタなラッパを屋上で吹きつづけていた。彼はバイタリスをやめて、芸術家風の長髪にした。

大学は三人とも違った。卒業すると中島は大手銀行に入って、長くロンドンに駐在していた。伊丹一三のマニュアルが役に立ったかどうかはわからない。高崎は薬品会社に入った。かわいそうに若ハゲで、三十前から整髪料いらずになった。

矢田部優子のその後は知らない。きっと四十なかばになったいまも働いているだろうと思う。そういうタイプだ、きっと。まれに思い出すことはあるけれど、あのとき逆光線のなかで見た首筋のように年ごとに記憶からにじみ出し、いまでは唇《くちびる》や眼《め》の感じくらいしか思い出せない。顔立ちさえ不完全なのに、声だけははっきり覚えていて、街で似た声がすると振り返ってみたりするというのは、とても不思議なことだ。

柔道部の松井先生は、ぼくらがあの中学を卒業して八年めくらいに亡《な》くなった。やっぱり腎臓《じんぞう》の病気で、亡くなったときは四十代の前半だから、ちょうどいまのぼくらの年頃だった。奥さんと小さな息子がひとり残された。

松井先生が死んだことは、第一次オイルショックの頃、大学の五年めにアルバイトで運送屋をしていたとき、高崎から聞いた。お茶の水の信号待ちで見つけ、銀座まで便乗させてやったのだ。ひさしぶりに会った高崎と何度か、無常だなあ、といいあったけれど、大学生活のうちにすでに何人かの友人の死に接したあとでもあり、それ以上の感傷に襲われることはなかった。高崎も似たようなものだっただろうと思う。

それより、「助かったぜ」とひと言いって、数寄屋橋《すきやばし》の人混みにまぎれていった高崎の新しい背広の後姿のほうが、よほどぼくの感傷を誘った。もうすっかり違う人生なんだ、という気がした。

翌日は勤労感謝の日だった。九時までは寝ているつもりだったのに、おふくろに八時に起こされた。おやじが雪がこいをしているから手伝えというのだ。

朝早くからがたがたとうるさかったのは、窓の下半分に板を打ちつける音だったのだ。家のなかは暗くなるが、へたをすると軒まで積もりかねない雪に窓ガラスを割られるよりはましだというわけだ。その年のはじめは記録的な大雪で、交通はすべて麻痺《まひ》した。駅には雪に降りこめられた列車が乗客を乗せたまま十日も立往生するような始末だったので、今度の冬も大雪ではないかと、みんなことのほか臆病《おくびょう》になっていた。地球は年々寒冷化しているという話も満更嘘《うそ》ではなさそうに思えた。

きょうは高崎の家へ遊びに行くことになっていたな、と無言で釘《くぎ》を打ちつけるおやじを手伝いながら思い出した。そのうちに雨が降り出した。気温はとても低い。初雪にかわるかも知れない。しようがねえな、とおやじはいった。雨じゃ仕事にならないし、あしたも休みだからな。

つまり残りは日曜日まわしにして、きょうはやめにするということだ。助かった。テレビを見てから出掛けるか、とぼくは思った。その日、アメリカと日本との間で衛星中継の実験があるはずだった。

リレー一号という名前の人工衛星に電波を反射させて、カリフォルニアから茨城県のどこかまで映像を送るのだ。直径二十メートルものパラボラアンテナが必要だそうだ。翌年のオリンピック中継のための予行演習だという。

新しいもの好きのおふくろは五時に目覚しをかけて、五時半から始まった第一回のテスト放送も見たそうだ。二十分くらいつづいたその放送は、NASAと書かれたテストパターンと、カリフォルニアの砂漠《さばく》の風景ばかりでちっともおもしろくなかったと、おふくろはぼくに向かって文句をいった。

「モハーベとかいう砂漠でさ、アメリカにはあんなとこもあるんだねえ。なァんにもないの。せめて摩天楼とか自由の女神とか高速道路とか、そういうのを映せばいいのに。石っころばっかり。早起きして大損したね、あたしゃ」

九時になったのでテレビのスイッチを入れた。二回目の放送があるのだ。やがて真空管があたたまって画面に文字が浮き出した。それは日本語のヘタクソな筆跡で「特別プログラム」と読めた。ありゃマジックインキだねえ、とおふくろがいった。

そのうち日本人が顔を出した。アメリカにいる特派員だと名のって、こういった。

「日本のみなさま。この歴史的な電波にのせて、まことに悲しむべきニュースをお伝えしなければなりません」

彼はケネディが死んだ、と告げた。

ケネディが車に乗っている画像が映された。一九六三年十一月二十二日、ケネディは翌年の大統領選挙の遊説《ゆうぜい》のためにテキサス州ダラスを訪れた。空港からオープンカーで市内へパレードした。車はリンカーン、その後部座席にジャクリーンといっしょにすわっていた。

アメリカ中部時間で午後一時半、ヒューストン通りにさしかかったとき、ケネディは教科書会社の倉庫から狙撃《そげき》された。一発めは首から入って前の席にいたテキサス州知事にあたった。二発めは頭を直撃した。ケネディが、その瞬間、大きくそり返るのが見えた。彼は三十分後に死んだ。日本時間で今朝の四時だった。

「まいったなあ」とおやじがいった。

「また戦争かねえ」とおふくろはつぶやいた。

「またやられてたまるか」おやじは怒ったような口調でいった。

食欲は湧《わ》かないし、なにかやる気も起きない。放送が終わると虚脱した気分になった。やっぱり高崎んちへでも行こう、と小雨の中を自転車を走らせた。道路は、酸にやられた亜鉛板みたいな色の水たまりだらけだった。ときどきタイヤが泥水《どろみず》をはねた。手が冷たくてかなわないから、かわりばんこにポケットに突っこんで、片手運転をした。

高崎の家にはもう中島がきていた。高崎のベッドにひっくり返っていた。ケネディが死んじゃったなあ、というと中島は、ああ、とだけいった。高崎は、ショックだなあ、といった。三人で日東紅茶を飲んだ。ビートルズのレコードをかけてはみたが、やっぱりもうひとつ気分がのりきらなかった。

一時間ほどしてぼくは立ちあがった。

「帰るんか」と高崎がいった。

「ああ、帰る」とぼくはいった。「家へ帰ってもしかたないから、映画でも見に行く」

「映画ってなに？」

「『女と男のいる舗道』」

「ゴダールか」と中島がベッドの上で肘枕《ひじまくら》しながらいった。「ゴダールじゃ気分はなおらないと思うよ。純愛映画かなんかのほうがいいぞ。でな、映画館出たら『高校三年生』かなんか、思いっきりでかい声で歌うんだ。罰金はきょうに限ってとらないでやるからさ」

「ばかやろう」とぼくはいった。

高崎の部屋の扉を閉じようとするとき、また中島の声が聞こえた。

「やっぱり、帰るんか」

ぼくはわざと大きな声で「ああ」といった。

『にあんちゃん』が描いた風景――日本の貧困、日本の理想

〈きょうがお父さんのなくなった日から、四十九日目です。にんげんはしんでも、四十九日間は家の中にたましいがおると、福田《ふくだ》さんのおばさんが、そうしきのときにいわれたので、いままで、まい朝まいばん、ごはんをあげていましたが、きょうの朝は、とくべつに、いろいろとおそなえをしました〉

『にあんちゃん』はこのように書き出されている。安本末子《やすもとすえこ》という少女が小学校三年生から五年生までつけていた日記の集成で、昭和三十三年に光文社からカッパブックスの一冊として刊行された。「お父さん」の亡《な》くなったのは昭和二十七年（一九五二年）十二月、この記述は昭和二十八年一月二十二日のものである。おなじ日、第二十八回芥川《あくたがわ》賞の選考があり、五味康祐《ごみやすすけ》の『喪神』と松本清張の『或《あ》る「小倉日記」伝』が受賞している。

著者安本末子は佐賀県の西端、長崎県との県境にある東松浦郡入野村入野小学校の生徒だった。末子が三歳のとき母が死に、九歳で父が亡くなった。残されたのは四人のきょうだいで、昭和二十八年には長男喜一《きいち》二十歳、長女吉子《よしこ》十六歳、次男高一《たかいち》十二歳、次女末子

が十歳だった。入野村は小さな半島をなした地形で、その東海岸に小さな炭鉱があった。杵島《きじま》炭鉱大鶴《おおづる》鉱業所といい、海岸からつづく急傾斜の斜面に長屋状の炭鉱住宅が何段かの棚《たな》のように並んでいた。そのひとつ、六畳と三畳ふた間の家に、きょうだいは昭和二十八年十月まで住んでいた。

「にあんちゃん」とは「二番目のあんちゃん」という意味で、安本家だけの独特のいいかたである。小学校二年まで末子は次兄の高一を「高ちゃん」と呼んでいたが、存命だった父親に、兄を名前で呼ぶものではないといわれ、あらためた。もっとも、末子が「にあんちゃん」という言葉をつかっていたのは小学校時代の数年間のみで、中学校に入学してからは「にいさん」にかえた。しかし、この奇妙な呼称は日本人の記憶に深く刻まれ、現在でもある年齢以上のひとには、懐《なつか》しく、なにかしら涙ぐましい感情をよびおこす不思議な力を維持しつづけている。

昭和三十三年に刊行された『にあんちゃん』はその後版を重ね、昭和五十年には新版増補版を出した。昭和五十三年に講談社文庫に入った。『にあんちゃん』はすでに忘れられたはずの本なのだが、現在読みかえしてみるとなぜか新鮮である。

この飽食と弛緩《しかん》の時代の読者にも感動的と思えるのは、この作品がたんなる貧乏話や貧乏を装飾とした感傷の物語にとどまらず、この少女の透徹した観察眼と生活観によって、貧乏人のリアリズムともいうべき感覚が全篇をつらぬいているからである。戦後史の一局面をあざやかに描きながら、その精神を戦後民主主義からもっとも遠い場所に置いているからでもある。

「あんちゃん」の喜一は中学を出ると父とともに大鶴鉱業所で働いていた。「特別臨時」の待遇で「すいせんボタ（石炭の水洗い）のさおどり（石炭車の運搬）」をしていたが、父の死後もついに「にゅうせき（入籍＝本雇いになること）」することができなかった。

〈ちんぎんというのは、はたらいたお金のことです。それが、ふつうの人より、だいぶんすくないのです。どのくらいすくないのといったら、ざんぎょう（残業）を二時間しても、なんにもならないというほどです〉

残業二時間しても本雇いの一日分におよばない。ボーナスがない。むろんストライキをする権利もなく、スト期間中は失業状態になるので、喜一はなにかの足しにと海へ貝や魚をとりに出掛けた。

〈お父さんがおったときは、ふたりではたらいていたから、それでもよかったけど、いまはせいかつにこまるから、にゅうせきさせてくださいと、ろうむ（労務）のよこてさんにたのんだら、できないといわれたそうです。どうしてできないのといったら、吉田のおじさんのはなしでは、兄さんがちょうせん人だからということです〉

安本きょうだいは在日コリアン二世である。

この頃《ころ》きょうだい四人は月に五千円ほどの収入で暮らしていた。炭鉱では十二日と二十五日が「うけせん（支払い）の日」である。「うけせん」のたびに姉の吉子が十五、六キロの米を買っていたが、育ち盛りの四人では一日に一升あっても足りず、米はじきになくなった。米を借り、それを粥《かゆ》にのばして、しょう油をおかずに食べた。普段から麦飯だったが、「うけせんの日」からは日を追うごとに麦の割合が増した。借りに行く直前には米一対麦五くらいになり、箸《はし》ではつかめなかった。「まっしろいごはん」を食べたのは、昭和二十八年は十月までに四、五日だと末子は書いている。借りた米もなくなると、「うけせん」までの数日は朝昼晩とイモを食べた。末子は慢性的な栄養失調で満足に働けず、しきりに自分の体力のなさを嘆いていた。

昭和二十八、九年、日本はエネルギー革命のさなかにあった。それは国内炭から輸入炭へ、ついで輸入炭から輸入原油への大転換である。

石炭業界は、昭和二十五年六月二十五日にはじまった朝鮮戦争による「朝鮮特需」の恩恵をほとんどうけなかった。世界的な景気後退の波のなかで国内炭の滞貨は増大し、海上運賃の暴落から国内炭は輸入炭、重油にコストの面でまったく太刀打ちできなくなっていた。昭和二十八年当時、海外炭のトンあたり七ドルに対して国内炭はトンあたり十三ドル、またしばらくのちに産業の血液となる重油は一バーレル一ドルの水準にあった。石炭は企業合理化促進法の適用指定業種で、とくに採掘コストの高くつく中小の鉱業所《ヤマ》では、はなから勝負にならなかったのである。

昭和二十八年八月、石炭最大手の三井鉱山は「六千七百三十九人の希望退職、目標に達しない場合は指名解雇」の提案を組合に行ない、ただちに大争議へと発展した。十月八日、五千人のデモ隊と六百五十人の警官隊が大牟田《おおむた》市の会場を包囲するなか団交が行なわれ、十一月二十七日指名解雇撤回をかちとって組合側の勝利となった。この闘争は従来の組合幹部主導ではなく、主婦や地域住民を巻きこんで行なわれたため「英雄なき百十三日の闘争」といわれた。しかしこの闘争自体が、石炭産業の斜陽化はもはやとどめることができない、そんな強い印象を世間に与えたこともたしかだった。

三井のような大ヤマでもコスト高に苦しんで、希望退職をつのらなければならなかった。昭和二十七年頃から中小のヤマでは給料の遅配と欠配がはじまり、鉱業所内の購買部のみで通用する金券で給料の半分を支給するところも出ていた。昭和二十八年七月までに北九州を中心とした中小炭鉱ではすでに人員整理二万人、休廃山百、坑口閉鎖は五十におよんでいた。杵島炭鉱大鶴鉱業所はそのような流れのなかにあって比較的健闘していたが、昭和三十三年にはついに廃山になった。それは、炭住の知人宅に寄宿していた安本高一と末子のきょうだいが大鶴を去った翌年、『にあんちゃん』が光文社から刊行されたその年のことである。

末子の日記には長兄の喜一を朝鮮人だからという理由で「入籍させない」とある。それは一面の真実には違いないだろうが、もともと坑夫のあいだでは朝鮮人差別の意識はきわめて少なかったうえに、昭和二十八年のこのような時期、誰であれ本採用にするという例はまれだったと思われる。

昭和二十八年、日本の人口は八千八百万人、GNPは七兆五千二百六十四億円だった。人口は現在の七〇パーセントだが、GNPは二パーセント足らず、ひとりあたりのGNPは二百三十八ドルで、その後のドルの価格の下落を勘定にいれると一九八九年の百分の一で、中進国下位の水準にあった。米は百四十万トンも輸入しなければならず、破砕米をデンプンでかため、かたちをととのえた人造米などというしろものが登場した。日本は貧しかったのである。

この年の三月、スターリンが死に、東京証券取引所で株が大暴落した日の朝、助産婦がやってきて、おもてで遊んでいなさい、とわたしにいった。それから彼女は部屋の障子を閉めきった。父は助産婦がくると陣痛の母を残して勤めに出た。出がけに一本の牛乳をわたしとわけあって飲んだ。半分ずつという約束なのに父はいつもずるをした。これからは定規で測ってしるしをつけよう、とわたしは提案した。

玄関先の溶けかかった氷を重たいスコップで割っているとき、赤ん坊の泣き声が聞こえた。昼すぎだった。弟が生まれたのもわたしが生まれたのとおなじ部屋、産婆《さんば》もおなじひとである。わたしは八畳に三枚だけ敷かれた畳の上で生まれた。昭和二十四年にはわが家にはそれだけしか畳がなかった。それから一、二年のうちに父母は貯金して三つの部屋全部に新しい畳を入れたのである。自分の出生時の事をのちに両親に聞いて、遅く生まれたものをひそかにうらやんだ記憶がわたしにはある。

その一方、二十八年十一月には東京丸の内の東京会館でクリスチャン・ディオールのファッション・ショーが行なわれた。邦画封切りの入場料百三十円に対して、このファッション・ショーは入場料千円から三千円だったが、たちまち満員になった。「床上四十三センチのショートスカート」「エッフェル塔ライン」「Aライン」「Yライン」などのファッション用語が流行した。「Aライン」は末広がりのスカートと細身の上半身でアルファベットの「A」の字を模し、「Yライン」はその逆、細いスカートと細く長く見せた腕で「Y」の字を模したものだった。

それより少し前の昭和二十八年七月、マイアミで行なわれた「ミス・ユニバース・コンテスト」で伊東絹子が三位に入賞したことがファッションブームの呼び水になった。彼女は身長百六十四センチで、おなじ身長の日本人女性の平均値より六・五センチ胴が短かく、その分足が長くて相対的に顔が小さいので「八頭身」といわれた。潜在化していた西欧人的体型容貌《ようぼう》への憧《あこが》れが公認されたのはこのときである。漢文を教養の基礎に、かつての中国を「上国」としてきたひとびとが事実上絶え、アメリカが「上国」にとってかわり、英語（正確には「英会話」）の知識がそのひとの文化度を示す尺度になりかわったのもこのときである。その流れの方向は四十年の時日を経たいまも基本的にはかわらない。むしろさらに流速を増し、谷を深く刻んでいる。

ところで「コスト」という英語はすでにこの頃から日本語化されていたようだ。『にあんちゃん』は出版の翌年、昭和三十四年に今村昌平《しょうへい》の手で映画化されたのだが、そこに「コスト」が登場する。

次兄高一、すなわち「にあんちゃん」が夏休みに「いりこ」製造の住み込みアルバイトに行く。「いりこ」とはイワシの煮干しである。この頃きょうだい四人はもう離散していて、長兄は門司《もじ》へ、姉は唐津へと出稼《でかせ》ぎに行き、中学一年の高一と五年生の末子は炭住の知人の家にあずけられている。厄介《やっかい》ものである。高一は知人宅の迷惑顔を気にして家を出たのだ。

高一の一日あたりの賃金は百円、お盆までの二週間働いたから千四百円手にするはずだが、雇主は千二百円しかくれない。約束が違うという高一に、雇主はいう。

「おまえ、夜遅うまで電気つけとったじゃろう。うちの電気はバッテリーじゃけん、えらいコストの高うつくからして」

この雇主の役は、まだ若く、したがって髪の毛も多かった大滝秀治が演じた。

高一がアルバイト先を立ち退《の》くとき、いっしょに働いていた「多和子さん」が追ってくる。そして百円くれる。日記では彼はその金を受取るのだが、映画の高一は断わる。「いらんです」と高一はいう。「ありがたかばってん、ぼくはもうひとには頼らんことにしたとです」

原作には以下のようにある。（原作は十八章だが、そのうち二章だけ高一の日記から採録し、残りは末子が書いている）

〈（多和子さんは）「もっとやりたいのだけど、私もお小使《こづか》いを、少ししかもらっていないので、これだけでこらえてね。そして大鶴へ行って、どんなことがあっても、くじけないで、しっかりやりなさいよ」と力づけて下さった。涙がでそうになったのを、ぐっとこらえた。しかし、多和子さんと別れて、県道に出て一人になったとき、「多和子さん、ありがとう。ようし、しっかりやるぞおっ」という思いがわきあがり、涙で目の先がかすんでしまった〉

映画と原作は微妙に違うが、このくだりはそのひとつである。微妙というより本質的な違いともいえる。

この千二百円のうち、映画では末子に百円だけわたして高一は東京に行く。唐津から東京までの汽車賃は九百円である。

東京行は家出ではない。ここにいても食えないから東京に活路を見出《みいだ》そうというのだ。中学校一年生に働き口があればいい。ないならないでもしかたがない。とにかく行ってみるのだ。

〈日本の首都、東京。一度行って見たい。行ってみようと思う。行けばどうにかなるであろう。死にはすまい。いや、死ぬのをおそれてはいけない。まあ、行けよだ。こじきしても、東京でする方がましだ〉

長兄の喜一とも相談ずくである。

〈兄さんは、Mさん（ふたりが預けられた知人宅）から早く出てくれといわれたといって、とほうにくれていた。それでぼくは、「東京へ行く」といった。兄さんは、べつに驚いたふうはされなかった。しかし、さびしそうな顔をしていた。そして、

「そんなら、まあ経験にもなるし、行ってみれ」といわれた。

明日二人でこの家を出ることになった。末子は、Sさんの家にあずけられた。

こうして四人はまた、ちりぢりにちって行くのだ〉

高一の出発の日の日記を、末子はつぎのように書いた。

〈「末子、もう一生あえんかわからんばってん、元気におれね」と、いよいよ行くというとき、高一兄さんはいわれました〉

〈「いくら、あんちゃんやおい（おれ）ばよんでも、帰ってこんとやっけんね。しっかりして勉強せんば」ともいわれました。なみだが、あとからあとから、でてきました。私のなみだを見て、

「心配すんな。死にはせんさ。どがんか（どうにか）なるよ」と、なぐさめるようにいわれました〉

末子の望みは一日も早く小学校を卒業することである。

〈六年生を卒業できるころには、頭も、もっとよくなっているだろう。そして、せいものび、からだだって、今より大きくなっているだろう。そうしたら、私だって、はたらけるようになるだろうと思います〉

〈「あんちゃん」とよんでも、帰ってこず、「にあんちゃん」とよんでも、帰ってこない。今は、ただひとりの私〉

結局、高一は東京の警察に保護され、大鶴へ送り返される。それから彼が中学を卒業する昭和三十二年の春まで、高一と末子はS家に置いてもらうのである。

昭和三十一年の一年間、長兄は沖仲仕をやり、「送金停止という非常手段を用いて貯《た》めた金」で、神戸に三畳半という変形のバラックを借りる。しかし、きょうだいがようやく寄り添って住むことができるようになってわずか三カ月後、喜一は肋膜炎《ろくまくえん》で倒れてしまう。高一はせっかく入った高校を一学期で中退しなければならなかった。彼はその夜、家のおもてでひそかに泣いて学校をあきらめ、店員になった。

失意の病床にあった喜一が、毎日くり返し読んだのが末子の古い日記だった。

〈二ヵ月ほどたったある日、ふと気づいたのです。「どうして、こうあきもせず、同じものをくりかえし読んでいられるのか」と。懐旧の情がそうさせるのだといってしまえば、それまでです。しかし、いかに妹の日記だからといっても、二ヵ月ものあいだ、ほとんど毎日といっていいほど読んでいられるものではありません〉

　これは単なる日記ではない。そうでなければ、こうもひとを惹《ひ》きつけるはずはない。この日記を読んでいるときのこの感情は、兄としての同情といったたぐいのものではない。つまり共感なのだ。誰が読んでも、味わうに違いない共感なのだ、と確信した喜一は、なんとかこの日記を出版できないものかと考えはじめる。

　末子は強く反対したが、「できるだけ多くの人に読んでもらわねばならないものだ」と思いつめた喜一は、日記帳十七冊をひとまとめにし、手紙を添えて光文社に送る。光文社を選んだのは、その社の新書シリーズに『愛は死をこえて――ローゼンバーグの手紙――』や『少年期』（波多野勤子）など、進歩的なベストセラーがあり、なんとなく理解してくれそうに思えたからだ。

　日記はしばらく編集部の机上に放置されていたが、あるとき神《かん》吉《き》晴《はる》夫《お》出版局長がみずから読んで出版を決意したという。刊行は昭和三十三年秋である。

　昭和四十一年、大鶴鉱業所跡を訪ねた杉浦明平に、かつて炭鉱の労務係だったというひとは語っている。

〈「安本さん（お父さん）は子どもたちにはやさしかったが、焼酎《しょうちゅう》がすきで、よく休み、よい炭鉱夫じゃなかった。それで子どもさんたちは苦労したんですたい」〉

廃鉱になってわずか八年、炭鉱町はきれいさっぱりなくなっていた。安本きょうだいを知るものはこの労務係ただひとりだった。

〈旧炭住に生活保護をもらってひっそりくらしている三〇戸の人々も、八年前とはすっかり代がかわって、炭鉱時代を知っていなかった。四千人といわれた大鶴炭鉱従業員とその家族は、みんなほこりのように風とともに吹散ってしまったのである。近くの部落でも、安本兄妹を知っているひとに出会うことができなかった〉（『朝日ジャーナル』昭和四十一年十月二日号）

きょうだいが昭和二十八年秋から二十九年夏まで寄宿していたMさんは、その後杵島炭鉱に移っていたが、『にあんちゃん』が出版されて、つらい思いをしたという。きょうだいを追いだしたようなかたちになったからだが、六畳と三畳の炭住に自分たちの子ども三人を含め、七人で一年近くも暮らしていたことを考えると彼を責めるのは酷である。

末子の担任だったT先生もまた「被害者」だった。ややムラッ気なところのあったひとだが、末子に新しい日記帳をあげたり修学旅行の旅費をたてかえてやったり、面倒見のよい、「教育二法」施行以前の典型的な熱血先生だった。

T先生はしばしば末子の日記を読んだ。末子の日記は、T先生ばかりではなくクラスの親しい友人たち、そして離れて暮らす長兄に、自分の生活ぶりや考えなどを報告する役割をも果たしていたのである。先生や長兄は、おそらく「生活つづりかた」運動の影響を受けていたのだろう。「生活つづりかた」は当初から一種の文芸ではなく、生活レポートとして発想されていた。

T先生は末子の日記に赤インクでかいた紙をはさんで返してきた。そこにはつぎのように記されていた。

〈先生は、日記を夜おそくまで読ましてもらいました。なみだにぬれながらね〉

〈くるしい生活。さびしい生活。それは、ほんとうにつらいことです。けれども、それにまけてはなりません。思うようにならないのがこの世の中です。けっして、けっしてまけてはなりません。

世界でも有名な野口英世《ひでよ》も、またアメリカのアブラハム・リンカーンも、トマス・エジソンも、みんなまずしい、まずしい家に生まれたのです。

小さいときにぜいたくをした人は、大きくなって「くろう」するのです。小さいときに「くろう」した人は、大きくなったら楽しくくらせるのです。毎日、正しいりっぱなおこないでくらしてゆくことです〉

野口英世、リンカーン、エジソンは、高度成長経済以前によく言及された名前である。小さいときに苦労しなければ立派な人間にはなれない、という考えかたもそうである。現在は三人の偉人の名前はさっぱり聞かない。そして、小さいときの苦労はひとの性格を歪《ゆが》めるという考えかたの方がはるかに優勢となった。

しかし、Mさんとおなじくこの T先生も末子が日記中に「女すけべ」あるいは「金持の子をひいきにする」と悪気なくかいたおかげで、のちに世間にいろいろいわれた。刊行のとき、末子自身は T先生に関するくだりの一部を削除するよう強く主張したが、「ノンフィクションはありのままに」という編集者の主張に押し切られた。T先生はその後教師をやめて役所勤めにかわったが、『にあんちゃん』に関する取材には一度も応じたことがない。

末子たちの父は韓国全羅南道宝城《ぜんらなんどうほうじょう》郡の出身である。両班《ヤンバン》、すなわち朝鮮の知識的特権階級の名家だったが、大正末期に親友の借金の保証人になったばかりに没落したのだという。末子たちの父は、祖父母とともに昭和二年に北九州にわたってきた。そして入野村の鉱夫として一生を終わった。

父の名も母の名も日記にはでてこない。映画『にあんちゃん』では父の名を「良石《りょうせき》」としている。しかしのちに長兄喜一が東石《とうせき》と名のっているところを見ると、良石はあやしい。親子でおなじ文字を使用することは、朝鮮の五行説による命名方法からは考えられないからである。

日記中には朝鮮人であることに関する記述は少ない。喜一が「入籍」できない理由を記したくだりは前にかいたが、末子と高一がM家においてもらっていたときにそれが出てくる。

〈ここにはおられませんのです。なぜかって、きのどくだし、おれといっても、こっちからことわります。なぜかというと、ワタクシガ　シゴトヲ　シナイカラカモ　シレマセンガ、ワタクシノ　ワルクチヲ　イッテ　オラレルノデス。ワタクシニハ　ツメタク　アタルノデス。ソレモ　ニアンチャンノ　オラレナイ　トキダケデス。「ビンボー　チョーセンジン、デテイケ。オイガタノイエニオラセン」といわれるのですから、おればつめたい目でにらまれて、やせるばかりです〉

　カタカナの部分はローマ字で書かれている。ヘボン式ではなく啄木《たくぼく》『ローマ字日記』以来の、いわゆる文部省式表記のローマ字で、「チ」はti、「ツ」はtuと表記されている。

　このくだりだけはローマ字で書くほかなかった少女の気持は、ただただいたましい。昭和三十三年、『にあんちゃん』の出版とおなじ年には東京の小松川高校で女子生徒の殺害事件があり、在日朝鮮人の李珍宇が逮捕されている。

　日記に朝鮮人が登場するのはほかに二回だけである。

　Mさん宅にいられなくなり、高一と末子は仮のすまいとして、山中で炭焼をしている「閔《びん》」さん方に四日間だけやっかいになる。

関さん宅は異常なまでに貧しく、家といってもそれはほとんど山間の小屋にすぎず、高一の記述によると「朝鮮人丸出しの、こしょうとにんにくのたくさんはいったおかず」ばかりだった。この食事を食べ切れず、またあまりに文明から孤絶している感じがして、きょうだいはそこを逃げ出し、仕方なくもといたMさん宅に戻った。むろんそこにも長くはいられず、べつの知人のSさん宅の三畳間に移って、高一の中学卒業までをすごすことになるのだが、その部屋は炭鉱の風呂《ふろ》だったところを会社がふたりのために改造してくれたのである。S家とは入口が別で、食事はS宅でいっしょにとった。

昭和二十八年七月二十七日は朝鮮戦争休戦の日である。この日の夜末子は映画を見に行った。それは『ひめゆりの塔』以来の戦争映画だった、と日記にはある。今井正の『ひめゆりの塔』はこの年の一月九日封切で、一月二十二日にはじまる日記の記述のなかにはないから、封切直後に見たのかも知れない。

〈七時にえいがに行きました。だいは忘れましたが、せんそうのえいがです。ばめんは、アメリカ、がいこく、日本の三つ所《ママ》でした〉

〈私の一ばんかわいそうだったのは外国人たち、十万人といっていいでしょうか、百万人といっていいでしょうか、ずらりならんで、道路を前へ前へと進んでいます。女が前で、男が女のせなかに、じゅうこうをぴたりとつけて進んでいます。するとアメリカの、よいほうたちが、たいほうをうって道をふさいでいます。たいほうは、人間の前にきてうちか

ぶされました。すると、「アイゴウ」とか、ふしぎなさけびをあげて、その人たちは死なれました〉

朝鮮戦争の映画だろう。朝鮮人民軍が避難民を盾にとって前進してくる。それを米軍（国連軍）が避難民ごと砲撃するシーンだと思われる。ここで彼女は朝鮮を、おそらく意図して「がいこく」とかいている。「アイゴウ」という声を「ふしぎなさけび」とかくのも妙である。前年に亡くなった父は、生前に一度も「アイゴウ」とつぶやかなかったのか。

末子はこうつづけている。

〈私は、今日のえいがを見て、からだがブルッとしました。〈兄さんも、ひょっとしたらいかなければならないかもしれない。いつかは、つれにこられるかもわからない。そしたら、どうしていきていくだろう〉――こう思ったからです〉

「つれにこられる」のはどこからか。末子はそれが北朝鮮か韓国だと知っていたはずだ。なのに、これもおそらくわざとあいまいにしている。

この日記には民族的自覚が薄いと指摘した朝鮮人の活動家が当時いたが、末子はたしかに民族を自覚していたのである。だからこそ、朝鮮戦争休戦の日の日記にあえてこんな書きかたをし、「せんそうは、一日も早くやめてください」と普遍的な戦争反対論でしめくくったのである。彼女は、差別意識の希薄だといわれた北九州の炭鉱にいても、このように感じながらひっそりと在日を生きていたのである。

今村昌平の映画『にあんちゃん』はもっと朝鮮人色が濃い。日記には出てこない在日の登場人物をふたり設定している。

ひとりは父良石の友人で、雑貨屋と小金貸しを業とする北林谷栄《たにえ》である。彼女は良石の葬式の際、香典から貸し金をさっ引き、そのくせ棺を見送るときには末子と高一の肩を抱きながら「アイゴウ」と泣き女のように声高く泣いて悲しむ。この現金さと悲嘆の深さ、両方ともほんとうなのだと映画は表現しようとする。彼女は、地域の衛生啓蒙《けいもう》運動に努力する保健婦の吉行和子《よしゆき》を、「この病身が（このカタワが）」と朝鮮語でののしるくせに、吉行をなんとか息子の嫁にしようと画策したりもする。まさに朝鮮人まるだしのリアリストである。

もうひとりは喜一の友人で金山という役名の小沢昭一である。彼も炭鉱の「特別臨時」だが、密殺の豚肉を売ったり廃品回収をするなど副業にも熱心である。演芸会では『乃木《のぎ》将軍』の浪曲をうなって優勝し、五球スーパーラジオを賞品に貰《もら》うほど多芸な彼は、その言葉づかいからすると少年期に渡日してきた一世である。つねに情緒的沈滞とは無縁の彼は、悪いことばかりあるわけじゃないと、なにかにつけ末子や高一を励まし助ける。小沢昭一の最高の演技といっていい。

昭和三十年、六全協の直前に日本共産党を離党した高史明は、いまだ精神的混迷のさなかにあって夜ごと大量の安酒を飲みくだしていた頃、この映画を見た。

〈私には、朝鮮人の少女の日記が出版されたというのが驚きなら、この本がさらに映画化されたという事実は信じられないほどの驚きであり、この朝鮮人の生活を映画化した映画を見つめている日本人がいるというのが、現実のこととして受け取れなかったのである。私は客席に暗い目つきをして坐《すわ》っていたのだが、その目の裏側では、いつしかあるとまどいとともに強い拍手を送っている自分がいたのをおぼえている〉（『小さい巨像』朝日ジャーナル編、朝日選書）

離党しても朝鮮人社会に近づけなかった高史明は、日本人の手によってつくられ、日本人の俳優たちによって演じられる朝鮮人をとおして、彼自身のよく知る朝鮮人たちとひさびさに対面したのである。

〈そこには、朝鮮人と日本人の参加する円環があった。私はこの円環に包みとられた。この円環は、ここに直接関係する人々を超えて、広大なひろがりを持つものであり、おびただしい朝鮮人、日本人の運命を織りこんで流れる時間の流れとともにあるものである。日本人の俳優たちによって演じられる朝鮮人の涙と、その涙をのり越えようとする笑いとたくましさこそは、この流れのうちに刻印されてあったものにほかならない。私の内部の闇《やみ》は、一時その影をひそめた〉


映画『にあんちゃん』には、まず、たしかな映画的技術があった。磨《みが》かれた技術の上にこそ考えは構築され、はじめてひとをうつフィクションとなり得るのだという好個の見本たり得る映画である。こういう映画を生んだ昭和三十年代の日本映画の水準は、すばらしく高かった。

この映画は戦後民主主義独特の性善説にもとづいていない。誰もが必ずしも善意のひとではない。しかし貧乏という共有の水平線上では不要な悪意を発揮しない、すなわち貧乏にスポイルされない人間たちを描いているのである。ここではM先生の「女すけべ」ぶりは、むしろ彼の誠実さにリアリティを与える挿話《そうわ》となる。高一と末子を寄宿させていたMさんの親切さへのたしかな評価と、ふたりをおいておけなかった彼の苦衷への同情が過不足なく表現されてもいる。そして、安本家のきょうだい四人はそのようなひとびとのつくりだす環境にあって、他人と対等の関係を維持しようとつとめながら、つねに自助努力を惜しまないのである。

戦後民主主義は、合理性への過剰な信頼から発して、人間の持つ徳性と理性への期待もまた過剰だったように思う。やがてそのような性善説信仰は社会主義の理想とともに、残念ながら、破綻《はたん》すべくして破綻したのである。そして、さらに残念なことに、性善説信仰は社会主義の理想のみならず、あらゆる理想主義と人間の徳性への尊敬をも墓場にともなった。その結果、過激な楽天主義への期待感は百八十度反転して、過激な現実主義の跋扈《ばっこ》をみちびいたのである。

だが、映画『にあんちゃん』には希望がにじんでいる。友情も自助の精神も、捨てたものではないと思わせる世界をわたくしたちにしめしてくれる。それが高史明のいう、「広大なひろがりを持ち、おびただしいひとびとの運命を織りこんで流れる時間とともにある円環」ということである。

日記『にあんちゃん』には貧乏であること、朝鮮人であることの静かな悲しみがあった。映画『にあんちゃん』はそれを明るい悲しみにかえた。浦山桐郎《うらやまきりお》と共同で今村昌平が脚本をかき、浦山が監督した昭和三十七年の『キューポラのある街』とともに、この映画が歴史に残る理由はまさにそこにある。その後日本人、在日コリアンがつくったいくたの在日映画が、ついにこの二本を超えられない理由もまたおなじである。

日記『にあんちゃん』は安本きょうだいを救った。その印税で喜一は十分に療養することができたし、高一は高校に復学した。家も買った。その後、安本末子は早大を出てコピーライターとなり、結婚して一女一男をもうけた。高一も遅れて慶大を卒業して社会に出、もう五十歳を越えたはずである。映画化された年の末には北朝鮮への帰国運動が具体化したが、幸運にも彼らがその船に乗らずに済んだことも『にあんちゃん』の効用といえるだろう。

安本末子はかたくなにマスコミに出ることを拒みつづけ、この本だけを残して世間から忘れ去られることができた。彼女はのちに「生活が楽になるとは、こんなに退屈なことなのか」と嘆息したともいうが、その気持の一端はわたしにもわかる。生活の物質的豊かさは利便と怠惰を生むけれど、必ずしも幸福感をともなわないのだと、この四十いく年かで日本人は身をもって知ったからである。

ひそかに考える仮説がある。

ひとりあたりGNPが二千ドルを越えるとき失なわれるものは、プロボクシングの強さ、政治風刺マンガの鋭さ、そしてすぐれた「社会派」の映画である。では、得るものはなにか。それが、あてどのない深夜のドライブであり、貧困を動機としない売春であり、不要不急の商品知識と料理評論の氾濫《はんらん》のごときものであるのなら、やはり「戦後」日本は寒々しい花を咲かせつつ、やがて荒涼たる爽快《そうかい》さに満ちたうつろな時代を現出させるためにしか存在しなかったのだ、と苦く認めざるを得ないのである。

春の日の花と輝く

これは一九六五年（昭和四十年）頃《ごろ》の話である。

おもに『平凡パンチ』の影響で、アイビーの服装と髪型が流行した。前年の秋、東京オリンピック直前に走りはじめた東海道新幹線食堂車では、テンダーロインステーキのAランチが五百円だった。オロナミンCやアリナミンA、それにリポビタンDがつぎつぎに売り出された。アメリカが定期的な北爆をはじめ、東京では「ベ平連」が結成された。そういう時代のことである。その春、わたしは地方都市の高校二年生だった。

桜はもう散り終わり、泥《どろ》に踏みにじられていた。わたしは高校生でいることにも、この田舎町で暮らすことにもうんざりしていた。

晴れた日だった。その日の最後の授業は世界史で、いつものように最悪だった。

「おまえらなあ、いま、この瞬間にもベトナムではひとが死んでいるんだぞ」と、その教育大を出てまだ二、三年しかたっていないチビの教師は、目を丸くしながらいった。「それでいいのか、なにか考えなくてもいいのか」

誰だって、いいわけはない。だが、こういういわれかたはあまり快いものではない。クラスの連中もおなじ気持だったのだろう、教室はしんとしていた。

教師がわたしの名を呼んだ。

「おまえはどうしたらいいと思う。どうするべきだと思う」と彼はいった。

わたしは渋々こたえた。

「どうしようもないと思いますけど」

教師は卓をげんこつでこつんと叩《たた》いた。

「おまえな、そういう無責任ないいかたはないだろう」

「ないですかね」

「帝国主義がひとつの民族をいわれなく圧殺しようとしているんだぜ。どうしようもない、はないだろう」

「ですかね」

「そういう態度はなんにも生まんぞ。教師への抵抗にもなりはせんのだぞ。ただ陰険なだけだぞ」

「はい」

わたしは彼のベンツのマークのネクタイピンを見ていた。この男は、まだ二十代だというのに、そんな恥ずべきネクタイピンをして、革ケース入りのダンヒルのライターを大切にしている。授業のときはチョークで袖《そで》が汚れないように腕貫《うでぬき》をしてくる。わたしは彼が嫌《きら》いだった。

ようやく長い退屈な授業が終わった。わたしは大きく伸びをした。わざと溜息《ためいき》もつけ加えた。教室を出掛かっていた若い教師が、きっとにらみつけた。ものすごい眼《め》だった。教室がどっと沸いた。

スポーツバッグのなかに、教科書やら授業中に読んでいた小説やらを詰めこんで帰り仕度をしているとき、小林広美が近づいてきた。

「子供っぽいことしない方がいいんじゃない?」

「ほっといてくれ」とわたしはいった。「勝手だろ」

「勝手じゃないわよ」と彼女はいった。「あなたのお蔭《かげ》でつまんない話が長びいちゃったじゃないの」

「えらくタメになる話じゃないか。ああいう話、好きなんだろ、おまえ」

わたしはカバンをとりあげて帰りかけた。

「冗談はやめてよ」小林広美はきっぱりといった。「好きなわけないでしょ」

わたしは彼女の顔をまじまじと見た。あの世界史の教師は小林広美や、やはり前の方の席を占めている二、三人の生徒を見ながら喋《しゃべ》ることが多い。そして彼女は、たとえば月刊『世界』のグラビアに出ていた人民中国の頭のよさそうな女医みたいな表情で、ちゃんとうなずいてこたえたりするのだ。だからその言葉はとても意外だった。

「いやなのよ」彼女はいった。「あんな子供っぽい反抗。気にさわるの」

「勝手に気にさわってれば？」

「それにかわいそうじゃない。ああいうタイプの教師は、むしろいたわってやらなきゃ」


校門を出ると、すぐ脇《わき》のレンガの壁に岡田隆也がもたれて立っていた。思いあたることのある、わたしは内心で舌打ちした。しかし彼を無視するわけにはいかない。

「こんにちは」とわたしはいった。

「よお」と彼はこたえ、両手をズボンのポケットから引き抜いた。そしてわたしの肩に軽く手を置いた。彼は学生服の上着のいちばん上のボタンをはずし、えんじの格子縞《こうしじま》のシャツをのぞかせていた。裾幅《すそはば》が広めのズボンをはいていた。

「ちょっと話があるんだ。顔をかせよ」

岡田隆也は三年生だった。彼とはおなじ中学の出身である。野球部の先輩で、かなりうまいショートだった。わたしは三年になってようやくレギュラーのレフトになったが、それまでは代打専門だった。ふたりとも高校に入ってからは野球はやっていない。

岡田は中学の頃から成績はよかったが、どこか不良っぽいところがあった。わたしが高校に入学すると、教室までわざわざ呼びにきた。そして「困ったことがあったら、いつでもいってきな」といった。彼は高校でも成績は上位だった。この陰険な学校では実力試験の上位一割の名前を貼《は》りだすのだが、いつも彼はそのうちにきわどく入っていた。しかし「困ったこと」が、勉強に関するものではないと彼の態度からすぐにわかった。「たいていの学校の番長とは知り合いだからよ」と彼はいった。「おれの名前を出せば心配ないぜ」。よろしくお願いします、とわたしは頭をさげた。

話すのはそれ以来である。

彼に呼びとめられたとき、少しばかり体が熱くなった。背中の奥がわずかにちりちりとした。

「歩きながら話そうぜ」岡田はそういった。「いいたいことがあれば聞くぜ」

彼はわたしより小柄《こがら》だった。それでも頑張《がんば》ってわたしの肩に手をかけた。不始末をしでかした舎弟を波止場の倉庫のかげに連れこむギャングの兄貴分みたいだった。

しばらく黙って歩いた。

「いい天気だな」と彼はいった。「だけど春の晴れた日には、なんか、けじめというものがないな」

「そうですね。実は最近春が苦手なんですよ、おれも」

「おまえなあ」岡田隆也は突然口調をかえた。「どうしてうちの妹にちょっかい出した」

「ちょっかいは出していません」

「手紙書いただろ」

「頼まれたんですよ」

「なお悪いや。頼まれればなんでもするのか」

彼はわたしの脇腹を軽くこづいた。そして、右の方へ行けといった。

右の道を行けば市立図書館がある。図書館の裏手は小さな公園である。もう散った何本かの桜とブランコと石段と噴水がある。おもて通りにそう遠くもないのに、この眠ったような地方都市の小公園は、いつもひと気がないのである。

わたしはそこで岡田隆也に殴られるだろう。そう思ったとたん、体温があがった。それまで背中の真んなかあたりの皮膚にわだかまっていた、ちりちりした不穏な感覚が、ぱっと背中全体にひろがった。間もなく腕にもひろがる。ほとんど体全体にひろがる。それはもっともつらい覚悟だった。

「どうしたんだ」と岡田がいった。

答える余裕さえなく、わたしは図書館の脇の道から公園の方に走りこんだ。走りながらバッグを抱えこんで、上着のボタンを全部はずした。

岡田が追ってくる気配を感じた。

「やる気十分じゃないか」彼は大声でいった。「受けて立とうじゃないか」

わたしは細い道を走り抜けた。図書館の日に照らされた白い壁がまぶしかった。灌木《かんぼく》の枝が強く頰《ほお》をはじいたが気にしなかった。むしろ快かった。わたしは図書館の裏手に達した。そこは日かげになっている。黒い影の色が救いと思えた。

わたしは影の部分に駆けこむと地面にバッグを放り投げ、あわただしく学生服の上着を脱ぎ捨てた。そこから見える小さな公園の中央あたりは日光のせいで真っ白だった。噴水の水も、そして地面の砂も磨《みが》かれた金属の表面のように輝いていた。息切れと不安のせいで視野のなかを無数の光点が飛んだ。わたしはほとんど千切るようにしてシャツも脱いだ。

「おまえ、どうかしたのか」

追いついた岡田が不審げにいった。

「いえ、どうも、しないけど」

わたしはうわのそらで答えた。

背中のちりちりした感覚は危険な領域に達していた。線香花火が盛んなとき、ぱっぱっと糸くずを束ねたみたいな火花が散る、痒《かゆ》みの感覚はそんなふうだった。額や首筋にも火花は散って落ちた。もはや耐えがたかった。アンダーシャツまで脱いで地面に投げ棄《す》てた。

手先がぶるぶると震えた。

「どうしたんだよ、いったい」

「痒い。痛い」

「どうかしたのか」

「ジンマシン。ひどいジンマシン」

わたしはむきだしにしたその背中を、図書館の冷たくざらついたコンクリート壁にぴったりと押しつけた。とにかく体を冷やすのだ。発作が起きたときにはこれしか応急処置はない。

痒いというより痛い。痛いというより、全身の神経を弱火のフライパンでいためられている、そんな切ない気分だった。生きていることそのものがつらいのだ。不安なのだ。いらだたしいのだ。こういういいかたが決して大げさには思えなかった。下膊《かはくぶ》部の内側に目をやると、青白い皮膚の上に無数の水疱《すいほう》が薄赤く浮き出していた。そのひとつひとつにいたましい痒みが詰まっている。わたしはその部分も壁に押しつけ、わずかでも壁に体温がうつってあたたまると体をずらせて冷えた場所を探した。そうしながら、搔《か》きたい誘惑を辛うじてこらえ、爪《つめ》を額と首筋に強く立て、運動靴《ぐつ》の靴先で、ズボンの上からふくらはぎをごしごしと搔きつづけた。

「すごいもんだなあ」岡田が感に堪《た》えたようにいった。「それにしてもひどい姿だ。実存主義者のクモ男みたいだぜ」

「しようがない。こうしないとがまんできない」

壁に貼りついて三十秒ほどじっとしていると、峠は越えた。それでも腕の水疱はまだ消えない。気が狂いそうに痒いが、搔きむしるわけにはいかない。そうするとまたべつの場所が反応して発作は永びく。

「すみませんが」わたしは壁面に背中と腕を押しつけたまま岡田にいった。「バッグのなかにビタミンCがあるんです。出してくれませんか。錠剤の入った細長い筒です」

「ビタミンC？」

「ええ。ポケットの方にあるはずです。ぼくはもうちょっとこうしていたいんで」

勢いで脱いでしまった上着を肩にかつぎ、少し離れたところでわたしを眺《なが》めていた彼は、のろのろと動いた。

「おまえこんなもの読むのか」

とりだしたのは集英社版の『南回帰線』だった。両方の指で本のかどをつまんでぶらぶらさせた。

「高校生としてはあんまり感心せんなあ」

「そこじゃない。ポケットの方です」

彼は聞こえないふりをした。

「おもしろいか、ヘンリー・ミラー」

「エロっぽいと友だちがいってたので。でも全然あてはずれ」

「じゃ、読まなきゃいいだろう」

「世界史の授業よりはましだし、がまんして読んでいると、結構哀愁を感じますよ」

「おまえのそのかっこうのほうが、よっぽど哀愁だよ。それにな、高校生は山崎貞《やまざきてい》の新々英文解釈とかチャート式の数Ⅱとか、そういうのを読むべきなんじゃないの」

ここでいらしたらまた体温があがって発作がぶり返す。わたしはこらえた。ようやく手渡してくれた十二粒入りの「ハイシー」からひと粒を口に含んだ。強い酸味が舌の上にひろがった。いくらか気分が楽になった。効くと思えば効く。信じるだけだ。

岡田がわたしの手をとって水疱を眺めた。

「おお、すげえ」彼はいった。「まるで泉屋のクッキーの中敷きみたいだ」

「泉屋のクッキー？」

「あるだろう、ほら。不幸なおばさんがひとつずつぷちぷち潰《つぶ》すやつ。あのぷちぷちにそっくりだなあ」

発作は十五分ほどでなんとかおさまった。わたしたちは日かげをつたって表通りへ出、岡田隆也のなじみらしい喫茶店に入った。コーヒーを注文した。彼のおごりだった。コーヒーを運んできた若い女が、いちおう制服は脱いだままでいてね、とかすれた声でいった。たまに生活指導の教師がのぞきにくるのだそうだ。片手鍋《なべ》でわかしたコーヒーは毎朝飲むネスカフェよりずっとまずかった。

「驚いたよ」岡田はいった。「いったいどうしたのかと思ったぜ」

「すみません」

「普通、ジンマシンてえのはサバとか安い食べもので出るんだろうが。ミルクってのも聞いたことがあるけど」

「温熱性というんです」

「オンネツ性？」

「体があったまると出るんです。運動するとか、風呂《ふろ》に入るとか、体が熱くなると出るのを温熱性というんです。おれの場合は太陽光線。それも、不思議なことに三月から五月までしか出ない。歩くだけで汗ばむような季節になればおさまって、秋も大丈夫で、また春に出るんです」

「好きな女と視線があったりして、かっと熱くなったら出るか」

「出るでしょうね。いまはそういうのいないけど」

岡田隆也は自分のスポーツバッグからハイライトをとりだして、一本をくわえた。そして、おまえも吸うか、といった。わたしは首を振った。煙を吐き出しながら彼はいった。

「好きならいいけど、好きでもない女に手紙なんかかくな。子供っぽい遊びをするな」

「すみません」

岡田隆也の妹は澄江といって、わたしの一年下のクラスに入学してきたばかりだった。兄貴に似ずかわいい子である。少しソバカスが散っていて鼻がうわ向いている。彼女をわたしとおなじクラスの男が好きになったというのだ。そいつは毎朝三十分も列車に乗って隣町から通ってくる。キャバレーまわりの歌手みたいな安手のハンサムだが、本人にいわせるとロべたで気が弱い。わたしはその男に千円で雇われてラブレターの代筆をしたのである。

岡田澄江は、しかし、見かけよりずっと兄貴に似ていた。郵送されてきたラブレターを、翌日には返しに二年生の教室までやってきた。そしてその男を呼び出し、悪ふざけはやめてください、といった。

悪ふざけじゃない、と弁解したが無駄《むだ》だった。彼女は文面を大声で読んだ。「自分は水平線上の疑問符です、とはどういう意味なの。きみは地平線に浮かんだ感嘆符だとは、いったいどういうことなの」とたいへんな剣幕でとっちめた。その男は気弱になって、実は自分で書いたのではないと白状した。わたしの名前を出し、「あいつに金で頼んだ、あいつが勝手に書いたんだから深くは気にしないでくれ」といった。そのとたん、彼女は手紙で思い切り彼の頬を叩いた。だったらますます深く気にするわ、といい捨て、廊下を踏み鳴らして去った。

わたしはその場にいなかったが、あとで聞いて体が熱くなった。このときもジンマシンが出て、授業を一時間休んだ。美術部の部室にもぐりこんで、油絵具で汚れた板壁にずっと体を押しつけて冷やしつづけていた。

「どういうつもりなんだ」と岡田はいった。「なぜそんなことをする」

「反省してます」

「反省はいいから理由をいってみろ」

「手紙でひとの気持を動かせないかとか、そんな、なんというか、野心がありました」

「チンケな野心だな」

「おっしゃるとおりです」

「妹はすっかり頭にきてたぞ。そのにやけた野郎に手紙をもらったことより、おまえが代筆したってのが不愉快だって。許せないってよ」

岡田は煙草《たばこ》をにじり消した。

「この意味がわかるか」

「わかるような気がします」

「わかってないよ。妹はな、中学のときからおまえに多少の好意を持ってたんだ」

彼はつづけた。

「おまえみたいなインウツそうなやつにもいちおうファンはつくんだから、世の中ありがたいよ。もっともよ、好意ったってたいしたやつじゃないけどな。それでもそういうやつが、かりにも、あの気のつええ女がだ、マフラーでも編んでクリスマスかなんかに下駄箱んなかへ入れといてやろうかなんて考えた相手が、もっともよ、実行なんかするわけはないけどさ、あいつが、そいでもそういうことを考えた相手が、よりにもよって自分がいちばん嫌いなタイプの野郎のためにラブレターの代筆をしたとなりゃ、これは不愉快の自乗だよな」

わたしはうなだれた。

「反省します」

岡田はしばらく黙っていた。煙草をもう一本くわえ、火をつけないまま卓上に据《す》えつけられた不恰好《ぶかっこう》なピーナッツの販売機のレバーをかちゃかちゃいわせていた。十円入れてレバーをまわすとしけたピーナッツが二十粒ばかりこぼれ落ちてくる情ない機械である。

「反省しますと口でいわれて」岡田はいった。「はいそうですかといえると思う?」

それから上眼づかいでわたしを見た。いちおう不良の眼になっている。しかしすぐににやわらいだ。

「だけどなあ、さっきのジンマシンさわぎで、すっかり気分がそがれちゃったぜ。あれはただごとじゃないな。こっけいで悲惨だな」

わたしはうなずいた。

「実存的でもあるしな」

わたしはまたうなずいた。

「病院へは行ったのか」

「行きましたよ、長谷川皮膚科に」

「長谷川って、長谷川省三のおやじだな。でやつはなんといった」

「現代の医学では原因がわからない。原因がわからない以上治そうにも方法がない。突然はじまったんだから突然治るだろう」

「それだけか」

「カルシウム溶液の注射をしてもらって。あれは壁に貼りつくよりたしかに効きます。でも対症療法です。それからビタミンCを多くとるようにって。温熱性ジンマシンにはいくらか効果があるといわれているそうです」

「いわれている、か。頼りない話だね。親にはいったのか」

「いったけど信じませんね。うちの母親は筋金入りの現実主義者で、こんなわけのわからない奇病なんて、てんで受けつけません。根性がないからだとか、怠けているからだというだけですよ。もっともこっちも期待してませんけどね」

岡田隆也は、わたしに、腹が減っただろうと尋ねた。わたしはうなずいた。手間をとらせたからスパゲティをおごってやるといった。ついでだからスパゲティの食べかたを教えてやる、ともいった。

無愛想な若い女が運んできたナポリタンスパゲティを、彼はフォークにくるくると巻きつけようとして失敗した。何度やってもダンゴのようになり、持ちあげるときずるりと抜け落ちてしまうのだった。

こいつはアル・デンテにゆでてあげてないからだよ、といった。アル・デンテとはなにかと聞くと、歯ごたえのある、という意味だ、歯医者はデンティストというだろ、あれと語源はおんなじだと答えた。そして、結局すすりこむように食べてしまったスパゲティの皿の上に、がちゃんとフォークを投げ出した。


おもてはもう暗く、そして涼しかった。夜の空気は甘いくらいだった。太陽さえ出ていなければジンマシンの出る心配もなく、喫茶店で岡田につきあって飲んだコップ一杯のビールが効いて、ひさびさに気分が軽かった。

もう少し飲もうと彼がいうので、わたしは酒屋へ行ってビールの大びんを二本買った。それからもう一度図書館裏の公園に行った。ベンチに並んで腰をおろした。栓抜《せんぬ》きを買い忘れたが、彼が二本とも歯であけ、びんを紙袋で隠したままラッパ飲みした。そうやって飲んでいる岡田はアメリカ映画に出てくるアル中のメキシコ系刑事みたいだった。頭上は葉桜である。

「こんなところを生活指導の先公に見つかったらヤバいですね」とわたしはいった。

「とくにおれは。目をつけられているからな」と岡田がいった。「教師にいちばん嫌われるタイプだ」

「おれだってそうですよ」

「まあ、そう意気がることもないさ。悪くなるやつは自然に悪の道に深まっちゃうというわけだ。無理に悪くなろうとすることはないぜ」

彼はビールを喉《のど》の奥に流しこみ、口の端をぬぐった。そして、ああ、まずい、といった。

「まずい酒を無理に飲むこともないですよ」

「無理したいときもあるのが、いわゆる青春なんだなあ」彼はいった。「おまえのジンマシンな、いつからだよ。中学のときから出たのか」

「高校に入ってから。去年の春に突然」

「そりゃやっぱり、気のもんだと思うな。体質とかじゃないぜ」

「そうですかね、やっぱり」

「人間の精神はどうしようもなく正直だからさ。こんな生活はつまらない、と思っていると出るんだぜ。拒絶反応の一種だな」

「自分じゃあんまり意識してないけど」

「意識してないからアレルギーなんじゃないか。いやなんだよ。退屈なんだよ。いまの生活がさ。退屈だから、くだらない手紙の代筆したり、『南回帰線』なんか読んだりするんだ」

「じゃ気にしなきゃ治るんですか」

「高校にいるうちは治らんだろ。気にしないったってさ、無意識を意識して治すなんてできないもんなあ」

「おれって、そんなに高校が嫌いなんですか」

「知るか。好きだってやつはあんまりいないだろうけどな」

岡田は煙草を一本くわえた。

「おれにもください」

「あれ？　ジンマシンによくないんじゃないの」

「よくないかも知れないけど、夜は出ないから。家ではたまァに吸ってみるんです」

ふたり同時に深く吐き出した煙は、きれいな青紫色だった。ゆらゆらと漂って葉桜の枝を越え、夜空に流れ去った。

「高校がくだらないせいだけじゃないかも知れないぜ」岡田はいった。「精神と肉体がアンバランスな時期だからってこともある」

「どっちかが遅れている？」

「または、どっちかが速すぎる」

わたしは考えこんだ。しかし思いあたるところはない。思いあたるところがないから無意識の抑圧というか反応なのだろうが、いずれにしろやっかいだ。こんな時期はさっさと過ぎてしまえばいい、と心から思った。先のことはわからないが、ひょっとしたらいまが人生のうちでいちばんいやなシーズンかも知れない。

「おい、あいつ」

不意に岡田がいった。

わたしは彼の視線を追った。

「あいつ、おまえんとこのクラスの小林だろ」

小林広美が公園の砂を踏んでまっすぐに歩いてくる。迷いを感じさせず、わたしたちの方へ向かって最短距離をとっている。

「まずいなあ」岡田がつぶやいた。

「こっちへきますねえ」

「ああいうタイプは弱いんだよ、おれ」

「煙草、消しますか」

「いまさら遅いだろう。だいたい潔《いさぎよ》くないよ」

わたしたちはそのままの姿勢で彼女を待った。

「こんばんは」と小林広美はいった。「ずいぶんおおっぴらに煙草を吸うのね。そういうことしてると楽しい？」

「楽しいよ」わたしのかわりに岡田が答えた。「だけど、おおっぴらってわけじゃない。いちおうこそこそやってるつもりだ」

「岡田さん、ひさしぶり」彼女はいった。

「なんだ知りあいなの」わたしはいった。

「前に手紙くれたの」彼女がいった。「おつきあいしたいとかいって」

「ばか、済んだ話だろ」

彼女の顔は笑っていない。しかし、わたしは笑った。それから煙草を靴底でにじり消した。

「へえ、そうなの。岡田さんでも手紙なんか書いたりするわけ」

「ばか。魔がさしたんだ。ヒマだったんだ」

「そういういいかたはないでしょ」小林広美がいった。

「そういういいかたはないよな」わたしもいった。

「そうだな」と岡田もつぶやいた。「たしかにそれはない。まあ、いちおう、好意を持っていたということだ」

「で、どうなったの」わたしは彼に尋ねた。「手紙を突っ返されたわけか。澄江ちゃんがそうしたように」

「澄江ちゃんて、岡田さんとこの澄江ちゃんでしょ」小林広美がいった。「誰に手紙を返したの？　きみの？」

「違うよ。おれんじゃない」

「あれはおまえのだよ」岡田がいった。「おまえにおまえの書いた赤面ものの手紙が突っ返されたんだ。ああいうふにゃふにゃした技巧は、現実主義の女どもの壁にぶつかって玉と砕けるんだよ」

小林広美が岡田に尋ねた。

「おもしろそうなお話だけど、どういうことなんですか」

「話せば長い話だ」

突然、小林がいった。

「もしかしたら、あれね。このあいだ教室にきて、あいつをひっぱたいて行った」

「おう、それそれ」と岡田はいった。

「わかった。なんとなくわかった。このひとのやりそうなコソクな手だわ」

彼女は笑った。わたしは黙った。それから苦いビールを口に含んだ。そうだ、彼女はあの一件を目撃していたはずなのだ。体の芯《しん》が熱くなった。恥辱もまたアレルギーの原因になるのかも知れない。

「ま、とにかく」岡田がいった。「みんな結構くだらないことでじたばたしているという、まあ、みっともない話なわけだ」

「それで」とわたしはいった。「岡田さんの好意というかじたばたを、小林はどうしたの？踏んづけて泥まみれにしたの」

「おまえなあ」

　岡田がうんざりした口調でいった。

「たしかにふられたけどさ、おれは。小林は吉永小百合みたいに真面目なタイプだから、おれみたいなのは駄目なのさ」

　岡田はわざと荒っぽい仕草で片脚をベンチに乗せ、膝を立てた。

「タイプとしては加賀まりこにしなさいとかいわれた？」わたしは自分の口が軽くなったのを感じながら、いった。「あそこまでかわいいのはいないだろうけど、あくまでもタイプとしてはということ。なにしろ吉永小百合は芸能界であれだけ仕事しながら早稲田の二文に入って、結構勉強もしてる、まあ期待される人間像ってとこですからね。映画だって『愛と死をみつめて』だもんなあ、あのひとは」

「おまえ酔ってるな」

「酔ってないですよ」

「異常に弱いな、おまえ」

「違うの」小林広美が少し高い声でいった。「時間がないから、いまはおつきあいできないっていっただけなの。先のことはわからないけど」

「もう、いいじゃねえか」岡田がなげやりにいった。

「よくない」

そういうと彼女は、それまで両手で前に揃《そろ》えて持っていた革カバンと布袋を、ふたつとも乱暴にベンチに投げ出した。

そしてわたしの名を呼び、そのビールをひと口ちょうだい、といった。

「おい、飲むんだったら……」びんの口を拭《ふ》いてやるぜ、とわたしがいうより早く、彼女はわたしの手からびんを奪いとってごくごくと飲んだ。喉がうわむいて、とても白く見えた。制服の女が少し両脚をひらき加減に、ビールをらっぱ飲みしている姿には、わたしがいたるところから盗用して無責任に代筆したラブレターの文句をつかっていうなら、手術台の上でミシンとコウモリ傘《がさ》が出あったような、奇妙な調和があった。口からビールびんを離しても彼女はむせたりはしなかった。

「ああ、まずい」といって彼女はベンチの真ん中に腰をおろした。わたしは少し脇《わき》にずれて場所をあけた。

彼女はいった。

「あなたたち、あたしが密告するかも知れないと思ってたでしょ」

「思ってない、思ってない」

岡田とわたしはほとんど同時にそういった。

「思ってたわ。そういう顔してたもの。あたし、ひとの顔色読むのが得意だもの」

「思ってないって」

「わかるの。どうせ図書館で勉強してきたから遅くなったんだろう、とかも思ってるでしょ」

「あれ、違うの？」わたしはいった。

「ほーらね」彼女はうつむいた。「あたしはそういうふうに見られがちなの。見られてしようがないところがあるのは認めるけど」

「しっかりものには見える」わたしはいった。

「しっかりものなの。しようがなくてしっかりものなの」少しためらったあとつづけた。「三月から夕方三時間だけアルバイトしてるの。毎日じゃないけど」

「水商売とか？」岡田が尋ねた。

「ううん、画材店」

「ヒマワリ画材店か？」

「そう。そこの売り子」

「なんでよ」

「お金のため」

「なんで」

「うちは豊かじゃないの。貧乏ってわけでもないけど。親が地方の国立へ行けというの。親がそういう考えかたなの。地方の国立の方が安あがりだし、私立より程度がいいと思っている。あたしはいやなの。地方にいるのはいやなの。東女《とんじょ》か津田に行きたいの」

岡田がいった。

「おまえなら入れるぜ」

「入ったって入学金出さないっていうから」

「親が？」

「だから、アルバイトしていざというときに備えなくちゃ」

「その程度じゃ金はできないだろ。初年度の納付金だけで十五万くらいはいるしさ。生活費だって」

「全部できるとは思っていないわ。こっちが実績と態度で示せば、親だって最後は軟化するという見通し。だから忙しくて。岡田さんとおつきあいしている時間はないの」

「わかった」

「嫌《きら》いだというんじゃなくて」

「わかったよ。泣けるほどよくわかった」

岡田はビールを飲み干し、五メートルほど離れた金網のくず籠《かご》に放った。コントロールよく入って気にさわる音をたてた。しかし岡田はわたしと小林の方を見て得意そうに笑った。

「でもあたし」と小林広美がいった。「こういう感じって好き」

「どういう感じ?」わたしは尋ねた。

「ふたりの男のあいだにいる感じ。三人で不良しながら仲良くする感じ。去年の秋に見た
『突然炎のごとく』みたいだから。あたしがジャンヌ・モローで」

「きみがジャンヌ・モローかよ」わたしはいった。

「いいじゃない、いうくらいはタダなんだから」

「じゃおれがオスカー・ウェルナーか?」岡田は鼻先でわらった。「おまえが、もうひとりの、なんだっけ、ぱっとしない」

「アンリ・セール?」わたしはいった。「あんまりいい役じゃないな」

「いい役よ」彼女はいった。「結局ドラマではね、生き残るひとより死んだひとの方が記憶に残るのよ。実人生でもそうだと思うな」

「そうかなあ」わたしはいった。「やっぱり死んじゃう方が損だと思うけどね、おれは」

「いつかあの映画をまた見たい。『突然炎のごとく』を三人で見たい。ねえ、何年かしたら東京でそうしようよ」

あまり小林広美が強くいうので、岡田隆也とわたしは承知した。歳下《としした》の二人が二十歳になった頃、東京のどこかで待ちあわせようということになった。約束ができあがったとき彼女は歓声をあげた。

どこからか黒土のかおりのするいい夜だった。彼女のその声の明るさをわたしはいまも

忘れない。のちに三人とも東京に出たが、結局、恐らくは誰もが忘れたわけでもないその約束は果たされなかった。ただそんなことがあったと記憶に残っているばかりである。わたしの温熱性ジンマシンは高校を卒業したとたんにぴたっと治った。そのかわり六〇年代のおわりから七〇年代のはじめにかけては胃炎で悩んだ。その原因ははっきりしなかった。そして、その病気もやはりむかしとおなじように、いつの間にか治った。

ある青年作家の帰国――『何でも見てやろう』という精神

〈ひとつ、アメリカへ行ってやろう、と私は思った。三年前の秋のことである。理由はしごく簡単であった。私はアメリカを見たくなったのである。要するに、ただそれだけのことであった〉

『何でも見てやろう』の原稿を小田実《まこと》が書いたのは昭和三十五年（一九六〇年）夏から年末にかけてのことだから、「三年前の秋」とは昭和三十二年秋である。当時二十五歳、東京大学大学院生だった彼はフルブライト留学生の試験を受け、合格した。

試験のヤマは英語で行なわれる面接だった。しかし、小田実はそれまで一度もアメリカ人と英語で話したことがなかったし、願書を出してから「志をたてて、ラジオの駐留軍向け放送というのを聴」いてはみたが、三分間のうち彼の耳がとらえ得たのは、「十月」と「サクラ」と「出産率の低下」の三語にすぎなかった。

「まあなんとかなるやろ」

彼は、自身の口癖であり、この本の基調音でもあるセリフを口にする。人事を尽して天命をまつ、または、人事を尽せば必ずや天命は我に利するという意味だと本書中にはあるが、フルブライトの面接に関しては勉強、予習という世間並みの人事を尽した気配はない。少なくとも本人はそう書いている。

〈私を「面接」したフルブライト一党はまさに笑いづめであった。そこへもってきて、私は小説を書く男というおかしなふれこみであり、かてて加えて、英語がかいもくしゃべれないときた。まったくのところ、「おまえは大学で何を研究しているのか?」と訊《き》かれて、「私は昼食には地下食堂で金三十五円ナリのミソ汁つき定食を食べることにしている」と答えていては、そいつを聞いたほうでは笑い出すよりほかはないではないか〉

面接は二回にわたって行なわれた。その二回目には、この青年の勇名を聞きつけた職員たちが大挙して見物に押し寄せた。

試験に合格したあと、彼は「会話学校」へ行った。れっきとした「留学」ではないか、「オシとツンボでどうするつもりだ」と忠告するひとがあったからだが、登録しようとしたとき、事務員が「当校の卒業生から多数のフルブライト留学生を出しています、あなたもここで勉強してフルブライトの試験をお受けなさいよ」といった。

〈いや、もうその試験には通っているんです、ともまさか言えないであろう。バカらしくなってやめることにした〉

小田実は昭和三十三年の春、船で太平洋をわたった。サンフランシスコからは汽車で大陸を横断し、ハーバード大学で一年間学んだ。その間、学籍を置きながら、カナダ東部、アメリカ南部、メキシコを旅して、都合一年半ほど北アメリカ大陸に滞在した。

〈すくなくとも、もう半年かそこら私はアメリカに腰をおちつけていたかったのだが（……）、私は「不良外人」で、アメリカのお役所がどうしても滞在延長を認めてくれなかったからぜひもない、強制送還にでもなったらそれこそ元も子もないから、滞在期限ぎりぎりの五九年（昭和三十四年）十月七日、アメリカをあとにした〉

彼は世界見物の志を立て、きたときとは逆の方向、ヨーロッパへ向かうクイーン・エリザベス号の乗客となった。

クイーン・エリザベス号を選んだのは、それが世界最大の客船だったからだ。船賃が「船底深く身を潜めれば、格安の部に属する」からでもあった。

なんであれ大きいものが好きだ、大きいものを見たかった、と彼はいう。アメリカに行く前、とりわけ見たいと願っていたものが三つあった。ニューヨークの摩天楼とミシシッピー河とテキサスの原野である。巨大なものたちのなかには、なにかエネルギーの塊のようなものが潜んでいるようで、それが彼を「故郷にひきつけるようにグイグイとひきよせる」と思われるのだった。

しかし、実際目のあたりにしてみると、意外やたいした衝撃を感じなかった。

〈ばかでかさにガンと参るということもなく、ハハン、なるほどね、くらいのところで、自然にスルスルとそれらの風景のなかに溶け込んでいけた。（……）そうした風景が私の想像のなかで、いつのまにか途方もなくばかでかいものにまでふくれ上がっていたせいでも、私が（……）特異感覚の持主であったためでもない。それも幾分かはあるにしても、根本のところは、私自身をもふくめて、われわれ日本国の住民の感覚が、そうした風景にのまれてしまわれない程度にまではけっこう大きくなってきているためなのであろう。すくなくとも私のような若い世代については、そんなふうに思われるのである〉

クイーン・エリザベス号は五日間で大西洋を横断し、サザンプトンに着いた。そしてそれから半年、十九カ国を小田実は旅し、翌昭和三十五年四月、安保闘争で物情騒然たる日本に帰った。結局まる二年かけて世界を一周したことになった。羽田に着いたとき彼は栄養失調状態で、着たきりのオーバーはぼろぼろ、ポケットは穴だらけだった。税関の係員が、所持金は、と尋ねると、小田実は、ゼロです、と答えた。ほんとうに一文なしになっていた。

当初はソ連にも行くつもりでいた。しかしそれは果たさず、ロンドンからダブリンへ小旅行したあと再びロンドンに戻り、今度はオスロに、やはり船の最下級のベッドに横たわって行った。ベッドは船の先端にあったので、へさきのかたちにあわせて少し先細になっており、はなはだ寝心地が悪かった。オスロからはヨーロッパを南下し、カイロ、テヘラン、カルカッタ（現・コルカタ）をめぐる経路をとった。

ソ連は当時、世界に影響力を拡大しつつあった。ことに大陸間弾道システムの開発と、その技術を基礎にした人工衛星開発の場面ではアメリカに水をあけていた。そんなとき、「平和勢力」かも知れないソ連をこの目で見るのは、青年の義務のごときものであるともいえた。

昭和三十二年十月四日、ちょうど小田実がフルブライト留学生の面接試験を受けていた頃、ソ連は直径五八センチ、重さ八三・六キロの人工衛星スプートニク一号を射《う》ち上げ、地球周回軌道にのせることに成功した。その後長らく日本の子供たちの人工衛星像を規定した、三本アンテナを後方に流したスタイルの球体からの単調な発信音をとらえたNBCのアナウンサーは、「みなさん、おきき下さい、これが古い時代と新しい時代を永遠に分つ音です」といった。十月七日、ニューヨーク市場の株が暴落した。そのひと月後、十一月三日にはライカ犬を一頭のせたスプートニク二号が地球をまわりはじめた。この衛星には五百キロ以上の重量があった。

アメリカが遅れをとったのは、陸海空の三軍がそれぞれ独自に技術開発を試みたためだった。昭和三十三年一月、ようやく陸軍がエクスプローラ一号の射ち上げに成功したが、この衛星の重さは十四キロしかなく、三月に成功した海軍のバンガード一号となると、わずか一・五キロの球体にすぎなかった。ソ連は昭和三十三年五月、すなわち小田実の渡米直後、なんと一・三三トンのスプートニク三号を地球周回軌道にのせ、宇宙技術軍事技術の両面でアメリカを圧倒することになった。

このように、昭和三十年代前半には世界の主導権はアメリカからソ連に移ってしまったかと思われた。スプートニク二号射ち上げ成功の直後、毛沢東は、モスクワで開催された六十四カ国共産党・労働者党代表者会議で演説し、社会主義陣営の優勢を高らかに誇ったが、そのなかには後世まで記憶されることになる、「東風は西風を圧する」、「アメリカ帝国主義は張り子の虎《とら》である」というふたつのフレーズが含まれていた。

資本主義はやがて爛熟《らんじゅく》し、衰亡に向かうはずだと当時の日本の知識青年たちは考えていた。そして、もっとも昇りつめた資本主義はアメリカにあった。小田実をして「アメリカへ行ってやろう」と決意させた、その動機のなかにもそれを目撃し体験したいという希望があった。

〈先《ま》ず大上段にふりかぶって言えば、もっとも高度に発達した資本主義国、われわれの存亡がじかにそこに結びついている世界の二大強国の一つ、よかれあしかれ、われわれの文明が到達した、もしくは行きづまったその極限のかたち、いったいその社会がガタピシいっているとしたら、どの程度にガタピシなのか、確固としているなら、どのくらいにお家安泰なのであるか、それを一度しかとこの眼でたしかめてみたかった、とまあそんなふうに言えるであろう。アメリカについて考えるとき、あるいは議論するとき、実際、私は何か空虚な観念の空マワリみたいなものに悩まされていたのだった〉

だから、見ないことにはなにごともはじまらない、そう思いさだめた。

彼の見たアメリカはどのようだったか。

グリニッジビレッジのゲイバーで、小田はひとりの大男の黒人と知りあった。その男は暗いバーの片隅《かたすみ》にいて、ジュークボックスに五セント玉を際限なく放りこみつづけていた。音楽をもとめていたのではなかった。コインを入れると三分間だけ沈黙のレコードがまわる、彼はそれをリクエストしつづけているのだった。「帰って寝てたらいいじゃないか」と小田がいうと、大男は「ここへ来てみんなといっしょになっていないと不安で眠られないんだ」と答えた。

小田実はアメリカに「画一主義《コンフォーミズム》」を見た。その象徴は「アメリカの匂《にお》い」である。アメリカのスーパーマーケットには、なまものがおいてない。すべてが冷凍され、包装され、缶詰《かんづめ》にされている。だから食品のにおいは一切せず、強《し》いていうなら薬品のにおいがする。それが「アメリカの匂い」だと小田はいうのだ。

アメリカの田舎町はどこもみなおなじだ。行かなくても自分にはありありと想像できる、と彼はいった。

バスの駅はひとつの鋳型でつくったように、みなそっくりだ。待合室の中央には鉄製のコインロッカー、その右手か左手はカフェテリアだ。そこで出されるのは缶詰のスパゲティ、冷凍の仔牛《こうし》のカツレツ、おなじ味おなじ値段、ゲップまでおなじのが出る。おもては必ず坂になったのぼり道で、四つめか五つめの辻《つじ》で街の目抜き通りと交差する。交差点の右手はウールワースの十セントストア、左はドラッグストアだ。目抜き通りを横切って坂をくだると、今度は例の、アメリカ中のどの店でも商品の配列のしかたがおなじで、食料品を売っているくせになぜか薬品のにおいがする「A&P」スーパーマーケットがある。アメリカはどこかうつろだ。

　彼の留学中、ハーバード大学に中国から帰ったばかりの火野葦平《ひのあしへい》が招かれ、スピーチをもとめられた。聴衆はアメリカ人中国研究者たちである。彼らの聞きたいことは結局ただひとつ、中国に自由はあるかないか、ということである。火野葦平はいろいろ話したあとでこういった。「中共には餓死はなくなったが、自由もなくなった」

〈このコトバこそは、彼らのききたいコトバであったのだろう。みんなはいっせいに拍手をし、一時それは鳴りやまぬほどであった〉

　しかし、小田実はその拍手に違和感を禁じ得なかった。

〈私は（……）われわれにぴったりするコトバを探しもとめた。そして最後に一つのコトバにたどりついた。「中共に自由はなくなったかもしれないが、餓死もなくなった」〉

　ここにはのちの小田実の軌跡を予感させるものがある。新中国における自由の在不在の問題よりも、むしろ「身をもって餓死を体験したわれわれと、決してそういうことのなかった幸運な国民との間に横たわる溝《みぞ》」を、昭和二十年三月十三日と八月十四日の大阪大空襲、そして戦後のすさまじい食糧危機を体験していた彼は、このとき強く感じたのだった。

巨大なアメリカが「大きな空洞《くうどう》をもった巨大な肺病患者」のようだと見きわめたとき、小田実は自分の精神の上に重たくのしかかりつづけてきたアメリカとアメリカ文化から解放された気がした。しかし、彼はアメリカに対してだけ空洞を予感したのではなかった。

〈「二十世紀のわれわれの文明」というコトバをつかうとき、私は社会主義諸国をもそこにふくめて言っているのだ。社会主義諸国も、このオートメーションと画一化の機械文明の指し示す方向に従うかぎり、おそかれ早かれ、空洞に(……)、つまりは「アメリカの匂い」というものに正面きって対さなければならなくなるのだろう。いや、これは、もちろん社会主義諸国だけの問題ではない。他の西欧諸国の、われわれの日本の、そして、いつの日かはアラブ連合の、インドの、アフリカの新興独立諸国のことになるのであろう〉

小田実は結局ソ連にも東欧にも行かなかった、と先に書いた。努力はしたが、行けなかったのである。ニューヨークにあるソ連国営旅行社、インツーリストの出店にいた男は、ひとりでソ連旅行するなら一日あたり三十ドル、団体に入るつもりなら一日あたり十ドルを事前に払いこめ、と一日一ドルで旅するつもりの日本人青年にいい放った。

資本主義の本家本元であるアメリカでさえ一日に四ドルで旅したのだ、これではソ連のほうがよほど資本主義ではないか、と反論すると、そのインツーリストの男はにやりと笑って、まったくしかり、と肯定するのだった。小田実はソ連、東欧だけでなく、ビザを「買わなくてはならない」いくつかの国への旅行と通過も、予算の制約という理由であきらめなくてはならなかった。ベトナムもそのひとつだった。

彼はオスロ発東京行の航空券をアメリカで買った。ストップオーバー（途中降機）の特典を最大限利用しながら世界を見物し、日本へ帰るつもりだった。昭和四十年代、大量に出現した貧乏旅行者やヒッピーたちの、より安く、より遠く、より長くという旅の基本方針または信仰は、ここに発祥する。しかしその不肖の後輩たちの多くは、やがて旅行の計量化に熱中するあまり、貧乏旅行ぶりのコンテスト、あるいはがまん大会の退廃的様相を呈するのだが、それはもう少し時代を経たのちのことになる。

一日一ドルのつもりで半年分、約二百ドルの金はアメリカの友人たちからの借金や「シキンカンパ」で調達した。当時は一ドル三百六十円の固定相場だった。昭和三十四年の大学卒初任給を約一万二千円、一九九〇年代はじめのそれの十五分の一と荒く計算すると、現在的価値では、なんと五千四百円にもなる。

昭和三十五年、日本の国民総生産は十六兆円、ひとりあたりでは十七万円、ドルに換算してわずか四百七十ドルだった。ようやくギリシャ、キューバなみになったと朝日新聞のひとコママンガでは横山泰三が、アリストテレスとカストロと池田勇人《はやと》が肩をならべて歩く姿を描いた。しかし現実には、ギリシャはさておき、革命直後のキューバの状態はひどいものだった。カストロに追われ、地主や金持がその代表格たる親米政権のバチスタといっしょにマイアミに逃亡したあとには、食うや食わずの貧乏人が残るばかりで、インフラストラクチャーは皆無に等しかった。ハバナに近いビジャ・クララ州は関東地方全体に匹敵する広さなのに病院と呼べるものはひとつしかなく、日本なみのGNPなどはまさに数字上の幻想にすぎないありさまだった。

一日あたり五千四百円の予算なら、カルカッタで路上生活者の群れに混じって寝るほどのこともあるまいとも思えるが、小田実は、当時アメリカで使う一ドルには百円の購買力があったと書いている。とすると百円を十五倍して、一ドルには現在的価値で千五百円ほどの力量があったと推定できるだろう。初任給の推移から想像した値とは三倍半の格差がある。この幅のなかにその後の日本の経済成長の成果が隠されているのだが、小田実の一日一ドル旅行は、ゆえに一日千五百円旅行と考えるべきだろう。しかし、それにしてもビザ発行料は高かった。日本はまだ査証の相互免除協定を結んでおらず（結んでもらえず）、その値段は五ドルから十ドル、一ドル千五百円の感覚なら、七千五百円から一万五千円もした。

彼はユースホステルやスチューデントハウスに泊まりながら歩いた。倹約に倹約を重ね、機内食をたのしみとした。彼はほとんど酒が飲めない。煙草《たばこ》も吸わない。が、食物の摂取量は豊富で、甘党である。飛行機の乗務員や、たまたま航空会社の負担で宿泊することになったホテルの従業員が、見かねて余計に配給してくれた。路上生活者がなにを思ってかパンを恵んでくれたこともあった。

しかし彼はしだいに疲れていった。無理を押し通す旅の暮らしだけでなく、アジアの現実そのものが彼を苦しめた。

『何でも見てやろう』をつらぬく、大阪的な口語文体の軽やかさ逞《たくま》しさの印象に眩惑《げんわく》されがちだが、つぶさにこれを読むとき、ひとりの日本人青年が西アジアや南アジアの絶対的不平等と絶対的貧困のなかで途方に暮れ、しだいに憔悴《しょうすい》していく姿が行間にうかびあがってくる。カルカッタでは、「もうこれはタマラン」逃げ出したい、と悲痛な叫びさえあげるのである。そこでは「薬の匂いのする巨大な空洞」の悩みなど、ぜいたくのきわみである。不平等と貧困とが果てしなく広く、また救いがたいまでに厚く堆積《たいせき》した場所には、そのまったく出口のない状況から脱《ぬ》け出せるものなら、たとえ薬くさくとも、あるいはたとえ画一的で巨大な空洞を内に抱えこもうともいっこうに構わないとつぶやく社会があり、ひとびとがいたのである。

一日一ドルの金はついにバンコクで尽きた。最後の寄港地である香港《ホンコン》では、スーツケースの底から探しだした百円札でしのいだ。それは日本から記念用にと持参したものだった。

香港ドルに換え、スターフェリーにのって大きなマントウを二個買うとそれも消えた。小田実は昭和三十五年四月、まったくの無一文で羽田に帰ってきた。まる二年の長旅だった。

疲労困憊《こんぱい》した小田実は、ほとんど半病人のように帰国後の数カ月を過ごした。栄養失調とカルチャーショック、その両方のせいである。

日本社会は「六〇年安保」のうねる大波のただなかにあったが、無縁で過ごした。そのことが逆に彼をして、のちの「ベ平連」運動にかかわらせ、また運動の展開を可能にしたのだと考えるひともいる。

日本近代史研究者の飛鳥井《あすかい》雅道《まさみち》は書いた。

〈彼は六〇年安保で負けた転向者ではなかった。まして、五〇年代学生運動の挫折者《ざせつしゃ》でもなかった。一度なんらかの組織やセクトに参加してしまったことのある人間は、戦後の反体制運動のなかでは、ことごとに旧悪をいいたてられ、不便な活動形態しかとれないという実情に追いこまれているとき、彼は手を汚さなかった特権（？）（弱みをも含みつつだが）をすべて利用しつくしうる立場に身をおいたのである〉（『朝日ジャーナル』六九年三月二十三日号）

日米新安保条約は昭和三十五年六月十九日に自然承認され、やがてダッコちゃん人形と、「サブリナパンツ」（女性の七分ズボン）の流行する夏がきた。

小田実は猛暑のなかで立ち上がった。西荻窪《にしおぎくぼ》の喫茶店を仕事場としながら、留学および世界旅行の体験を書きはじめた。十月、日本社会党委員長浅沼稲次郎が日比谷公会堂での演説中に右翼の少年に刺され、暗殺された。不安な世相を顧ず、彼は書くことにのみ熱中した。編集者との約束である三百枚を超えても、ようやくメキシコ旅行のくだりにかかったばかりだった。九百枚まで達して脱稿したのは昭和三十五年も暮れかかり、石原裕次郎と北原三枝が結婚した頃である。完成祝いに編集者がウナギ屋に連れて行くと、小田実はメニューにかいてあるものを全部注文し、全部食べた。

このような旺盛《おうせい》な食欲の伝説や『何でも見てやろう』を特徴づける饒舌《じょうぜつ》で逞しい（図々しい）大阪弁的口語文体のために、世間は著者に豪放磊落《らいらく》なイメージを抱き、のちには坂本龍馬《りょうま》的人間を想像することになるが、この頃、アジア・アフリカ作家会議の手伝いにきていた彼を目撃した井出孫六は、少しく異なった印象を持った。

〈後年のべ平連の小田実からは想像もつかぬほどおずおずと手持無沙汰《ぶさた》なおももちで、彼は会場の片隅に立っていた。洋服もろとも疲労の塊りであるような小田さんの風情《ふぜい》には、まだ中近東やインドの貧民窟《くつ》でしみこんだ匂いがぬけきっていないようにも感じられた。留守中の国内の激しい政治状況の変化に戸惑っている風でもあったが、ぎらぎらした目にだけは明日へ向けられた視線がたたえられているようにも思われた〉（『何でも見てやろう』講談社文庫版解説）

『何でも見てやろう』は昭和三十六年二月二十五日、河出書房新社から発売された。定価は二百九十円である。本の帯には「世界一日一ドル旅行」と大書され、「痛快なビンボウ世界旅行記　青春の元気あふれる面白さ」という惹《ひ》き文句がつけられていた。第二版以降の推薦者には、桑原武夫、堀田善衞《ほったよしえ》、野間宏《のまひろし》、吉田秀和、水上勉《みずかみつとむ》が名前をつらねた。八ポイントの小さな活字を二段組みでぎっしり詰めこんだ本なのに、編集者の悲観的な予想を裏切って発売後十ヵ月で二十万部売れた。

なぜこれほどまでもとめられたのか。

本そのものの持つ力が、まずある。つぎに、日本社会にはこの本を必要とする空気が醸成されていたのだと考えることができる。

小田実が不在だった二年間、または昭和三十年代前半から中盤にかけての社会相を端的にくくって表現してみるなら、それは第一に「大都市の時代」であり「時間距離短縮の時代」だったといえるだろう。

昭和三十年から三十五年までに日本の総人口は四・六パーセント増だったのに対し、東京は二〇パーセントの増加をみた。他の大都市も軒なみ人口の急増を示し、東京の電話局番は三十五年二月から三桁《けた》にかわった。ビジネス特急「こだま」が東京・大阪間を六時間五十分で結び、新幹線が起工された。政府の打ち出した「国民車構想」に従って、スバル３６０を皮切りに、ブルーバード、Ｒ３６０クーペ、三菱５００、パブリカなど小型車があいついで売り出され、戦後の主力だったオート三輪は駆逐されていった。

第二にそれは「テレビの時代」であり「電化の時代」だった。

昭和三十三年、それまで十四インチで十四万円以上したテレビ受像機が一挙に六万円台にさがり、皇太子成婚ブームと月賦販売の普及に助けられて、三十四年には全国の三分の一の家庭に備えられた。昭和三十四年四月十日、皇太子成婚の日のパレードをテレビで見ていた古川緑波《ロッパ》は、「美智子《みちこ》さんの美しさと態度のよさに感心」した。戦中派の城山三郎は、「その日のテレビを見るのがいやさに山のなかへ逃げ」た。

昭和三十五年四月、世界初のトランジスタテレビをソニーが発売し、日本は技術的にも世界の最先端に立とうとしていた。テレビは映画産業を斜陽化に向かわせ、家庭内電化の波は主婦たちを徐々に有閑階層へと変貌《へんぼう》させ、また女性の社会進出に与《あずか》るところがあった。

第三にそれは「公害の時代」の開幕でもあった。

昭和三十一年から患者が発見されはじめていた水俣《みなまた》病の原因は、昭和三十四年、有機水銀であることが実証されたが、新日本窒素の工場廃液によるものかどうかはまだ長く争われなければならなかった。所得水準の向上と生活の利便化は、ゴミ処理、自動車の排気ガスを含む公害を顕在化させていく。

造船、鉄鋼、自動車を中心として、日本経済は技術革新と大規模化の方向へとためらうことなく進んだ。「なべ底景気」から脱し、平均して年率一〇パーセント強の成長率を保つ日本経済は、その過程に必然的にともなう諸矛盾とともに、まさに沸騰《ふっとう》する中進国型社会相の最後の段階にあった。

日本と日本人は戦後長らくつづいた「内向の時代」を終えようとしていた。

戦後十六年、昭和初年からつづいた十五年の戦争、ことに太平洋戦争の惨敗《ざんぱい》によって、西欧文明に対する敗北感と相対的な自己嫌悪《けんお》に悩んだ結果、国家としてはむろん、個人としても二度と外国へなど行くまいと決意し、営々と身のまわりを整える努力のみをつづけてきた日本人にとり、『何でも見てやろう』をひっさげた小田実という個性の出現は、まさに衝撃だった。この「戦後派青年」はあの恐るべきアメリカをきわめて批評的に眺《なが》めていたのである。

〈日本へ帰ってから、おまえは、おまえの世界のぶらつきのあいだ、劣等感を感じたことはなかったかというアホらしい質問を、アホらしいぐらいよく訊《たず》ねられた。（……）私なら、どんなときにおまえは優越感を感じたか、と訊《き》くところであったろう。事実、生来いばることが大好きなせいもあって、私は世界のあちこちで日本のことについていばりづめにいばっていた〉

なかばの自嘲《じちょう》を含め、小田実が「いばった」のはつぎのようなことがらだった。

〈世界有数の工業国（「原爆以外は何でもつくれる」と私はいばることにしていた）、世界でもっともいそがしい、活力にとんだ国（これは日本を訪れた外国人がひとしく賛嘆もしくは慨嘆するところであろう）、世界有数のインテリ国（超満員の電車のなかでも、ひとは本を、それもサルトルでもフロイトでもマルクスでも読むではないか）、（……）世界でもっとも自由な国（ある意味ではアメリカよりフランスよりもわが日本国ははるかに自由だ。ことに、欲しくない子供は合法的にまったく簡単におろすことができる。これも比類がない）、（……）そしてあのものすごい世界一の大都会ＴＯＫＹＯ（私はアイルランドのダブリンで東京の紹介映画を観《み》た。観客の誰もがホウーとため息をついた。私もため息をつき、ニューヨークやロンドンのような平穏無事な都会に暮らしたり見物したりしたあとだったから、いささかメマイを覚えた）……

いや、もう一つあった。私はこれこそは本心からいばることができたのだが、東と西、また中立陣営をとわず、世界の文明国じゅうで、徴兵制というような野蛮な制度がない唯《ゆい》一《いつ》の国で、わが日本国はあるのではないか〉

昭和三十七年、安岡章太郎は書いた。

〈指揮者の小沢征爾《せいじ》、ヨットの堀江謙一《ほりえけんいち》、等々は『何でも見てやろう』の音楽版であり、スポーツ版であろう。彼らの人気は音楽やヨット操法よりも個人として世界へ出て行ったことによって支持されており、それはラジオやオートバイやカメラの海外進出と同様、戦後の国民精神のサッコウ〔作興〕に、あずかって力があるのである〉（「戦後ベストセラー物語」）

しかし、いまわたしはこの本を注意深く読みながら、通説とは全然べつの青年像を紙背に見通している。それは、なにごとに対しても生真面目《きまじめ》に悩みつつ、長旅の疲れに弱る心を叱咤《しった》しながら、果敢に世界の現実に向かって立とうとする青年像である。また、豪放な語り口の下に透けて見えるのは、古典的な筋目のとおった教養小説としての、あるいは自己救済のための作品としての『何でも見てやろう』である。

小田実は二年間の旅行中、一度も日本に手紙を出さなかった。アメリカ滞在の延長を願い出たり、帰国途上に可能な限り長期の貧乏旅行を試みたり、むしろできるだけ日本から離れていたいふぜいでさえあった。

このとき彼はすでに結婚していた。相手は大阪の高校で同級生だった女性で、小田が東大に入るために上京するとき、みずからも東京の大学をあえて選び、小田のそばにいることをもとめたひとだった。夫のあまりの無音ぶりに彼女は心労を重ねて入院するほどだった。

大宅壮一《おおやそういち》は一九六九年（昭和四十四年）に「七〇年への挑戦者《チャレンジャー》・小田実を裸にする」（『現代』六九年九月号）を書いた。小田を知る三十人ほどの証言を集めて並べたもので、大宅自身の論評はほとんど省かれている。大宅もまた、小田実の複雑さ、あるいはその外向けの態度とはへだたった側面の大なることを予測したのだろう。

小さい頃はおとなしい弱虫だった、と弁護士の父親は大宅の記事中でいう。高校時代には秀才であり、文学青年だった。原書でジョイスを読んでいた。プルーストも英訳版で読んだ。

高校二年で処女作『明後日《あさって》の手記』を書きあげた。そのとき原稿を読んでもらい、河出書房に紹介してくれたのは、フランス文学の強い影響下に心理小説を書きつづけていた中村真一郎である。

河出書房の編集者坂本一亀《かずき》は、十七歳の小田実が「人を睨《にら》みつけるような目つきで、笑顔も見せず、返事も〝ハイ〟と〝イイエ〟だけのギコチない少年」だったと語る。

高校の同級生のひとりはつぎのようにいう。

「実に要領のいい男でね。高三のころ〝入試がなんだ。どうせ落ちるんだから遊べ遊べ〟といって先頭に立って遊ぶんだ。みんなその気になってさっぱり勉強しなかったが、彼はちゃんと夜中に勉強していたんだな。グループは全員落ちたのに、彼一人東大へ入っちゃった」

大学二年で二番めの長篇小説『わが人生の時』を発表したが、世評はかんばしくなかった。「〝俺《おれ》を誰も作家として認めてくれない〟といってフトンをかぶって泣いたこともある」のはこの頃である。これは、学生結婚した奥さんから編集者が聞いた言葉だが、小田実は帰国後間もなく彼女と離婚した。

アメリカに向かう途中、はじめての外国であるハワイに着いた。小田実は「いよいよ英語を話さなくてはならない。いささか武者ぶるいを感じながら」上陸した。この「武者ぶるい」と、『何でも見てやろう』の冒頭の文章「ひとつ、アメリカへ行ってやろう」の落差に注目せよ、ここに著者の日本と日本人である自己に対する、また外国と外国人に対する、ひと筋縄《なわ》ではいかない感情の振幅と陰翳《いんえい》が露出している、と井出孫六はいう。「三十五円ナリのミソ汁つき定食を食べることにしている」と面接試験で答えてアメリカ人を大いに楽しませた青年と、のちにカルカッタの絶対的貧困のただなかで立ちすくみ、「もうこれはタマラン、ぜがひでも、何がなんでも、ここから逃げ出したい」と叫ぶ青年、この振れ幅のなかに小田実の実像がある。彼は向こう見ずな青年ではなく、必ずしも図太くもなかった。彼はひと並み以上に誠実な青年だった。

小田実は、作家たらんと強く志した青年でもあった。「アメリカの現代文学がむやみやたらと好き」だったことが、彼をアメリカ行に駆りたてた要因のひとつだった。ただしヘンリー・デービッド・ソローの『ウォールデン』にはなんの興味もなかった。隠遁《いんとん》文学の聖地ともいうべきウォールデン池《ポンド》にも行ってみたが、とくに感興は湧《わ》かなかった。その意味では、この本に影響を受けた、のちの貧乏旅行者やヒッピーとは血筋をおなじくしない。わざわざ経路をはずれてダブリンへ行ったのも、そこがジョイスゆかりの地だからである。あるいは、昭和三十年代までは子供たちまでもが愛していた、丸山薫の一篇の詩にさそわれたからである。

〈汽車にのって／あいるらんどのような田舎へ行こう／ひとびとが祭の日傘《ひがさ》をくるくるまわし／日が照りながら雨のふる／あいるらんどのような田舎へゆこう〉

メキシコでは、若くしてすでに二冊の著作を持つ作家として遇された。だからこそ急進的な思想でも知られる世界的な著名画家シケイロスにも会うことができたのである。後年「ベ平連」のリーダーとなり、市民運動家として広く知られるようになってからも、「作家」と呼ばれることを常ならずに好んだ。

彼は作家たらんとして東京へ出た。そして、さらに強く作家たらんと望んだ結果、アメリカへ渡り、世界を遍歴してきた。神経質でやや優等生的な傾きのある自分を変革するために、苛烈《かれつ》な空間に身を置こうとした。あえて過酷な条件下の旅を自分に課した。それは作家の、あるいは作家志望者の古典的なやりかたである。彼はその後もおりおり引越しをし、長い外国旅行に出掛け、外国生活を試みた。それはすべて青年時代の方法の延長線上にあって、初老期に至っても揺るぎがないのである。

『何でも見てやろう』は題名の秀逸さと豪放な文体、そしてそこに内包された適度のナショナリズムのために、中進国段階を終えつつある日本にあって、やはり自己変革への衝動に強く駆られていた青年たちに受けいれられ、ベストセラーになった。しかし、それゆえにこそ、読者はこの作品の本質を見失ってしまったのだともいえる。

ここには神経質さと磊落《らいらく》さを意図的に、また無意識のうちに往還する日本人青年の心理の精密な描写がある。新しい事物を目撃することのたのしさと、世界をおおう過酷な現実に対してまったくの無力である自分に感じる、苦さの表現がともにある。日本人であることの誇りと安心感、同時にそれらとなぜかどうしても切り離せぬ陰画のような、恥ずかしさと孤独を思う溜息《ためいき》がある。やや冗漫な構成ながらも、当時の日本人青年の心像を誠実に映しだして戦後の代表的な教養小説として成立し、実は鷗外《おうがい》の『舞姫』の流れを正統に汲《く》む作品であるとさえいえるのに、多くの読者はそのことを見過ごした。ただ、いたずらな元気のよさだけを読みとった。

しかし、たとえそうであっても、この作品の価値がいささかも減じられることはない。著者の最高の作品であることもまた、あらそわれない。しかしまことに残念なことに、このののち、すでに著名となってしまった彼が提出する作品、とくに評論やルポルタージュからは、『何でも見てやろう』にあったような「苦み」は漉《こ》しとられて消え、饒舌《じょうぜつ》さのみがその程度を増しつつ温存された。

大宅壮一の記事中、小中陽太郎は語る。

〈私の結婚式で、大江健三郎が「作品が異常でも、生活が平凡ならよい」というスピーチをしたのに対抗して、小田は「作品が平凡でも、生活が異常であればよい」といったのを覚えている〉

冗談半分だろうが、まるで「自然主義」作家のような発言である。小中陽太郎は意識しなかったかも知れないけれど、これは思いのほか重要な、『何でも見てやろう』の著者のその後を解く鍵《かぎ》である。

現代に生きる青年たちは「べ平連」時代の小田実を知らない。ただ彼らは、ときどき深夜のテレビ討論番組などに登場し、野坂昭如《のさかあきゆき》や大島渚《なぎさ》とオレオマエで呼びあう仲の頑固《がんこ》そうなおじさんとして、あるいは、まるでひとの話を聞くことを恐れでもするかのように、異常な早口の日本語でくり返しおなじことをまくしたてて、言葉のつらなりで時間と自分の周囲の空間とを塗りこめようとする自己防衛的な不思議な個性としてだけ、小田実を知っている。

小田実は一九七〇年代から八〇年代にかけて北朝鮮の肩を大いに持った。自主・自衛・自立という金日成の掲げる旗に、東西冷戦下の希望を見ようとした。あるいは、たんに朴正熙「開発独裁」型政権のもとにある韓国の、「人権の抑圧」を憤《いきどお》った反作用にすぎなかったかも知れない。しかし現実の北朝鮮は、六〇年代なかばからすでに全体主義の体制を完成させており、そこには貧弱な画一化と異常な空洞《くうどう》を抱えた社会がひろがっているばかりだった。その画一化は「アメリカの匂《にお》い」などもとよりしない、ただ新興宗教的原理主義のもたらした過剰に個性的な結末にすぎなかったが、小田実はそのことを見通さなかった。見通したとしても書かなかった。

彼が『何でも見てやろう』で実践した「現場主義」「実感主義」は、中進国民が先進国を見るときに曇りがなく、その逆の場合は、ナショナリズムの理念にひきずられて大いに恣意《しい》的な記述を生んだ。しかし、すでに著名となった小田実には、「もうこれはタマラン」と逃げ出すことはかなわず、実証ではなく実感に頼って作文をつづけるしか途《みち》はなかった。逆説的にも順接的にも『何でも見てやろう』は、「青春の文学」にほかならなかった。小田実にとってそうであり、戦後日本にとってもそうであった。

現在、『何でも見てやろう』という書名は多くのひとびとが記憶していても、実際に読んだものはまれである。いまこそたんねんに読まれ学ばれてしかるべき一九六〇年代初頭屈指の青春小説、教養小説であり、ナショナリズムとインタナショナリズムの摩擦に関する重要な記録であるのに、現代日本人が自分たちの価値観をかたちづくった戦後時代を検証する努力を怠っているように、やはり誰もがそれをせず、小田実自身もしない。

ここでなければどこでも

　二十いく年前のことになるか、ついに十八歳になって家を出た。そしてひとり東京での生活をはじめた。東京にひかれたわけでは必ずしもなく、ひたすら親元を離れたかった。

　中央線高円寺にアパートを借りた。三畳の板の間に造りつけのベッドがあり、ベニヤ板にニスを塗りこめた洋服ダンスと勉強机は見知らぬ前住者が置き去りにしたから、まさに足の踏み場もなかった。駅から歩いて十二分、部屋代は四千円だった。

　当初はそれでも、目に見るもの、耳に聞くもの、ひとつとして新しくないものはなく、仲間との語らい、乾いた冬のアスファルトの道を歩くことさえ楽しく退屈するひまなどなかったが、やがて都会の垢《あか》が身についた。サンダル履きの足の甲は薄汚れ、誰はばからず吸えるようになった煙草《たばこ》の量を過ごして息切れし、また生来飲めない酒を無理に飲んでは顔色を蒼《あお》ざめさせ人心地を失った。ときは一九六〇年代のおわり頃《ごろ》で、世はなにやら騒然としていた。ひとびとは不安げに足早に歩き、生活が豊かにはなってもどこか満たされない気分が色濃く漂っていた。経済成長は毎年高率を維持しつづけたというのに貧乏という病いも根治することなく、どこかちぐはぐな時代だった。わたし自身は、自分の適性もわからず希望のかたちも定まらず、ゆえに行先の皆目見えぬまま、少しずつ沈澱《ちんでん》する不安に悩まされつつ五、六年の歳月がすぎて、はやくも一九七三年になった。

仕事はやめたばかりだった。アルバイトである。それは台所用品のアンケート調査兼売りこみで、いってしまえば話術による一種の詐欺《さぎ》だった。自宅からだろうが外からだろうが始終電話をかけていなければつとまらない仕事だったが、わたしはいつか電話をかけることも受けることもできなくなっていた。はじめはそうでもなかったのに、ふた月ほどで見も知らぬ相手と電話で話すことがこわくなり、ついには電話のベルそのものにおびえはじめた。電話線の彼方《かなた》は黒くて巨大な大都会そのものと、機械仕掛けのように動き、そのくせゴムのような体を悪意でふくらませた人間たちの群で埋めつくされていると思えたのである。

はっきりやめますと申し出たわけではない。先方に定期的に出頭することを怠れば自然失職になる、それだけのことである。わたしは、なにごとも覚悟を決めてはじめることができなかった。また、決意してなにかをやめることもできなかった。なしくずしに世の中のゲームから降りて、なしくずしに世の中から忘れられていった。一九七二年のなかばくらいからはずっとそんなふうだった。

仕事を投げてしまうと、朝起きてもすることがない。だいたい朝になんか起きやしない。

昼すぎに空腹で目覚める。しかし起きあがるのも飯を炊《た》くのも面倒だ。枕元《まくらもと》に転がっている本をまた読む。それは古い文庫本である。

それ以前わたしは貸本屋の上客だった。中央線沿線のそのあたりには貸本屋のチェーンがあり、大衆小説から吉本隆明《よしもとたかあき》選集や岩波新書までとりまぜて、新刊ものならたいていおいてあった。もっとも吉本隆明選集や大塚久雄の選集などは借り手が少なかった。本の小口《こぐち》を見るとたいてい表紙から十分の一くらいまで薄く手垢がついていて、あとは真っ白だった。わたしも借りるには借りたがやはりそのくちだった。山本周五郎や筒井康隆《つついやすたか》などのページにもめくったあとがあった。わたしもそうした。本の定価によって貸し出しの値段は違えてあった。二日間で六十円か八十円、あとは一日増すごとに二十円というのが相場だった。

しかし七一年のニクソン・ショックによる多量のドルの流入、一九七二年からの田中内閣の超積極財政と金融緩和によっていわゆる「過剰流動性」が生まれ、インフレがはじまっていた。七二年一年間で東京圏の土地の値段は五割増しくらいになり、喫茶店のコーヒーも百円から百五十円になった。貸本の値段も七三年には一冊あたり二十円ずつ値上げされ、おまけにわたしはまるっきりやる気を失って収入は減るばかりだったから貸本屋から自然遠ざかった。そして数少ない手持ちの本を決して熱中することなく、しかし何度もくり返して読んでいたのだった。

「敵意は寒気《かんき》と選ぶ所はない。適度に感ずる時は爽快《そうかい》であり、かつ又健康を保つ上には何びとにも絶対に必要である」

「危険思想とは常識を実行に移そうとする思想である」

枕元の文庫本にそんなくだりがあった。当たっているな、と思った。当たっているけれども、いまのわたしでは役には立たない。五、六ページ読んで、また軟泥《なんでい》にひきこまれるようにまどろんだ。

ある日の夕刻、眠ることにもようやく飽きて、わたしは当時住んでいた荻窪《おぎくぼ》のアパートを出た。散歩には違いないが、心はふさいでいた。いや空虚だった。空虚な軽さがあった。若杉小学校の裏手から衛生病院の前へ出た。そして教会通りの途中から左に折れ、そのまま線路沿いの道を歩いた。このまま歩きつづけると阿佐谷《あさがや》まで行くことになる、と他人《ひと》ごとのように思った。金はなかった。しかし時間はたっぷりあった。行先がどこであろうと構わなかった。

駅の方から足速に歩いてくる勤め帰りのひとびとが、つぎつぎわたしを追い抜いて行った。やがてあかりはまばらになった。小さな家が建てこみ、朽ちかけた板塀《いたべい》がその貧弱な領分を主張している。電灯がわびしく照らしだす、その塀と母屋《おもや》のごくわずかな隙間《すきま》に、なんの花か咲いている。かすかにかおった。

細い道は、自然に中央線の高架下に入った。ところどころに、薄暗い照明に照らされたそこには捨てられた安物の家具や古い電気製品の残骸《ざんがい》があるばかりで、あとはむき出しの黒土である。打ちっぱなしの太いコンクリートの柱の表面は冷え冷えとした印象で、それがまた果ても見えない列をなしているようだ。わたしは一瞬異界へまぎれこんだように思え、かすかに身震いした。

高架下の道を抜け線路の反対側に出ると、ふたたび灯火が増した。細い小路が何本も入り組んだ一画である。小さな飲み屋が無数に並んでいた。わたしはその複雑な路地を二度三度とめぐった。かつては住宅だっただろう木造モルタル造りの家を、荒っぽい工事で改装し、階下に四軒、二階に四軒の小店が雑居している、そんな店の扉《とびら》は、たとえば壊した木箱の板の貼《は》りあわせで、表面にけばが残っていた。二枚の板をエックスの字のかたちに打ちつけて補強してあった。その交点のところに「スケアクロウ」とベニヤに黒マジックでかいた看板が釘《くぎ》の頭を見せたままとめてある。扉を押すと油の切れた蝶《ちょう》つがいが耳ざわりな音で鳴いた。

気まぐれに押したその扉の向こう側は、すぐ右手がカウンターで、素人《しろうと》大工の仕事とひと目でわかった。カウンターのなかに腕組みして立っていた若い男が、明るいが商売熱心とはいえない調子で、「いらっしゃい」といった。下ぶくれの童顔で、血色のよい男だった。

左手にはテーブルがふたつばかりあった。それは工事用のケーブル巻きを立てたものである。真ん中の、本来芯棒《しんぼう》の入るはずの穴にトマトケチャップの業務用缶《かん》が挿《さ》しこんであり、それが灰皿がわりだった。卓には木製の粗末な丸椅子《まるいす》が五、六個ずつ配置されている。左手から手前の壁際《かべぎわ》まではつくりつけのベンチである。カウンターにも丸椅子が三個ばかり、それで全部だった。もう珍しくなったはだかの白色灯が何灯か、たわませないために途中で結んだコードで吊《つ》り下げられ、眩《まぶ》しいほどに明るい。わたしは手前にある方の卓の椅子に掛けビールを注文した。青年は「はいっ」とこたえた。

「あ。あたしがする」

といって、青年がカウンターに置いたビールびんと一合入りの清酒の容器を流用したコップをとりあげたのは、奥の方の卓にいてひとり煙草を吸っていたジーンズの若い女の客だった。

「わるいね、エリちゃん」

と青年はいった。のちに知ったことだが青年の本名は石田鉄夫といい、客にはテッちゃんと呼ばれていた。

のちに彼女がわたしにいったことがある。

「スケアクロウのテッちゃんね、あのひと東大なのよ、法学部の中退」

「へえ、そうなの」

「田舎の秀才だったわけよ」

「なんでやめちゃったんだろう」

「気まぐれじゃないの」

当時まだ気まぐれが流行していた。計画性に富んだ青年は一九七三年までは軽んじられるふうだった。

阿佐谷のそのあたりには、学生崩れの経営している店が多かった。いつ行っても西岡恭蔵の「プカプカ」という歌を流していた北口のスナックは一橋の中退の男がやっていて、線路脇《わき》のロック喫茶の、いつも不機嫌《ふきげん》な顔をした髪の長い美人は女子美の中退だった。酒屋の地下倉庫を改造した彼女の店には手洗いがなく、客は近くのゲームセンターまで歩いて用を足さなくてはならなかった。どの店も内装は素人の仕事で、出てくるコップや皿はみんなまちまちだった。

わたしにビールを運んでくれたのは、エリコという名前の客である。彼女は自分の席に戻って新しい水割を飲んでいる。

「あなた、去年さあ」

わたしは顔をあげた。彼女が自分に話しかけているのだと気づいた。

「間違ったら悪いんだけど、去年の秋会わなかったかな。去年の秋、コイワイでさ」

コイワイ？　小岩井のことだろうか。

「行ったでしょ、コイワイ。星を見に」

わたしはたしかに小岩井へ行った。去年、一九七二年の十月のことだった。統計事務所のアルバイトを終えて社会党員の正職員にピルゼンビヤホールでビールをおごってもらい、有楽町から国電に乗った。もう十二時近かった。神田で降りて乗り換えるつもりだったが、うっかり乗りすごして上野まで行き、気まぐれで東北線の夜行列車に乗った。ちょうど週払いの給料の出た日だった。

翌朝盛岡に着き、バスで小岩井農場のあたりまで行った。盛岡でうろうろしていたのでもう夜になっていた。農場入口の広い駐車場には、車で他県からやってきたグループがすでに何組もいて、寒さに備えて厚着をしつつ望遠鏡を組み立てたり、携帯コンロで湯を沸かしコーヒーを飲んだりしていた。思いだした。あのとき会った彼女だ。

「結局、流星雨は見えなかったね」

とわたしはエリコにいった。

「そう、結局見えなかったね」

と彼女はいった。

流星雨とは雨のように降る小さな流れ星のことである。それはジャコビニ流星雨と名づけられ、一九七二年十月八日の夜に北日本一帯で見られるはずだった。北国の夜、満天に降る星くずを想像するとわくわくした。気まぐれで東北線の列車に乗ったのも、それに気をひかれてのことだった。しかし実際には、雲になかばおおわれた空に流星はかけらさえ見えなかった。

わたしは泊る場所の予定をまるで考えていなかった。旅館くらいはあるだろうと高をくくっていたのだが、小岩井農場には、格式と値段の両面からわたしを大いにためらわせる瀟洒《しょうしゃ》なホテルが一軒あるばかりだった。

だいたい人家がまったくない。流星雨は見られないと決まると急に寒さが身に沁《し》みてきた。集まった車も一台ずつ去り、夜更《よふ》けの駐車場にひとりだけ残されかけたわたしの傍《かたわ》らに車を寄せてくれたのがエリコだった。

「あなた、どうやって帰るつもり?」と彼女はいった。「よかったら盛岡まで送ってあげようか」

わたしは一も二もなく応じて、シビックに乗りこんだ。襟《えり》をきつくかきあわせていたわたしに、彼女は、グローブボックスのなかにウイスキーがある、と教えてくれた。

わざわざ東京から見にきたのにすっげえ空振り、と彼女はいった。いっそ東京まで連れて行って貰《もら》えないものかとも思ったが、頼みこむ勇気はなく、自分も東京からきたんだけど、とだけつぶやいた。

「あっ、そうなの」

と彼女は軽い口調でいった。それから、北極までこのままつづいているといわれても信じられそうな、ガードレールの反射板だけがキタキツネの眼《め》のように輝く、長い真っすぐな道に目を据《す》えながらつづけた。両側とも暗く深い森である。

「最初は四人で行こうという話だったの。酒飲んで盛りあがってさ、そういうことになったの。たまたま誰かが持ってたんでマリファナもやったんだけど、四人で一本分じゃね、わかるでしょ、全然効かなかった。しょうがないから、ちょっと眠ったら出ようということになったわけ。ところが起きないのよね、みんな。せいぜい夜明けまでには出なくちゃいけないのに。アサーッとか耳元で騒いでも駄目《だめ》なの。男って根性ないのよ、意外と。一度寝ちゃうと気分萎《な》えちゃうし、人がかわるのよね。オレやっぱりやめるわ、とかさ、いろいろいうわけよ。気まぐれを実行するって、たいへん。だけど悔やしいしさ、ま、意地もあったし。そいつらの車借りてひとりできたんだけど。流れ星なんてぜーんぜーん見えないし、気まぐれって報われないものね、やっぱり」

一時間後、わたしは深夜の盛岡駅前で降ろされた。


「なんで行ったの？　あんなとこまで」

彼女がわたしに尋ねた。

「流れ星にね、願いをかけるつもりだった」

エリコはわたしの卓に移ってきていた。飲みなさいと自分のボトルから濃い水割をつくってくれた。

「どんな願い？」

「流星雨は降らなかった。だから、かけなかった」

「もし降ったら？」

「まあ、いいことがありますように、とかね」

「漠然《ばくぜん》」

「しょうがないよ。具体的には浮かばないんだ。きみはなんで？」

「すごいだろうなあ、とか思っただけ」

「すごかっただろうなあ。もし降ったら」

「でも見られなかった」

「見られなかった。三時間も待ったのに」

「震えていた、車に乗ってきたとき」

「東京までは乗せて行ってくれなかった」

「わかったんだけどね、雰囲気《ふんいき》は。東京まで便乗したいという」と彼女はいった。「でもなんかあなたかわいそうっぽくて。あたしそういうタイプに弱いから」

「弱いって、好きだってこと？」

「違う違う。嫌《きら》いなんだ。嫌いだけど、ついかかずらわっちゃって、あとで面倒になるから。そういうやつって、けっこう平気で裏切ったりするから。何度もやられたもんでさ、すごい警戒的なわけ」

エリコはわたしの眼のなかをのぞきこんだ。

彼女は痩《や》せていて、唇《くちびる》の色はとても薄かった。髪は長く、背中の真ん中へんまであった。そして、少し酔ったような、とろんとした眼をしていた。わたしはたじろいだ。

その頃、若い男はみんな上田正樹《まさき》みたいな顔をしていた。若い女はたいていカルメン・マキみたいだった。かりに顔は似ていなくとも、男は「やさしさ」と「気弱さ」を、女は「やさしさ」と「孤独さ」を、はやりの服のように身にまとっていた。エリコも顔立ちはカルメン・マキというより小川知子《ともこ》に近かったが、やはりやさしかったし、どこか孤独そうでもあった。少なくとも、どこか意図してやさしくあろうとしていた。

「かわらないのねえ、きみは」とエリコはいった。「あいかわらずかわいそうっぽい」

わたしは意図して「かわいそうっぽく」していたのだろうか。そんなつもりはないのだが、本人のつもりなんて当てになりはしない。流行のほうがもっとしぶとい。

「一年間、なにをしてたの？　なんか希望が湧《わ》いてる？」

わたしは水割をぐびりと飲んだ。

「なんにもしていなかった。希望は、とくに湧かない」

「わかるなあ、それ」彼女はいった。「あたし、それ、いわゆるレトリックじゃないと思うんだなあ」

「じゃあ、なに？」

彼女はいった。

「なにって、あなた。たんにほんとうのことよ。なァんにもしてなかった。それも堂々とじゃなく、おびえたり反省したりしながらね」

ほんとうのことかも知れないが、面と向かっていわれるとこたえる。むっときもする。しかしわたしはつとめて鷹揚《おうよう》な表情をつくり、うんうん、それはいえてる、といいながらうなずいた。まわりはじめた酒の力である。うごめきはじめた下心のせいでもある。

「そいでさ」エリコはつづけた。「おれはホントはこんなことしてちゃいけないんだ、ホントはこんな人間じゃないんだ、なんてときどきつぶやく。そうでしょ」

「つぶやかない」

「ついでに明日《あした》に向かって走らなくちゃなんて思っちゃう。でも人間……聞いてる？」

「聞いてる」

「人間、反省してなんとかなるなんてことはないもんね」

「そう？」

「それにさ、だいたい明日がどっちにあるかわからない」

なにかいいかけたわたしの言葉を封じるようにエリコは肩に手をかけた。そして、飲も、もっと飲も、といって新しい水割をつくった。どんぶりに入った不規則なかたちの氷は指先でつまんでコップに入れた。空になったどんぶりをテッちゃんのところへ運び、アジのタタキとクジラのベーコンとポテトサラダを追加注文した。振り返って、いいからいいから、あたしおごっちゃうから、といった。

席に戻った彼女にわたしはいった。

「ついてないんだよ。レンセキの一件はおれにはなァんも関係ないんだけど、どういうわけだかあれ以来ついてないんだよ」

「レンセキ?」

「レンゴーセキグン。競馬しても駄目《だめ》だ。ダービーじゃハイセイコーでえらい損した。あれ以来ジャンケンしても負ける」

「努力が足りないのよ」

わたしは好物のクジラのベーコンをまとめて三枚ばかり口に運んだ。

その夜、彼女はわたしのアパートにきた。わたしはひさしぶりの酒ですっかり酔いがまわっていた。真っすぐに歩けなかった。しかし、冷えた夜風は気持よく、わたしたちは「いいじゃないの幸せならば」とか「若いという字は苦しい字に似てるわ」とか荻窪まで大声で歌いつづけた。来たときとは違って広い青梅《おうめ》街道を歩いて帰った。

綿の片寄った薄いふとんの上にごろりと転がった。酒もひさしぶりだったが女性もひさしぶりだったので、そのまま彼女の胸に触れた。ずいぶん薄い胸だった。彼女は拒まなかった。わたしは姿勢をかえ彼女の胸に頰《ほお》を押しつけた。かすかな汗のにおいと女のにおいがした。

「なんか、好きになっちゃったみたいだ」

くだらない決まり文句をいってさらに体をずりあげたとき、突然こみあげた。

トイレへ走りこんで思い切り吐いた。固形物はほとんど出なかったが、いくら吐いても吐き気はやまなかった。いつもの悪酔いとは少し違うと思ったのは、からっぽの胃を裏返すように吐いているうち、下腹部がひどく痛みはじめたからである。

便器の前でへたりこんで動けなくなったわたしを、彼女は引きずり出してくれた。しばらく横になっているうち、今度はひどい下痢《げり》がはじまった。何度も這《は》うようにトイレへ通った。そのうちに高い熱が出て、わたしはなかば意識を失うようにして眠った。

目ざめるとまだエリコはわたしの部屋にいた。彼女はモモの缶詰《かんづめ》のシロップをスプーンでひとさじずつすくって飲ませてくれた。はらわたにしみるようだった。部屋はまだ暗かった。家にはなかったはずの体温計と胃腸の薬が枕元に置かれていた。

まだ夜か、というと彼女は笑った。やっぱりさびしそうな笑いだった。

「あれからあなたずっと眠ってたの。二十時間くらい眠って、また夜になったの。すごい熱が出てね。唇が真っ白に乾いちゃって。救急車を呼ぼうかと思ったくらい」

「そうか」声がかすれていた。

「あたったのね。馬券だって当たらなかったくせに」

「多分、鯨のベーコンだ」

「あたしも食べたけど」

「一枚くらいだろ。残りは全部おれが食べた。間違いないよ。あの赤い縁《ふち》んとこを思い出すだけで気分が悪くなる」

「あんなものであたるかな」

「だっておれ、ついてないんだもの。かわいそうな星のもとに生まれついてるんだもの。それにしても残念だよ。すごく残念だ」

「なにが？」

「せっかくいっしょに寝られると思ったのに。あんなときに、鯨のベーコンにあたるなんて、死刑囚が、死ぬような努力をしてようやく覚悟を決めたとたん、スペイン風邪でころっといっちゃうようなもんだ」

「へんないいかた」

「へんかねえ。とにかく、おれには生きてる資格もない、そういうことだ」

半分は冗談のつもりで自分をあわれんでいるうち、ほんとうに情ない気持になった。涙があふれてきた。わたしは汚れたふとんの襟《えり》を両手で掴《つか》み、泣いた。エリコが手を伸ばし、指でわたしの涙を拭《ふ》いた。

「なにをいってるのか、ちっともわからないけど、泣いたら駄目だよ。泣いたら、少しは残ってるかも知れないいつきが流れちゃうんだから。心配しないでいいんだから。治ったらいつでもいっしょに寝てあげるからね、心配しないで眠りなさい」

わたしは彼女の指を握った。とても細い指だった。

「どこにも行かないでくれよ。ずっとそばにいてくれよ」

「わかったわ」エリコはいった。「どこにも行かない。治るまでいてあげるからね」

「治っても、いてよ」

「治っても、いてあげる」

わたしは「助かるよ」と涙声でいった。「恩に着るよ」

とうとうひとりではなくなる。ひとりで冬を迎えなくともすむ。セックスもできるし、多分経済的にも助かるだろう。わたしはまだ熱のさがりきらない頭でそんなことを考えた。

「ここの家ね」としばらくして彼女がいった。「押入れに鈴虫がいるの？」

「いないよ。いないはずだよ」

「だって鳴くんだよ。あたし聞いたよ」

「ああ。それは電話だ。電話を毛布で包んで紐《ひも》で縛ってある」

「梱包《こんぽう》芸術ね。まるで赤瀬川原平ね」

十月の下旬に読んだ新聞記事をわたしは半泣きのまま思い出しつつ、くすんと笑った。朝日新聞の社会面に大きく、彼が事情聴取されたことが出ていた。美術雑誌の「資本主義リアリズム講座」という連載で、彼は実物大の千円札を作品として載せていた。「ダレにも出来ない楽しい工作」とわざわざかいてあるのに、その千円札を切り抜き貼《は》りあわせて、川崎の映画館で実際に使おうとした男がいたのだ。

わたしはずっと以前にもその名前を聞いたことがあった。中学生の頃、彼はやはり千円札の模写の芸術を行なって、当時何十枚か出まわっていたニセ札「チ-37号」との関連を追及されていた。「自称超前衛の若い画家赤瀬川原平コト克彦《かつひこ》」と記事中にあった。以来、赤瀬川原平というい かにも不穏そうな名前を長く記憶していた。わたしは長く朝日新聞の読者であり、その記事を疑う習慣を持たなかったから、上京し、阿佐谷の一杯飲み屋で彼の姿を見かけたときは反射的に「あ、自称超前衛」と心のなかで叫んだりしたのだった。

そうか、あの梱包芸術というやつも、電話恐怖か対人恐怖から出発したのかも知れないな、と思いながらまた眠った。

翌日、わたしはようやく床から出ることができた。全身汗臭かったのでふたりで銭湯に行った。黄昏《たそがれ》どきのおもてに出たとき、少しふらついてアパートの鉄階段の手摺《てす》りに掴まった。

銭湯の前でエリコは待っていてくれた。普通男の方が早いでしょ、だから急いで出てきちゃった。そう彼女はいった。なんか四畳半フォークみたいで、ちょっとやだけどね、とつけ加えた。アパートへ帰ってからひさしぶりにセックスをした。食あたりのせいか、それとも普段の怠惰な生活のせいか、かなり息切れしたけれども、結果はかなり満足すべきものだった。

十月、中東で起こった戦争は、十一月の日本にいわゆるオイルショックを導いた。遠い日本でもガソリンが値上がりし、灯油が値上がりし、すべての物価があがった。洗剤とトイレットペーパーが品不足になり、週刊誌と新聞は薄くなった。電力節約のため深夜のテレビ放送が中止になり、街のネオンが消された。寒い冬がやってきた。

彼女は働きはじめた。駅前のスナックに勤めたのだ。六時から十一時まで、一日出ると二千五百円になった。帰りに客に寿司《すし》屋に誘われたといって、ときどき折詰を持って帰ってきた。

苦労をかけるなあ、おれの甲斐性《かいしょう》がないばっかりに。いいのよ、あたしは、あんたさえいてくれたら。などといいあいながらふとんの上に倒れこむヒモのような生活も、はじめはいいが、ふた月もすれば飽きる。わたしは新聞広告を見て勤め口を捜しはじめた。

年があけてからわたしはいくつか面接に行った。すべて小さな出版社だった。しかし、自分に出版だの編集だのの適性があるとは思えなかった。わたしは週刊誌の見習い記者を失格になったばかりである。もともと電話が怖いのだから、つとまるわけもなかった。「赤い眼鏡をかけるとインポになる」、「どこで攻めれば彼女はオチるか、東京の必殺デートコース50」、「あそこのヘアーのかたちでわかる女の性格と女の味」などというタイトルを、かたわらに立つわたしの方には目もくれず座ぶとんを敷いた事務椅子《いす》の上で同僚と花を引きつづける色黒の編集者に与えられ、それでも勇気をしぼり出して見知らぬ相手に電話でコメントを依頼しては断わられたりバカにされたりしているうちに、わたしはすっかり自信を失い、人生の意味を疑い、ついに電話と他人とを恐怖してアパートに逼塞《ひっそく》するようになってしまったのだった。エリコと出会ったのはその頃である。なのにわたしはやはり出版社に仕事をもとめた。その理由は実はいまもってわからないのである。

神保町《じんぼうちょう》の小出版社に雇われることが決まり、二月から勤めはじめた。彼女はそのことをさして喜ばなかった。まあ、いいんじゃないの、生活は楽になるし、家にとじこもっていらいらすることもなくなるんだから、とだけいった。

最初の何週間かは背広を着て出勤した。エリコが丸井で買ってくれたのだ。背広を着ているうちは毎日七時に帰った。彼女の仕事が終わるのをアパートやパチンコ屋や遅くまで店をあけている喫茶店で待ち、夜食をとりがてらいっしょに飲みに行った。「スケアクロウ」にも何度か行った。

そのうちジーンズの上下で出勤するようになると、仕事は忙しくなり、おもしろくもなった。電話恐怖症はすっかり治っていた。毎日夜遅く帰った。遅いのは仕事のせいばかりではない。会社のおなじ年頃の仲間と麻雀《マージャン》をしたり、新宿へ飲みに行くようになった。仲間のひとりの女性と親しくなりつつもあった。わたしはそれ以前の二年ばかり世の無常を嘆じ、まるで初老の気分でいたのだが、その頃にはぬけぬけと年相応の青年に戻っていた。もうあわれっぽいことを口にせず、指で涙を拭《ぬぐ》ってくれる女も必要ではなくなっていた。喉元《のどもと》をすぎて熱さを忘れたのである。

春になった。

ある晩、エリコといっしょに妙正寺池の方まで歩いた。たまには夜の散歩をしようとエリコがいいだし、わたしは疲れているからいやだと渋ったのだが、いつもはあっさりとあきらめる彼女がその日だけは執拗《しつよう》だった。空気はあたたかく、筋肉もくつろぐような夜だった。どこからかなつかしい花のかおりがした。

「我々を恋愛から救うものは理性よりも寧《むし》ろ多忙である」

妙正寺池の水面をゆっくりと泳ぐ二羽のアヒルを柵《さく》にもたれて眺めながら、彼女はそういった。

「え？　なに」

「恋愛もまた完全に行われる為《ため》には何よりも時間を持たなければならぬ」

「なんだよ、気持が悪い」わたしは笑った。

彼女はつづけた。

「ウェルテル、ロミオ、トリスタン――古来の恋人を考えて見ても、彼等は皆閑人《ひまじん》ばかりである」

「どうしたのさ、いったい」

彼女はアヒルを目で追ったままだった。

「あんたが鯨のベーコンであたったときね。覚えてる?」

「覚えてるよ。忘れるわけはない」

「部屋に落ちていた本を読んでいたの。あんたが眠っているとき。ほかにすることがなかったから。そこに書いてあった」

「ああ、あの文庫本」

「やっぱり時間がないと駄目なんだね」

「時間?」

「やっぱり恋愛はさあ、時間がないと駄目だね。それから、体が元気すぎても駄目なんだ」

「どうしたの、いったい」

「かわいそうな男を助けてやるときだけ、はりあいがある女なんだね、あたし」

彼女はわたしのほうに向き直った。

「ねえ、あんたもう一度病気にならない？　鯨のベーコンでもフグでも、もう一度あたってみない？」

「いやだね。あんな気分には二度となりたくない。きみは気楽にそんなこというけど、苦しむもんの身にもなってみろよ」

「ひどい風邪でも結核でもいいんだけど。対人恐怖でもいいし」

「ばかいうなよ」

「あんたが病気になれば、あたしが必要になるでしょ。あなた、あたしに頼るでしょ。そしたら、あたしは一日中そばにいて、タマゴ雑炊でごはん食べさせてあげる。あなたの寝ているベッドに片肘《かたひじ》ついて。窓から入ってくる風に吹かれて。野良《のら》ネコにエサをやって。そういう生活ができるのになあ」

　エリコはしゃがみこんで足元の小石を拾った。

「思い出すねえ。全然空振りだったジャコビニ流星雨」

「そうだったなあ。全然無駄足だった」

「あの頃も、スケアクロウで会ったときも、あなた、あたし好みに哀れっぽかった」

「そうだっただろうなあ」

「いまじゃありふれた元気な青年になっちゃって、ほかに女をつくっちゃうし。ああ、すごく損しちゃった」

彼女は小石を、えい、と池に投げた。狙《ねら》ったわけでもなさそうなのに、夜目にもあざやかなゆるい弧を描いて飛んだ小石は、アヒルの一羽の背中に命中した。アヒルはガアガアとけたたましく騒ぎ、羽根をばたつかせた。それから大急ぎでいちばん近い岸の方に泳ぎ去った。もう一羽もあとを追った。水面が波立った。

それからひと月ほどしてわたしはエリコと別れた。彼女は朝早く出て行った。

「じゃあね、あたし行くから」

と玄関のドアをあけながらいった。

どこへ行くんだ、あてはあるのかと尋ねると、「大丈夫」といった。「行くとこなんかどこだってあるもの」

二年ほど前、「スケアクロウ」のマスターだったテッちゃんに偶然再会した。

彼は都内の私立大学の先生になっていた。店は一九七五年に閉めて東大に戻ったのだそうだ。主任教授に頭をさげて復学し、大学院にも二年ほど行った。それから何校かの短大の講師をやり、八〇年代のなかば頃、いま勤めている大学に職を得た。千葉の奥の方の「屁《へ》みたいな学校」だけど助教授である。

「あのね、エリコだけどね」

と彼はいった。

「あれからしばらくおれんとこにいたんだよ」

「働いていた？」

「いや、おれの部屋にね。ちょうど女に逃げられて、あいてたから」

「そうかあ」

「でも一年くらいで出ていった。あいつといっしょにいるうち、また大学へ戻ろうかなという気になったわけ。エリコにはそういうところあるよね。なんかひとを、やる気にさせちゃう。本人は元気じゃないのに、元気をうつしちゃうというか。もともと日和《ひよ》ってて親に泣かれて、退学じゃなくて病気休学にしてあったからね、学校は」

「いまどこにいるか、知ってる？」

「わからないんだ。あいかわらず落ちこんだ男を救って歩いてるか」

「それとも救いきれない男と結婚したか」

テッちゃんはすっかり太っていた。しかし童顔はむかしのままだった。童顔のまま老《ふ》けこみはじめていた。もみあげのあたりが白い。

「でも」と彼はいった。「おれたちが救われたんだとは必ずしもいえないと思うよ。少なくともおれはね。逃げ道はとっておいてあったから、順当に病気が治って社会復帰しただけでさ。きっかけにはなったけど、エリコに救われたというわけじゃないな」

反省すべき青春だったな、とわたしは思った。しかし反省してどうなるものでもないだろう。反省の結果、あの日のエリコが帰ってきたとしても、わたしはやはりおなじことをくり返してしまいそうだ。自分の心ほど頼みがたいものはほかにないのである。「やり直しがきかず、とり返しのつかないことに対してだけ人間は反省の甘美な味をたのしむことができる」――あの文庫本、芥川龍之介の『侏儒《しゅじゅ》の言葉』にも、たしかそんな一節があったのではないかな。

その後は阿佐谷あたりに行く機会はほとんどない。テッちゃんみたいな連中がやっていた店は一軒残らず姿を消した。高架下もコンクリート面にペイントで区画を切った駐車場になり、あの不思議な空間はエリコをともなって、わたしの手の届かない場所に去ってしまったことだけはたしかである。

一九六九年に二十歳《はたち》であること——『二十歳の原点』の疼痛《とうつう》

一九六九年（昭和四十四年）六月二十四日未明、正確には午前二時三十六分、京都市内中心部に近い山陰本線天神踏切で梅小路操車場へ向かう貨物列車にひとりの女性が身を投じた。即死だった。翌朝、いつものように勤め先の県庁に出た高野三郎は京都の警察から電話を受け、急ぎ栃木県から京都に向かった。京大医学部で確認した遺体はまぎれもなく娘、悦子のものだった。当時、高野悦子は二十歳、立命館大学文学部史学科の学生だった。

高野悦子は遺書を残していなかった。しかし、丸太町の下宿からは十数冊の大学ノートが見つかった。それは彼女が中学二年生のときから書きついできた日記だった。

日記の最後の記述は六九年六月二十二日付である。それは六月二十二日、すなわち死の二日前の朝、おそらく十一時頃《ごろ》から昼すぎ一時半頃まで書かれたあと、いったん中断している。それから彼女はウエイトレスのアルバイトをしているホテルへ出掛けた。

六月二十二日は日曜日だった。前日の雨はやみ、午後からは太陽がのぞいた。梅雨の晴れ間のむし暑い日だった。

〈バイト先で私は皮肉と悪口ばかりいっていた。これじゃ誰からも嫌《きら》われるのは当然です〉

とその夜十一時前に帰宅した彼女は再び日記に記している。

しかしこの言葉どおりに受けとることはできない。もとより内省的で自意識の強い彼女だったが、大学入学以来その傾向はさらに強まり、ときには自分を必要以上に卑下して眺《なが》め、そのように日記に書く癖が顕著になっていたからだ。

はるか以前、彼女は書いた。

〈このノートは私のものである。私以外の誰のものでもない。（……）私はあまりにも支配をうけ、きずなにしばりつけられてきた。今までのノートにもそれはあらわれていた。誰のものでもない、私自身のものなのである。このノートは〉

〈友情、恋愛、人生、存在、社会、自己の存在価値、家族、性、いろいろな問題があるはずだ。

そしてこのノートは醜いものでなければならない。私自身が醜いものなのだから〉（一九六八年一月二十二日）

彼女にとって日記は逃避の場所とはならなかった。むしろ「醜い」と信じる自分、あるいは「醜くなくてはならない」自分を映し出す鏡だった。そこは罪や恥や反省をひそかに保管する場所でもあった。そのような日記を彼女はしばしば持ち歩いて、喫茶店のテーブルでも書いた。真面目《まじめ》で、多少内省的すぎる若い女性がおうおうにしてそうであるように、高野悦子は「自然主義文学」の考えかたで自分をいつも鞭打《むちう》っていたのである。「正しい生活」や「正しい生きかた」をもとめるあまり、あり得べき姿から遠く離れた場所にしかいない自分を責めつづけていたのである。

アルバイト先でのその日の彼女に異常は感じられなかった。ただし、いつもよりは少しばかり不機嫌《ふきげん》に見え、いつもより少しばかり皮肉な口調が多かった。

だが、同僚たちは気にとめなかった。五月頃からやや彼女の気分が不安定だということに周囲は気づいてはいたが、年頃の女性がそのような振幅を見せがちなのは経験上理解されていただろうし、六〇年代末のざわついた日本社会の空気は、「変人」や「奇癖」に対して寛容でもあった。そのうえ、彼女のまれに見せる微笑は、多少の陰翳《いんえい》を帯びつつもかわらず魅力的だったから、誰もがその内部の深刻な危機には思いおよぶことがなかった。

おそらくこの日の夜、アルバイト先からの帰り道、彼女は薬局で睡眠薬を買った。当時は処方箋《しょほうせん》なしでも睡眠薬を買えたのである。九錠入りで百四十円、三箱で四百二十円だった。午後十一時四十五分に彼女は一錠ずつ口に入れはじめた。いつ眠くなるのか、と試す気持で日記を書きついだ。

〈きのう「シアンクレール」（関川註——喫茶店。フランス語の「明るい色の犬」と「思案にくれる」にかけてある。クラシックからポピュラーな洋楽までを客のリクエストで流した）にいたら女の子が話しかけてきた。話がはずんでサイクリングに行こうということになった。琵琶《びわ》湖にいくことになった。しばらくジャズを聞いたあと私は言った。「私やめるわ。一週間も先のことどうなるかわからないし」〉

「きのう」六月二十一日は、アルバイトは休みだったか休んだかした。十時半頃起き、一時頃からえんえん八時まで、その喫茶店に彼女はいたのである。

当時、大都市にはひとりで入るような喫茶店が数多くあった。ジャズ喫茶がその代表的なもので、「シアンクレール」も広義のジャズ喫茶と考えていいだろう。

ジャズ喫茶にはおおまかにいってふた種類あった。ひとつは誰かと話していると「お静かに願います」と書かれたメモのまわってくるような店だった。ここに集う青年たちは頭をかかえこんだり眼《め》をつむったり、音の奔流にわが身を打たせる求道僧のようだった。五〇年代に流行した「名曲喫茶」のクラシックをジャズにかえただけで、正統的に受けついだといえるかも知れない。かかる音楽もジョン・コルトレーン、セシル・テイラー、アルバート・アイラーなど、ひとによっては頭痛がするジャズである。

もうひとつは高声でなければいくら話しても構わない店だった。若い男女は店にくるとそのままずっとひとりでいてもいいし、誰か、やはりひとりでいる異性の客に話しかけることもできた。「内気なシングルズ・バー」である。ジャズには違いないが、はるかにわかりやすい音楽を流していた。こちらはおそらく「歌声喫茶」が時代にあわせて変態したものだろうが、原型の面影《おもかげ》はきわめて稀薄《きはく》だ。それは学生たちの立場の変化、日本社会そのものの変化の劇《はげ》しさに見合ったもので、高野悦子が好んだ「シアンクレール」はこちらのタイプだった。

彼女はそういう喫茶店でだけ安定した気持になることができた。店のなるべく隅《すみ》に席をとって、煙草《たばこ》を吸いコーヒーを飲んだ。音楽を聞き、ときには日記をつけた。その頃の彼女は対人関係の距離を測ることに苦心していた。ひとつのことに精神を集中しすぎると、たとえばある文字を見つめすぎると字画が奇怪な模様に見えはじめ、やがてその意味さえ溶解してしまうかのように思えてくることがあるが、彼女が対人関係に感じたジレンマと不安とは、まさにそれだった。そんな不安から束《つか》の間《ま》解放されるのは、喫茶店にひとりでいるときだった。

煙草は六八年の暮、二年生の終わり頃吸いはじめた。ワンダーフォーゲル部のコンパで、苦いのをがまんして吸ってみたのである。それからは親の仇《かたき》のようにむしろたくさん吸うようにつとめ、この頃には一日にハイライトをひと箱は煙にしている。栃木の実家から月に二万五千円の送金はあるが部屋代の六千五百円分しかそれは崩さず、残りは手をつけなかった。「自立」「自活」という言葉が彼女を縛った結果、生活費は月に一万五千円になるアルバイトの賃金だけでまかなおうとしていたので、生活はつねに緊張していた。しかし食費を倹約しても煙草だけは欠かさなかった。五十円しか手元にないときにはショートピースを一個買った。

酒も、やはり二年生のおわりのコンパで経験した。そのときはビールと日本酒をあわせて飲んでひどい二日酔いになった。以後はこちらも努力して飲むふうで、六九年の三月頃には「高野君はアルコールがそうといける」ということになっていた。

〈アルコールは舌にのせると水のようにおいしく、のどを通るときはジリジリと熱く、次に熱さが下におりていってぐっと腹にしみることになる。この一週間毎夜お酒類を飲んでいるが、なぜのむようになったのか。（……）私は弱い、独りではとても寂しい。だから飲むのだ〉

サントリー・ホワイトは八百四十円だった。レッドよりは高く、角びんより安かった。当時の学生たちがもっとも好んだ酒である。六九年三月三十一日の日記に彼女は「寂しい」から飲むと記したのだが、それ以後の約三カ月間、ほとんど毎日飲んでいる。店で、あるいは下宿の部屋で、どちらもひとりのことが多かった。

高野悦子は一九六九年に二十歳だった。身長は百五十二センチと小柄《こがら》だった。面長《おもなが》で、かたちのいい口をしていて、笑うと八重歯が見えた。指が細くて長かった。誰もが美人だといった。本人もそのことは知っていた。

〈私の顔は、目はパッチリと口もと愛らしく鼻すじの通った、いわゆる整った部類に属するが、その整った顔だちというやつが私には荷が重い。大体人は整った顔だちに対し、まるで勝手なイメージと敵意をもつ〉

だから二十歳になって一ヵ月後から眼鏡をかけはじめた。素通しの、いわゆるダテ眼鏡である。彼女はべつの彼女になりたかった。

〈眼鏡をかけると私の顔はこっけいでマンガである。眼鏡によって私は人のおもわくから脱《のが》れることができた〉

『ひょっこりひょうたん島』の「博士」に似ているといわれた。髪も切った。「かわい子ちゃん」はいやだった。「スポーティな子」といわれたかった。

十八歳のときに体重が増えた。この年頃ではありがちなことだ。増えたといっても四十七キロどまり、肥満にはほど遠い。しかし、二十歳になった頃急速に痩《や》せはじめる。二月上旬の日記には「四十三・五キロ」とある。六月にはもっと痩せた。ひさしぶりに会った友人が、ひと目見て、「痩せたわねえ」と嘆じた。

意図して痩せたのではなかった。まともに食べないからだ。酒や煙草ばかりで、食事を軽んじがちだった。できる限り自活したいと願い、実行した。文字通《もじどお》りの痩せがまんだった。

大学二年生になった頃から学生であることがうしろめたく思えてきた。世間では誰もが働いて生活しているのに、自分だけは親がかりで苦労知らずのような気がする。二年生の七月、アルバイトをした。ワンダーフォーゲル部の合宿の費用を捻出《ねんしゅつ》するためだった。仕事はあて名かき、一日八時間机の前にすわっていた。五日間で四千八百円、それが彼女が労働して得たはじめての収入だった。

〈アルバイトをしてみて終了後に感じたことは、要するにまだまだ甘いということである。来週もきてくれるかと聞かれたとき、とっさに「とんでもない、こんなつまらないことをこれ以上続けるなんて」と思った〉

〈しかしアルバイトをしなくても合宿には困らないのである。親の金を使うだけである〉

二年生のおわりからは京都の中心部にある老舗《しにせ》のホテルでアルバイトをはじめた。喫茶室のウエイトレスで、今度は長期だった。

ときは高度成長時代である。一九六五年（昭和四十年）、オリンピック後の「証券不況」をのりきると、日本経済は成長率が毎年一〇パーセントを超える高度成長期をむかえた。六六年から四年九カ月連続した好況は、それ以前の「神武景気」「岩戸景気」をしのいで「いざなぎ景気」と名づけられた。国民総生産額では、一九六七年に英、仏を抜き、六八年、西独を抜いて世界第二位になった。

しかし、ひとりあたり国民所得となると世界二十位程度になってしまう。たとえば一九六九年の場合、国民総生産千六百七十三億ドルに対し、ひとりあたり国民所得の千四百四十一ドルという数字は西独の一・五分の一、アメリカの二・五分の一にすぎなかった。この時期日本は産業基盤の整備に力を注ぎ、大規模化による高効率を追求することに執着したからである。製鉄所の千五百トン高炉は、つぎつぎと五千トン高炉にとってかわられた。五万トンのエチレンプラントは、二十万トンのそれに場所を譲った。生活シーンでの豊かさは産業基盤の整備速度に追いつかず、国民はインフレーションの重圧を強く実感しはじめていた。

高野悦子の実家からの仕送りは一九六七年と六八年には二万円だったが、六九年からは二万五千円になった。六八年には百円が主流だった喫茶店のコーヒーは、六九年になると百二十円にあがった。当時の大学卒初任給は三万円強である。

六九年春、三年生になると彼女は下宿を移った。デモなどに出て、もしかして逮捕されるようなことがあれば、まかないつきの「家庭的」な下宿に迷惑をかけてしまうという配慮もあった。孤独はこわいのに、もっとひとりになりたかった。入学したときから住んだ下宿は親とともに決めたようなものだから、そこを出るということは親離れの覚悟の表明でもあったかも知れない。親からの仕送りには下宿代の六千五百円以外は手をつけず、あとは働いて「自活」しようと決めたのも、素通しの眼鏡をかけはじめたのも、ずっと長いままでいた髪を切ったのもおなじ頃である。

おとなになるための条件でもあるかのように彼女は煙草を吸い、酒を飲んだ。酒の量は増した。この頃、食費を削って酒代につぎこんでいたふうである。

六九年四月十四日には友だちと酒場へ行って、三軒もはしごをした。最初の店（「ニューコンパ」という当時異常にはびこったチェーン店）ではブランデーとウイスキーとジンを、それぞれ一杯ずつ飲んだ。つぎの店ではジンを一杯、それから喫茶店へ入って友と別れた。コーヒーは多分友人のおごりだが、ほかは割り勘で合計千六十円払っている。ジンは、なにゆえにか六〇年代の学生たちが好んだジン・ライムである。

最後の店は行きつけの店で、ここへはひとりで入った。ウイスキーとジンを一杯ずつ飲み、アスパラガスをひと皿注文している。勘定は九百円だった。

だいぶ酔っていたのだろう、となりにすわった学生風の男に、「自然をどう思いますか」などと話しかけている。なじみの年配のウエイターには「自分のことがわかっていますか」と尋ねたりする。親切なウエイターは「多分わかっていますよ」と答えた。高野悦子は「私はわからないの」といって泣き笑った。

おそらく彼女は、この夜ひと皿のアスパラガス以外にはなにも食べていない。酔いは早くまわるし、こんな食生活では痩せるのはあたりまえである。朝食は、まかないつきの下宿から移って以来、パンとコーヒー、あるいはレモンの絞り汁だけですませている。体重はぐんぐん減る。酔いがさめたあとの自己嫌悪が彼女を苦しめる。読書こそが自分を知る手段、自立する手段だと強迫的にまで信じた彼女は、時間を無駄にしたと、醒《さ》めてからいたく反省しただろう。自身をさげすんだかも知れない。

その翌日は平日だったが学校には行かず、アルバイトだけに出た。彼女はアルバイト先の主任に好意を持ちはじめている。三十歳くらいの青年である。彼に対して彼女が抱く感情を、憧《あこが》れと呼ぶのはふさわしくない。むしろ「似たもの同士」の共感である。少なくとも彼女はそう信じている。

〈主任の鈴木（関川註――と名前がかいてある。おそらく単行本化したときにすでに仮名化してあるだろうからそのまま記す）があまりに私と似ているのに驚いた。小柄な骨ばった肩を左右にかすかに動かしながら歩いて行ったあの後ろ姿が何とわびしかったことか。機知とウィットに富んだやさしさと細やかさ溢《あふ》れる鈴木は、孤独であることを知っているのではないだろうか〉

疲れている。なぜか不機嫌になってしまう。自分の感情を自分で制御《せいぎょ》できない。お盆を落として茶わんを割った。乱暴にグラスに水を注いだ。水はテーブルに散った。

仕事が終わってから鈴木が近づいてきた。黒いスーツのユニフォーム姿である。〈鈴木は「どうしたんだ」と彼の手を私の頭にのせた。ただ笑いながら「疲れちゃったんです」といった。彼ののせた手の感覚はお風呂《ふろ》に入るまでつづいた。髪を洗うのがもったいない気持だった〉

彼女は鈴木と飲みに行きたいと強く望んだ。電話番号も知りたい。反面、酔余の自分の行状に思いがおよんで恥じ入った。自分にはそんな資格はないとも思った。そして二度と飲むまいと決意した。なのに、やはりウイスキーを飲まないと眠れないのだ。買いおきのホワイトをその晩も四、五杯飲んだ。

再び彼のことを考える。

〈私が死んだら彼はどう思うかな。彼が死んだら私は大声で泣いて「わが恋人よ」って悲しむかな？　いや意外に何でもないんじゃないかな。ムルソー（関川註——カミュの『異邦人』の主人公）のように「きのう鈴木が死んだ」そしてジャズをききにいき、本を読み、映画に行く。

本当にこれからどうなるかわからない。ふと真剣に（これは大うそ）自殺を考える〉

自殺についての記述は、彼女の高校生時代の日記『二十歳の原点ノート』にも折り折り出てくる。しかしその年頃で自殺を夢想してみることはなんら不自然ではない。一時影をひそめていたが、大学に入り、一年生のおわり頃からそれが再びぽつりぽつりと出現する。

〈自殺しようかな

首つり（?）身投げ（?）すいみん薬（?）

自殺する勇気もないのに死ぬことを考えるのは何故《なぜ》か。自殺の論理もなにもない。「自殺してもよい、いい」そう自殺してもよいのだ。自殺するのではなく、してもよいのだ。私が必

要なのは強くなることだ〉

これは一九六八年一月十五日の記述である。

自殺にも「論理」が必要だと彼女は考えている。これもまったく病的なあやうさを感じさせない。当時の学生たちは、いやいつの時代の学生たちでも、十九はたちの頃にはこんなことを思ってみたりするだろう。自分が自分であることがうっとうしくなる。自分は死ぬまで自分でしかない、死ぬまで他人にはなれないのかと思うとうんざりする。ただ、たいていの学生は日記をつけないから、やがてそういう感情を忘れてしまうのである。わたしも忘れた。そして高野悦子の日記を読んでふと思い出した。

わたしは一九六八年に大学の一年生だった。高野悦子とは同年、昭和二十四年の生まれである。が、彼女は一月生まれ、いわゆる早生まれだから学年はひとつ上になる。その頃のわたしはやはり彼女のように、自分が自分であること、自分が自分でしかあり得ないことに心からうんざりしていた。

〈感情をすぐに顔に出すことは前々から知っていたが、このごろの私はふくれっ面《つら》ばかりしている。電車の窓にうつる自分の表情をみても、口をとんがらし、目をいぶかしげにしている〉（六八年十月二十八日）

わたしもそうだった。いつも怒ったような顔をしている、といわれた。

わたしは、青年はそういう顔をしているべきだと信じていたのである。すなわち、「ハードボイルド」の天知茂《あまちしげる》のようなしかめっ面を、義によってしていたのである。

わたしだけではない。怒ったような顔つきを無理につくろうとしていた学生たちが、まわりには少なくなかった。彼らは一日中工場の煙突のように煙草の煙を吹きつづけ、夜は夜で二日酔い必至の安酒をつまみなしで飲んだ。胃が病み顔色は悪くなって痩せた。それがなんになるとも思わなかったけれども、そうしないとおとなになれない気がした。しかしわたしの場合、ひとたび笑うとしかめっ面が溶けたようになくなる、ともいわれた。そんなとき対した相手がはじめてくつろぐのが明らかにわかった。わたしも楽になった。ならばはじめからそうすればいいものを。

そうできなかったのは、広大な世間と、いや世界そのものと向き合うには、そんな身構えで武装しなくては（武装したつもりにならなくては）不安だったからである。都会でひとりで暮らしていくということ、故郷や親から離れるということ、すなわちおとなになる準備をするということは、なかなか気骨の折れることであった。

『二十歳の原点』は著者の死後ほぼ二年を経た一九七一年五月、新潮社から刊行された。

ひと目をひくタイトルだった。「原点」は当時の流行語だったが、すでに色褪《いろあ》せた印象があった。しかし、そこに「二十歳《はたち》」とつけると、にわかに生彩を点じた。口絵にある著者のポートレートにも好感を持った。彼女はたしかに美人の仲間だった。痛々しいくらいに子供っぽかった。あんなふうな表情を持つ女子学生を、わたしは何人も身近に知っていた。

そこまではわたしも、つぎつぎと版を重ねさせた読者たちと同意見だった。書店の平積みの棚《たな》で手にとってみた。ページをめくるとつぎのような文章が目についた。〈安保条約は日米軍事同盟であり、反共を旗印にした米帝のアジア侵略支配政策の凝集したものである。そして日帝は、米帝が国内、国外両面の矛盾の激化によりアジアから後退せざるをえない状況の中で、アスパックに現われたようにアジアのヘゲモニーを経済的軍事的に握ろうとしているし、そのような状況の中で、現在の安保体制の強化をはかろうとしている。そして、学園闘争によって生じた混乱を取締り、闘争を圧殺しようと大学治安立法を国会に出している。

いま、集会に行かずに本を読んで自己の内部と対決するのと、今日の安保粉砕の集会に参加し行動するのとでは、どちらが私にとってよいことなのか、どちらが自己の質を高めるのか〉

一九六九年六月十五日の日付がある。

この日も日記は午前中にかかれている。九年前、日米安保条約反対デモで東大の樺美《かんばみ》智子《ちこ》がデモ隊と警官隊の衝突のうちに落命した、そのおなじ日である。そして、高野悦子はこの九日後に亡《な》くなる。

ページを繰る手はここでとまった。

これは作文だと思った。二、三年前こんな文章はいたるところのアジビラにしるしてあった。一九七一年にも残っていたが、多くは大学構内の風にむなしく飛ばされていた。「自己の内部と対決する」――このくだりを読んだとき、わたしは眉根《まゆね》にしわを寄せたまま、赤面した。著者があまりにもいたましく思え、本をそのまま棚に戻した。

そしてこのたび、二十年を経て読み直した。正確にははじめて精読した。すでに彼女の二倍あまり生きた身だから、多少の距離を置いて日記を眺《なが》めることができるようになってはいた。しかし、いたましさの思いはかわらなかった。

彼女を思いつめさせてしまったもの、彼女の精神の筋肉を硬くしこらせてしまったものはなんなのだろう。時代の空気だろうか。親離れのむずかしさと都会の孤独だろうか。

〈一月十五日（関川註――一九六九年）晴　北風の強い気持よい青空の日
今日は成人の日だなあと、どうでもいい感じで思う。

上洛《じょうらく》してから帰省分のおくれ（一体、何のおくれだというのだろう?）を取り戻そうと必死になり、ジャーナル（関川註――朝日ジャーナル）や、現代の眼《め》、展望を読んだ〉

この年の正月、彼女は最後の帰省をしている。年の暮れに家族といっしょにスキー旅行に出掛け、一月二日、旅先で二十歳の誕生日をむかえた。実家に帰ると小田実の本のページをめくった。一月六日、成人式のための着物を両親がつくってくれた。十数万円もする着物である。着て記念写真を撮れという。しかし彼女は拒みとおした。翌日京都へ戻った。そして「おくれを取り戻そうと必死に」雑誌を読んだのである。だが、『朝日ジャーナル』や『現代の眼』を読んでなにになるというのだろう。

わたしも読んだ。読みかけてはあきらめた。よくわからなかったからである。それでも一九六八年から七〇年頃まではまだむなしい努力をつづけていたが、そのうち、いくら読んでもわからないのは、ひょっとしたら書いた相手にも責任があるのではないだろうか、という疑念が心中にきざした。

わたしは当時映画館へよくかよった。高野悦子がアルバイト先や喫茶店で過ごしたそれ以上の時間を、映画館の暗闇《くらやみ》で費した。難解といわれたフェリーニが身にしみた。リチャードソンもルメットもおもしろかった。今村昌平やマキノ雅弘《まさひろ》を見ると元気になった。こういうものがわかって『朝日ジャーナル』がわからない、おもしろみを感じ得ないのは、多分自分だけが悪いのではなかろうときわどく自信を持ちはじめた。ゆえにわたしは自分をあまりに強く責めずに済んだ。ゆえに生き残り、ゆえに一九七一年に高野悦子の日記を手にしたとき、いたましさと不運さへの思いのみが先に立って、読みとおすことができなかったのである。

〈私は「主体性」という言葉をあまり好まない。主体性などと馬鹿《ばか》の一つおぼえみたいに叫んでいるのをあざ笑う。空虚さがプンプンしている。それと同じように「人民」人民と

しゃべりまくるのも嫌《きら》いだ〉（六九年二月四日）
〈階級闘争あるのみ（ウソだなあ、どうしたってこれはウソだよ）〉（六九年五月四日）
生硬な言葉とそれへの自嘲《じちょう》、空元気と溜息《ためいき》の充満する感があるのは六九年度の日記である。このまま自己相対化をすすめていったなら、やがて彼女は日記を書くことをやめたのではないか。日記に、しこった思いをひとり注ぎこまず、生きているものにだけ話して、この味のない時代をのりきったのではないか。

高野悦子が酒場でひとりで飲み、隣席の学生やウェイターに「自分のことがわかっていますか」と話しかけたのは、六九年四月十四日である。四月十七日はアルバイト先のストライキだった。十六日の日記に彼女は記す。

〈明日一時からストをやるらしい。アルバイトも共闘すべきかと吉村君が船津さんにいったら船津さんに、学生には生活がないといわれたらしい。学生には生活がない。何となれば私も銀行預金という、よりかかりをもっている存在だ。その意味では私には生活がない〉

銀行預金は親もとからの送金のストックである。その年の授業料も含まれている。彼女はそのお金に手をつけようとはしない。授業料もまだ払いこんではいない。大学が誠意を見せるまでは払わない、と決意したのだ。

立命館大学は一九六九年一月十六日に全共闘によって封鎖された。この年、大学紛争がもっとも盛んだった。一月十八、十九日、両日で東大安田講堂などの封鎖は機動隊が実力排除したが、その後も紛争による封鎖校は増えつづけ、二月には七十校、七月には百十二校に達した。

日本の経済力は拡大しつづける。しかし自分たちの精神はその豊かさを享受《きょうじゅ》するに値するだろうか、と学生たちは自己嫌悪の強い衝動に駆られたようである。進学率が上昇して学生数も増加すれば、本来勉学には不向きなものたちも大量に混じる。大教室の授業はつまらない。この頃流行した言葉でいえば「マスプロ」である。なんのために大学に入学したのだろう。もはやかりそめにもエリートなどとはいえず、たんに生活の手段を持たない半端《はんぱ》な大衆でしかない自分たちの立場に失望感はつのる。不安は育つ。

二月二十日の朝、立命館に警察機動隊が入り、封鎖を解除した。彼女は仲間とスクラムを組んで「帰れ」と叫んだ。「機動隊の腕のあたりをポカンとやったら、たちまち足げりがきた。生まれてはじめて他人に暴力をふるわれたのである。

四月からはよくデモに出た。機動隊に激しいデモ規制を受けたり、日本共産党系の民青の「民主化棒」に「ポカンとなぐられ」たりした。一年あまり前までは部落問題研究会に所属して、むしろ親近感を持っていたはずだった学生組織である。

五月の行動はもっと積極的だった。五月十九日にはバリケード再封鎖を試みる学生群の議集会で民青にまた殴られる。五月二十三日には機動隊に投石して連行されるが、逮捕はまぬがれ帰宅を許される。このとき機動隊に警棒で殴られ、髪を引っ張られた。その事件は彼女にとって衝撃だった。精神は急激に不安定さを増した。

再び一九六九年六月二十二日である。

高野悦子は深夜睡眠薬をひと粒ずつ口に運びつづける。なかなか眠くはならない。

危険なひとり遊びは二月頃からはじまっている。指先にカミソリをあてて引く。たちまち血の球が浮かびあがる。傷口にマッチの火を近づけて焼いてみる。電気ポットのコードを首に巻いて左右に強く引っ張ってみる。遊びは少しずつ剣呑《けんのん》さを増した。

彼女は二十二日の日記に「あなたと二日の休日をすごしたい」と書いた。

一日目は酒場の狭い路地で「あなた」を待ち、したたかに飲んで安らかに眠りたい。二日目は「疲れた体をおこして、すっかり陽《ひ》の高くなった街に出て喫茶店に入る」。そして「煙草のかぼそい、むなしい煙のゆらめきを眺めながら」音楽を聞きたい。

ここにはそれまでの半年間、彼女にとって安らぎであった情景がすべて織りこまれている。しかし、「あなた」とは誰のことかわからない。アルバイト先の「鈴木」のことかも知れないし、四月の末にふとしたはずみでいっしょに寝た、おなじアルバイト先のべつの男性かも知れない。いや、誰でもない虚構上の「男性」ととったほうが適切だろう。

〈その夜、再びあなたと安宿におちつこう。そして静かに狂おしく、あなたの突起物から流れ出るどろどろの粘液を、私のあらゆる部分になすりつけよう。血とくその混沌《こんとん》の中を裸足《はだし》で歩いていくように、あなたの黒い粘液を私になすりつけよう〉

彼女は性をもとめつつ性を嫌悪していた。性交は不潔で不合理な行為としか映らなかった。男も性行為そのものも唾棄《だき》すべきだと感じているのに、はっきりとは思い切れない自分をまた責めた。育ちのいいお嬢さんが恐怖におののきつつ、それが人間の義務だと確信して汚物を手探りするイメージがここにある。ただいたましい。誰でもおなじなのだ、あなただけがそう思っているのではない、とわたしは彼女に伝えたくなる。


〈そして次の朝、静かに言葉をかわすこともなく別れよう。それから私は、原始の森にある湖をさがしに出かけよう〉

原始の森とは、彼女にとって薄暗い静けさにつつまれた巨大な「喫茶店」であった。対人関係への執着と恐れから解放されたそこで、ひとり煙草をふかしてようやく安堵《あんど》することができる。


〈大きな杉の古木にきたら／一層暗いその根本に腰をおろして休もう／そして独占の機械工場で作られた一箱の煙草を取り出して／暗い古樹の下で一本の煙草を喫《す》おう〉

なのに、ここに至っても「独占の機械工場」などという言葉を使おうとする彼女は、あわれである。

昭和三十八年（一九六三年）十二月に発売され、高野悦子も中学三年か高校一年のとき読んだだろうベストセラー『愛と死をみつめて』の著者のひとり、二十一歳で亡くなった大島みち子の日記にも似たくだりがある。

悪性腫瘍《しゅよう》で刻々と迫る死におびえながら、大島みち子は「病院の外に健康な日を三日ください」と記した。

一日目は「私はふるさとに飛んで帰りましょう」と彼女は書いている。

ふるさととは兵庫県の山間の町、播州織《ばんしゅうおり》で知られた西脇《にしわき》である。そこで家族とともに過ごしたいという。

〈二日目、私は貴方《あなた》の所へ飛んで行きたい。貴方と遊びたいなんて言いません。おへやをお掃除してあげて、ワイシャツにアイロンをかけてあげて、おいしいお料理を作ってあげたいの。

三日目、私は一人ぼっちで思い出と遊びます。そして静かに一日が過ぎたら、三日間の健康ありがとうといって永遠の眠りにつくでしょう〉

大島みち子は高野悦子より七歳の年長だった。亡くなったのは昭和三十八年八月七日、同志社大学社会学科の学生で、二十一歳だった。

大島みち子の願いは清純そのものである。それは大島みち子の資質のみによらず、高野悦子のように市井《しせい》ででではなく、闘病のために長く病院世界で過ごしたという環境の差、その生きた時代吸った空気の違いによるところが大きいだろう。いずれも死と対面した「少女」の手記のかたちをとったベストセラーだが、一九六〇年代の前半と後半、わずか数年で書き手にも読み手にもこれだけの落差が生じたのである。

死に確実に接近する六〇年代はじめの若くやわらかな感性は、恋人のもとへ行き「おへやをお掃除してあげて、ワイシャツにアイロンをかけてあげて、おいしいお料理を作ってあげたい」と望んだ。そして、おなじように若くやわらかな感性に対して、六〇年代末という時代は、「静かに狂おしく、あなたの突起物から流れ出るどろどろの粘液を、私のあらゆる部分になすりつけよう」と自虐《じぎゃく》的に書かせたのである。

しかしふたりの「三日目」は、孤独をもとめるという点で共通している。「一人ぼっちで思い出と遊ぶ大島みち子に対して、高野悦子は「大きな杉の古木」の「一層暗いその根本に腰をおろして」「一本の煙草を喫」うのである。

大島みち子は「思い出と遊ぶ」場所を特定していない。そこには彼女しかいないという条件を満たせば、どこでもよさそうである。一方、高野悦子には「風景」が重要で、そのなかに点景として存在する自分を客観して、はじめて風景は完成するのである。自分のいる風景を想像して「内面」を投影する心の働きかたこそ、明治後半期以来、近代知識人が自意識の充足をはかるとき必要としたものであり、病院という閉ざされた世界で青年期の三年間を生きた大島みち子にはなく、六〇年代後半の二年半を大都会でひとり暮した高野悦子が内心にいたましく育ててしまったものでもあった。

　このようにして、日記をつけながら睡眠薬の効果が現われるのを待ち、六月二十三日の午前三時すぎに彼女は眠った。

　翌日再び目ざめた。目ざめを予期していたかどうかはわからない。すでに夜になっていただろう。もうろうとしたまま外出したのは煙草を買うつもりだったのか、それとも再び喫茶店へでも行くつもりだったのか。しかし彼女は悲運への道筋をよろめきながら歩いて、深夜二時すぎ、すなわち一九六九年六月二十四日未明、山陰本線上りの貨物列車に身を投げた。


　当時の学生たちのほとんどが、彼女の日記にあるような生硬な言葉を飽かずにつかった。とくに気負ったつもりはないのに、やはり気負っていた。それは爪先立《つまさきだ》ったままでどれほど歩けるかというコンテストのようでもあった。

　高校生時代の高野悦子が愛読した『青春の墓標』では、横浜市立大生だった著者の奥浩平《おくこうへい》は、ひとりの女性と、その政治セクトが違うという一点で恋愛は不可能と断じて絶望した。そして、機動隊の警棒の殴打が彼の最後の生気を汲《く》みつくした。

　高野悦子はアルバイト先の「鈴木」に、労働者（社会人）と学生の越えがたいへだたりを感じて絶望した。労働者と学生、彼女はそう信じたが、実はそれはたんにおとなとこどもの違いにほかならなかった。時がたてばおのずと解決する問題だというふうには、あまりに性急だった彼女は考えることができなかった。

　彼女は必死に読書をした。正確には読書しようとつとめた。「毎日、新書を一冊よむぐらいに頑張《がんば》」るつもりだった。おもしろいかどうか、自分の身の丈に合っているかどうかは問わなかった。だから、おおむねはがまんの読書であり、結局太宰《だざい》治《おさむ》くらいしか愛読書を発見できなかった。本がつまらないのは自分のせいではない、相手が悪い、あるいは読む時機を得ていないからだ、と見切ってしまうことができず、またそのことを笑いながらさとしてくれる友を、彼女は不運にも得なかった。『資本論』も『アデン・アラビア』も、そして『都市の論理』も、誰もが読みかけ、ついに誰もが途中で放り投げている。そのくせ読んだふりをして、爪先立つ議論のコンテストに出場しているだけだと知ったならば、彼女もよほど気分を安んじただろう。

　悩むには悩みを忘れる資質があわせて必要である。いい加減なところで笑って逃げる性癖も欠かせない。悩むことに不向きな学生までを悩ませ、自分だけを責めさせつづけたのは、やはりその時代が持った思潮の、あるいはたんに流行の残酷な仕打ちだろう。

『二十歳の原点』は七一年に刊行され、単行本だけで百二十万部以上売れた。七四年には本篇の前段にあたる『二十歳の原点序章』、七六年には『二十歳の原点ノート』がそれぞれ刊行され、版を重ねた。『二十歳の原点』は七九年に文庫化され、文庫版では八十六万部がこれまでに読まれた。三冊全部をあわせると三百万部にも達する。

しかし八〇年代後半からは売行が衰えた。時代の空気が入れ換ったのか、高野悦子のような悩みかたに青年たちは同情しなくなった。

数年前、わたしは立命館大学で学生たちと話す機会があった。そのとき大半が一、二年生の学生たちに、雑談で彼女の名前を出してみたが、その場にいた数十人の学生の誰ひとりとして即座には反応しなかった。わずかにふたりばかりが、間《ま》をおいて思いあたるところのある表情をした。それだけだった。

どの時代でも学生たちは精神を動揺させがちで、ときに投げやりな気分に陥りもするが、なにかの気晴らしによって危機を脱する。彼女の場合、めぐりあわせが悪かった。そして、やたらに騒々しいばかりで内実をまったくともなわなかった時代そのものに、秤《はかり》を不運の方に傾けるわずかばかりの悪意があった。

いまどうやって生きているだろう、と思う女性がいくたりかある。多くはフィクションのなかの人物である。映画『キューポラのある街』の主人公、石黒ジュンがそうである。おなじ映画に登場し、北朝鮮に帰ったジュンの中学の同級生ヨシエもそうだ。さらに、先年死んだ上村一夫のマンガ『同棲《どうせい》時代』の主人公で抒情《じょじょう》的なわがまま娘、今日子のことも多少気になる。ヨシエの消息はとうに絶えたが、今日子はいまや逞《たくま》しく太って、二十年前のことなど思い出したくもないという表情をしている、とわたしはにらんでいる。

最後のひとりが高野悦子である。彼女がいまも生きていたなら、ごくまれには二十年前の不思議な時代に思いをいたしてしばし粛然たるだろうが、消費者運動の会合の時間が迫っているのでそんなヒマはあたしにはないんだわ、と思い直し、頭を振って記憶を追い払ってしまうだろう。その会合のリーダー格は三十年後の石黒ジュン、またはジュンに似たひとである。

もはや家計簿の余白の心覚え以外には日記めいたものをかいていない高野悦子の、その中年になっても整った顔だちを想像するとき、やはりはるかなむかしに友をひとり失ったのだ、とわたしはひそかに思うばかりである。

時をへてもみんな嘘《うそ》つき

郊外の私鉄の駅の近くまでは、ずっとだらだら坂だった。両側のところどころに四階建てのマンションが建ち、あとは垣根《かきね》をめぐらせた民家である。昭和初期に流行した玄関脇《わき》の応接間をしつらえた家もある。樹木の枝になかば隠れたて長の出窓からは、美しい女学生のひくピアノの音が聞こえてきそうだった。しかしいまは遠い自動車の騒音と、自分の靴《くつ》がときおり踏む枯葉の割れる音ばかりである。

べつに急ぐわけでもなかったが、用が済むとわたしはすぐにその家を辞した。ずっと眼《め》を伏せていれば済む用件だった。わたしは途中二度か三度視線をあげただけで、その家には十分間とはとどまらず、再びおもてに出た。そしてきたときとおなじ道を今度はくだった。めずらしく締めたネクタイだが、さして窮屈とは思わなかった。

三十もなかばをすぎてからはいつの間にか忘れてしまっていたが、それまでは年に何度か、ネクタイを締めて送る生活に淡い憧《あこが》れをふと感じたりもした。世間のボーナスどきはなんとなく不愉快で、花見の時分には感傷的になった。夜に吐く息が白くなくなり、土に酒のにおいのしみこんだような千鳥ヶ淵《ふち》の桜並木の下を、背広姿に紙袋をかかえて歩いてみたかった。フェヤーモントホテルの前、照明に浮かびあがる頭上の満開の桜はつめたい炎のように美しいだろう。スーツを着た若い女性の同僚とそこにいて、東武東上線の奥の方にいっしょにマンションを買おうか、などという話を途切れがちにするのなら、もっといい。

あわただしい感じの足音が背中に聞こえたことはわかった。が、はじめは気にもとめなかった。やがて「おーい」という声が聞こえた。女の声だった。少し間が抜けたような呼びかけだった。わたしは立停《たちどま》ってふり返った。やっぱり彼女だった。

「いやに急ぐんだ」

杉岡鈴子は十分に距離をつめてから、わたしにそういった。

「急いではいないけど、長くいても意味がないしさ。それに仕事もある」

彼女は黒っぽい洋服で、髪はむかしよりずっと短かかった。近くで見ると顔には小皺《こじわ》がたくさん浮いている。やはり歳《とし》をとった。眼はかつてのようにあくどいほどには強調していないが、その生来の大きさはわかる。化粧は濃いほうだ。何回も洗った麻のシャツはこんなふうになりそうだ。くたびれているともいえるし、なじんで味が出たともいえる。どちらととるかは趣味による。なにしろもうむかしのことだ。

彼女はあらためてわたしに正対して「おす」といった。唐突だったが、彼女のそんなあいさつのやりかたを思い出した。「おす」とわたしもこたえた。彼女は短いあいだわたしを見ていた。その眼の奥にはなにがあるのだろう。たんなるなつかしさだけだろうか。わたしはやや警戒的な気分でそれを読みとろうとしたが、果たせなかった。

「元気、でしたか」

わたしはいった。

「ごらんのとおりよ」

元気だとも、そうでないとも、彼女はいわなかった。

「そっけなさすぎるんじゃないの」

わたしたちはふたたび駅に向かって歩きはじめた。少しだけ歩調はゆるくなった。

「なにが?」とわたしは尋ねた。

「あそこにあたしがいるってこと、わかったでしょ?」

「わからなかった。ずっと眼を伏せていたから。写真しか見なかった」

「嘘」

「おれはもともと眼が悪いんだ」

「ほかにも知ってる顔がいくつもあったのに」

「そうだっけ? わからなかったな。そういうあなただって」

「わたしだって、なによ」

「もう少しゆっくりしてくれればよかったのに」

「あんなとこで？　気が滅入《めい》る」

彼女はわたしの片手に手を添えた。

「お茶でも飲んで帰ろう」

彼女にはわたしの返事を待つつもりはないようだった。

すみませーん、と彼女はハンバーガー屋の入口で大きな声をかけた。レジの向こうにいた制服制帽の女の子が驚いて顔をあげた。

「悪いけどさ、塩あるかな」と杉岡鈴子はいった。「あったら、持ってきてくれないかな」

はい、と女の子はためらいがちな返事をした。それからふり返った。誰かにこの妙な客の扱いを尋ねようと思ったのだろうが、あいにく厨房《ちゅうぼう》にでも入っているらしく誰も見当たらなかった。塩ですか、といった。塩よ、と答えた。これでいいですか、とカウンターの隅《すみ》にある食卓塩のびんをとりあげ、かざして見せた。とりにこいという仕草だったが、杉岡鈴子は無視した。

「悪いけど持ってきて欲しいの。それでね、ふりかけて欲しいの。気持だけでいいからね」それから手首を返すようにしてわたしを示し、「このひとにもね。お浄《きよ》めだから」といった。

彼女と知りあったのは、二十年以上前になる。姿を見なくなってからでも、もう二十年近い。なのに彼女は先月別れたようにふるまう。

当時の仲間たちは杉岡鈴子のことを「スー」と呼んでいた。ふたつ年下のわたしもそう呼んだ。最初はおずおずとだったが、じきに慣れた。杉岡鈴子だからその姓名のいずれか、または両方からとって「スー」なのだろうと思っていた。あるとき劇研の部室で、やはりふたつ歳上の先輩が教えてくれた。

「そりゃ違うよ。スーはスー族のスーだよ。インディアンだよ」

野性的な印象だからですか、というと、それもあるんだろうがな、といった。

「ほら、よくいうだろ。インディアン嘘つかないって。あいつはそこら中で嘘つくから、反語みたいな意味もあると思うよォ」

嘘つきなんですか。

「彼女、なんか男の気をそそるだろ?」

それは、まあ。まだ十九か二十だったわたしは口ごもった。

「男なら誰でもなんかありそうな気にさせる。そんな眼でひとを見るよな、あいつ。やばいよな。そういう嘘をつくんだよな」と彼はいった。「スーの責任じゃないけど。いや違うな、スーの責任だよ、やっぱり」

一九六九年の秋にそう教えてくれたのが、大田敏行で、そしてきょう行なわれたのが彼の葬式だった。自殺でも病死でもなかった。事故死だった。四十三歳というから若い。メキシコの南の方を自動車で走っていて、雨でゆるんだ路肩が崩れ、谷へ落ちたのだそうだ。

彼ともさして親しいわけではなかった。だから葬式へ行く義理も、率直にいえばなかった。もっとも彼の場合は二十年ぶりというわけではない。彼が学生芝居とデモから足を洗って、長かった髪も切り、商社に入ってから何年かしてばったり雑踏する道端で会ったことがある。七〇年代のなかばくらいだったと思う。

ずいぶんさっそうとしていた。オレンジの果肉のようなオーデコロンのにおいがした。人波のはずれにわたしを連れ出し、おまえ、いまなにしてるんだ、といった。わたしは失業中だったが、なんとなく正直には答えたくなかった。広告屋の手伝いをしています、三流ですけどね、といった。大田は疑わしそうな眼でわたしを眺め、二十五すぎたらカタギにならないかんぞ、いつまでもフーテンじゃ生きられんのだぞ、おとなは、といった。ちょうど退勤どきだったから、大田はわたしを安酒場にでも連れこみたそうだったが、わたしは急いでいると辞退した。

毛沢東も死んじゃったし、時代はかわったんだぜ、と彼はいった。わたしはただへらへらしていた。みんなどうしているか知っているか、と尋ねたので、知らないと答えた。

彼はいった。

みんななんとかおさまるところへおさまっている。そういうものさ、な、おまえ。

いった。別れ際《ぎわ》に、ぼくのおさまるところってどこですかと訊《き》き返してみたかったが、やめた。今度海外出張なんだ、近いうちに海外赴任もあるだろう、と大田敏行はいった。

しばらくしてパリから絵ハガキが届いた。住所を教えろといったのは、このためだったんだな、とわたしは思った。仕事はたいへんだ忙しいきびしい、と書き、最後に「歳月は川の水のように橋の下を流れていく。くれぐれもいたずらに立ち停まるな」とあった。絵ハガキの写真はミラボー橋だった。

それきりである。それきり絶えたつきあいなのになぜ葬式に出向いたかというと、新聞社にいるやはり先輩の男がどこでどう調べたのか電話をかけてきたからだ。彼は通信社からのテレックスで事故を知ったのだ。それから遺族に電話をかけ悔やみをいいつつ葬式の日どりを聞きだして、遠いむかしの友に通知しつづけている。わたしだってその男とは長いあいだ音信がなかった。なのにやっぱり、ついこのあいだも会ったばかりのようなロぶりで大田敏行の突然の死を告げ、できたら顔を出せよな、という。まあ仁義を切ってもいいだろう、それにみんなにも会えるし、とつけ加える。まるで葬式を同窓会のきっかけにでもしたいみたいだった。

そんなのはごめんだ、とわたしは思ったが、それでも参列したのは「仁義」だけではなかろう。古い知りあいの顔を見たいという、あらずもがなの欲求が内心にあったことは否定できない。

だが、いざ現場へ行くとそんな思いはたちまちしぼんだ。古いアルバムをめくるのは六十すぎてからにしようと考え直した。いや違うな。アルバムには写真一枚だって貼《は》りつけてないのだ。なにも覚えていないというより、もとよりなにもなかったのだ。一九六〇年代末から七〇年代はじめにかけて、世間はかなりはなばなしくかなり騒々しかったが、内実はまったく空虚だった。昼の花火のように色もなくかたちもなかった。ただ音だけがにぎやかだった。わたしもそうだった。

大田は仏壇のなかで笑っていた。髪は薄くなっていた。なのに童顔はかわっていない。それは多少の悲哀の印象をともなう。この男が毛沢東主義者だったなんて信じられない。冗談だろう。わたしは手を合わせながらそう思った。

顔をあげたのはほとんどそのときだけだった。眼の端に、むかしの知りあいではないかと思える何人かをみとめたが、あえて確かめなかった。スーだけははっきりわかった。しかし彼女とも視線はあわなかったし、なにか気遅れがして、そうじゃないな、うっとうしくて、とも少し違う、いい加減なところで手を打っていえば、面倒臭くなって、目立たぬようにその場を離れた。

「あいつはずっとメキシコにいたんだって」とスーはいった。

「あいつ」というのは大田敏行のことだ。彼女はミルクシェイクのストローを口に近づけた。わたしはコーヒーだけを買ってきて飲んでいる。

「本人は帰りたかったらしいけどね。あいつスペイン語で会社に入ったし、だいたいヒゲなんかはやしてラテンアメリカ人を気どっているところがあったしね。はじめは喜んでいたのよ。だけど本人もまさか思わなかったらしいわ、十何年もメキシコやらカリブ海やらまわされるなんて。ほらメキシコの下の方の細っこいとこに、いっぱい小さい国があるじゃない。きみ、あれいえる？　順番正確に」

「いえないね。ニカラグアがまんなかあたりで、パナマがいちばん下だ」

「麻布《あざぶ》中学には入れないわね」

「大田さん、単身赴任だったの？」

「結婚したての頃はふたりでいたらしい。でも子供が生まれる頃に奥さんは帰国しちゃった。空気悪いんだ、メキシコシティは。盆地でさ、めちゃめちゃにひとが多くて車に車検なんかないから」

「知ってるの？」

「ツアーで行ったわ。マヤの遺跡めぐり。ひどいの。着いたとたんに風邪ひいて、それからお腹《なか》こわして。うえしたからばしゃばしゃやっちゃって。もう眼もあてられない。ホテルでずっと寝てたわよ」

「彼はなぜ日本に帰らなかったの？　帰りたくなかったのかなあ」

「帰りたかったんでしょ。誰でもそうじゃない？　三十すぎればプロ野球と相撲のある国へ帰りたくなると思うわ」

「なんで帰れなかったわけ？」

「無能だったんじゃないの。ラインから完全にはずれたんじゃない？」

大田が死んだのはタバスコという州でタバスコソースの原産地だそうだ。南の深い山の中だ。ひとりでグアテマラの鉱山に行く途中だった。よく車が落ちる細い崖道《がけみち》で、道の端にはずらりと十字架が並んでいる。落ちて死んだひとたちのためのものだ。サンプルなのかみやげものなのか、車に大量に積んでいた韓国製のインスタントラーメンが現場には散乱していたという。

「商社に入ったのが自慢そうだったのになあ」とわたしはいった。

当時は商社と航空会社が花形だった。一九七〇年か七一年か。昭和でいうと何年だろう、四十五、六年になるのか。その前の花形は電機で、その前は多分、鉄だった。第一次石油ショックをすぎた頃、七〇年代のなかばには損保会社だった。それから広告とか証券とか銀行とかに学生が入りたがる時代になり、そのあとはわからない。

「そうよねえ」とスーがいった。「大田のやつは四年になる前にすっかり足を洗っちゃったから。だけど前歴が前歴だから学校の推薦がとれなくて、コネで入ったのよ」

「コネ？」

「あいつの父親が銀行だったから」

彼女は大銀行の名をあげた。その重役だったという。

初耳だった。大田敏行はたしか大衆食堂の息子だったはずだが。父親が終戦直後に焼けトタンを集めて店をつくり、一杯五円でスイトンを売った。しばらくしてラーメンをはじめてそれなりに繁盛した、うちのラーメンはおやじの親指の味つけだ、人民の味がするんだぜ、と笑いながらわたしにいったことがある。

「そりゃあなた飾ったのよ」

とスーはいった。

「誰でも飾っていうものよ。でも傑作、人民の味だってさ」

きみだって飾っていわなかった？　とスーはいった。わたしは否定した。聞いたことあるわよ、と彼女はいった。農地解放のあと没落した元大地主で、おまけに父親が他人の借金の保証人になって残っていた家屋敷一切合財とられた、そういうことじゃなかった？

わたしはとぼけた。そんなこと、いった覚えはないなあ。

彼女の眼は笑っていた。ミルクシェイクに突き刺したストローをぐるぐるとまわした。脚を組みかえた。テーブル越しに細くて長い脚が見えた。当時はこんなに脚の長い女はめずらしかった。組んだ脚の先を、さらに足首にからめることができた。まるでねじりん棒みたいだった。胴にはだいぶ肉がついたと思えるのに、いまも脚は細くて長い。わたしの前でわざとそうしているのかどうかはわからない。

「スーの家はどうだった？　タクシーの運転手っていわなかった？」

「そうよ」と彼女はいった。「しがないタクシーの運転手よ。真面目《まじめ》に働いて成功してタクシー会社をつくったのよ。それで社長になってから死んだのよ。ちゃんと時代にあわせて生きたわけよ」

　彼女は声をあげて笑った。


　一九六九年頃、ようやくデモが下火になりはじめて、フェアレディが売り出された頃だと思う。スーはいつも煙草《たばこ》を吸っていた。煙をまるい輪にして出すのがじょうずだった。わたしは大学構内のカフェテリアにいた。横眼で本を読みながらタヌキうどんを食べていた。タヌキうどんは三十五円だった。妙に派手な印象の女が向かいの席にすわった。ヘンリー・ミラーの小説をどんと置いた。さかさに見えたタイトルは『クリシーの静かな日々』だった。よくあんな卑語俗語ばかりで文法めちゃくちゃの小説を読んでわかるものだ、日本語で読んだってわかりはしないのに、と思った。フランス語をやる連中はル・クレジオとかロブ・グリエとかデュラスを読んでいた。あの頃は誰も小説なんかわかりたくなかったのに違いない。もっとも、アントニオーニの退屈な映画をがまんして見つづけていたわたしに、ひとのことなどいえないが。

「きみさあ」

と向かいの派手な女がいった。

「はい」

とわたしはタヌキうどんの鉢《はち》を手に持ったままで答えた。

「煙草一本カンパしてくれない？」

その頃は金をくれ、ものをくれというときにはそんなふうにいったのだ。やはり「飾っていう」のたぐいだろう。

わたしは袋ごと煙草をわたした。彼女は一本抜き出し、火をつけた。口を丸くあけて煙を吐き出した。ポパイが吸うパイプの煙のように輪になった。

「きみ、ひまじゃないかな」

と彼女がいった。咥《くわ》え煙草のまま顎《あご》の下に両手をあてがい、肘《ひじ》をテーブルに突いていた。その大きな眼は濃いアイラインで縁どられ、とても強靱《きょうじん》そうだった。

「は？」

「ひまでしょ」

見も知らぬ歳上の女から声をかけられて、わたしはどぎまぎした。

「ちょっとだけ手伝ってくれると嬉《うれ》しいんだけどなあ」

「なにをですか」

「きてみればわかる。少なくともデモよりはおもしろいわよ。それからアルベルト・モラビアよりも」

彼女は視線の動きだけでテーブルの上に置かれたわたしの本を示した。それは『ローマ人たち』だった。モラビアのテキストのなかではもっとも簡単なはずの小説が読めず、古本屋で買った集英社版の現代文学全集とひきくらべながら、わたしは「フリガナをふっていた」のだった。

「モラビアはね、読むものじゃないのよ。体験するものよ」

わたしはスーをじっと見た。すでに二年近く東京で暮らしていたが、はじめて知るタイプだった。のまれた、とはこんな状態をいうのだろう。わたしは小さくうなずいた。それからうどんの残りを急いですすりこんだ。

連れて行かれたのは学生会館の一室で、汚れた扉《とびら》の上に直接マジックで「劇研」と書いてあった。スーが扉を開け「おす」といった。リーダー格らしい童顔の男が「おす」とこたえた。彼が大田敏行だった。「新人よ」とスーが紹介した。大田は「よーし。空気入れていこうぜ」と大きな声でいった。壁には全裸の白人の男の、一メートルほどに引伸ばしたモノクロ写真が貼ってあった。運動部でもないのに汗臭く、それから煙草臭かった。そこにいる女たちは全員煙草を吸っていた。男たちの半分はゴムゾウリをはいていて、足の甲が薄汚れていた。

その場でわたしは名前と学科学年を書かされ、大道具係になった。スーは「じゃこの子はあたしが預かるから」といった。スーが自分の仕事を押しつけるためにわたしをスカウトしたのだということは、もっとのちになってから知った。彼女は自分の役目をすっかり放《ほ》ったらかしていた。ときどき稽古《けいこ》をのぞきにきては大田たちとしばらく話し、すぐに去った。彼女に近づけると期待していたのに、望みは満たされなかった。それでも結局わたしは逃げ出さなかった。たしかにひまだったのだ。

ジャン・ジュネの芝居で、『囚人たち』という題名だった。監獄の房内のみで演じられ、男が四人しか出ない。わたしは稽古にもつきあったし、裏方になって大道具もつくったから何度も台本を読んだはずなのに、どんな筋立てだったか思い出せない。役者たちはセリフを怒鳴るように喋《しゃべ》った。両手をひろげて肩をすくめたり、頭をかきむしったり、やたら騒がしい芝居をした。未熟さをごまかそうとしたり、知りもしないヨーロッパを描こうとするときには、おのずとそういうふうになる。

結局大道具は小説家志望だという四年生とふたりで、三週間かけてつくった。一幕ものでセットもひとつだけ、灰色の泥絵具《どろえのぐ》はたくさんつかったが、仕事は簡単だった。スーはその一度も作業場には姿を見せず、ようやく公演の前日になって劇場へやってきた。しかしそのときも座席に深く掛けて脚を組み、舞台稽古を眺めながら、やっぱり煙草をくゆらせていただけだった。

芝居の打ちあげは小料理屋の二階だった。学生のくせに芸達者がそろっていて芝居そのものよりよほどおもしろかった。背が低くて胸の大きな女性が床の間にあった三味線をとりあげ、都々逸《どどいつ》をやった。

「咲いた桜にィ」と彼女は歌った。「なぜ駒《こま》とめる。駒が勇めば花が散る」。

大田敏行は、芝居で主役をやった男と「不如帰《ほととぎす》」の寸劇をやった。スーはスカートを脱ぎ、黒い下着姿でディートリッヒの真似《まね》をした。そして「リリー・マルレーン」を出窓に腰かけて歌った。酒の飲みかたを知らないわたしはしたたかに酔った。手洗いで吐き、出窓から身をのりだしても吐いた。胃と食道を裏返しにして、アルコールと酸《す》っぱい自己嫌悪を塩で洗い流したい気分だった。そう思いながらもスーに抱きついたり、膝枕《ひざまくら》をしてもらったりした。

会が果てて帰る途中、誰かが弁慶橋からお濠《ほり》に飛び込んで泳いだ。それからさらに一、二軒飲んだはずだが覚えていない。

喉《のど》のかわきで眼ざめると、わたしは畳の上にじかに横になっていた。枕元のスタンドの淡い光で見るそこは、自分の部屋ではなかった。誰かのアパートだった。掛けぶとんの襟《えり》が垢《あか》じみていた。畳はささくれだっていた。

となりのふとんの上にはスーが横たわっていた。そして彼女の体の上に男がいた。筋肉が肩と背中に盛りあがって躍動していた。三島由紀夫みたいな体だな、と思った。

わたしは立ちあがった。まだ頭痛がする。喉のかわきはますますはげしい。

男が動きをとめてわたしを見た。鋭い眼だった。ヤクザの一種のようだった。三十歳か四十歳かはわからなかった。その頃のわたしはまだ、おとなの年齢の区別ができなかった。

「どうしたの」とスーが組みしかれたままでいった。眉根《まゆね》に薄くたて皺《じわ》が寄っていた。彼女は男の背中に両手をまわしていた。狭心症患者の唇《くちびる》みたいな爪の色だった。

「水が飲みたいんだけど」

とわたしはいった。

「どうぞ」

男は低い声でいった。

「出る。右へ行って左。共同の流し」

「あの、トイレは？」

「右へ行って右、突き当たり」

それから男はまた体を動かしはじめた。はは あ、この男は自分の筋肉に自信があるんだ、と痛む頭で考えた。男の伸ばした脚と小さくて硬そうな尻《しり》の下に、スーのひらいた真っ白な両脚が見えた。それはむしろ美しい眺めだった。

部屋のベニヤの壁には週刊誌ほどの大きさの写真が二枚ならべて押しピンでとめてあっ

た。一枚は微笑する毛沢東で、もう一枚は短刀を逆手《さかて》に持ってまっすぐに前を見すえる和服姿の藤純子だった。唐紙《からかみ》づくりのドアを開けようとするとき、よろめいてベニヤの壁に手を突いた。家そのものが揺れるような大きな音がした。

「安普請《やすぶしん》なんだ、気をつけろい」

と男が落着いた声でいった。それから彼は口調をかえた。

「さあ、もう一度真面目にやろうぜ」

スーの声をわたしは背中に聞いた。はじめて聞くやさしいかすれ声だった。

「うん、真面目にやろう」

朝になって、わたしは近くの豆腐屋へ納豆と豆腐を買いに行かされた。酔いはほとんど醒めていたが、まだ胸がむかついた。お金は？　とおずおずたずねると「一宿一飯」と男はいい、にっと笑った。顔が浅黒いから歯の白さが目立った。そのときわたしは彼が映画評論家の佐藤雷鋒《らいほう》だと気づいた。映画雑誌で批評文を読んだことがあるし、顔写真も見たことがあった。

わたしたちはスーのつくったごはんと味噌汁《みそしる》で食事をした。スーはおかみさんみたいでわたしは書生みたいだった。「たんとおあがり」とおかみさんはいい、「おお、食え食え。納豆で力をつけて革命に備えろ」と旦那《だんな》はいった。

雷鋒というのは本名だった。父親が職業軍人で、本人も予科練あがりである。六〇年代はじめ、任務遂行中に殉職した中国人民軍の若い兵士に雷鋒《レイフォン》という男がいた。学習熱心で献身的、休日返上で人民のために服務する模範青年だった。つまり相当にいや味な青年だった。国内引締めの必要があるとき、いまでも「雷鋒に学べ」という大衆運動を中国共産党は行なう。その兵隊と同名であることを雷鋒は自慢していた。これだけはおやじに感謝するぜ、と彼はいった。

中国の雷鋒は教条的なまでに真面目だったが、日本の雷鋒はホラ吹きだった。

戦争が終わるとポーランドへ密行したんだぜ、とトリスを飲みながらわたしにいった。ワルシャワでチブルスキーという男と知りあってよ、いっしょにポーランド革命のために働いたんだがな、仲間の裏切りにあってチブルスキーは殺されちまった、いいやつだった、おれは泣いたぜ、といった。そして突然表情をかえて、ははは、ここまでは冗談だ、といった。冗談ですよね、とわたしもいった。

でも、ここから先はほんとうなんだ。共産党のレポで行ったんだが、ポーランドはソ連のいいなりだ。ソ連は、おまえスターリニズムだぜ。スターリニズムってのは人間としてとてもガマンできるもんじゃねえ。それで仲間といっしょに機関車を一台ぶんどってさ、ワルシャワから走りに走った。シベリアから満州まで二週間走りづめよ。そいで東清鉄道から南満鉄道ときて、大連までやってきた。大連から引揚げ船にもぐりこんで帰ってきたのが、折も折、日本共産党六全協の直後よ、と彼はいった。それからおれの悲しい渡世がはじまったんだなあ。

道筋が『兵隊やくざ』で脱走した勝新太郎がぶんどった機関車の上で喋るコースのちょうど逆だから、嘘だろうとは思っていた。しかしポーランドへ行ったというのはほんとうかも知れないな、と二十歳のわたしは考えた。

そんなふうにわたしは佐藤雷鋒と知りあい、スーを含めて三人でつきあった。スーはときどき雷鋒のアパートを訪ねていた。まれにわたしも訪ねた。たとえ小ぶりではあっても「有名人」とつきあえることにうきうきしていた。ようやく東京暮らしに身がなじんだ思いがした。

たまたま雷鋒が留守のときふたりで彼の家へ行ったことがある。盗まれるものなどなにもないといって雷鋒は部屋に鍵《かぎ》などかけなかった。一度空巣に入られて原稿料の現金書留をとられた。そのとき彼はひどく失望して机の前でうなだれていたが、しばらくすると、これも天命だよな、といった。それから「為人民服務《ウェイレンミンフーウー》、造反有理《ザオファンヨウリー》」とあやしげな中国語でつぶやいて自ら、うん、とうなずいた。

一時間ほど待っても雷鋒が帰ってこないので、スーとわたしはトリスを生《き》のままで飲みはじめた。粗大ゴミの山から拾ってきたという戸棚《とだな》には、なぜか精神安定剤のアトラキシンの箱が三十も四十も積みあげてあった。これはなに？　あのひとは頭痛もちなの、とスーに訊くと、彼、中毒なのよ、と答えた。新宿あたりのフーテンが大挙して買いに出掛けたせいで、一年ほど前からハイミナールは処方箋《せん》なしでは買えなくなっていた。アトラキシンは弱いから、その白い錠剤はまるでごはんのように大量に食べないと、いい気分にはなれないのだそうだ。

いい加減ウイスキーに酔ったところで、スーがいった。あたしと寝たい？　きみ。歯を磨《みが》きたいか、それともケーキを食べたいか、と尋ねるみたいな口調だった。わたしは答えた。歯を磨きたい。ケーキも食べたい。しかし雷鋒がいつも寝ているふとんではいやだった。あら、ふとんを敷いたりするつもりだったの、とスーはいった。あたしそういう用意周到なのいやなの。倒れこむようなやつがいいの。

まだおわらないうちに雷鋒が帰ってきた。畳の上に転がっているわたしたちを見ると、なんだい、とりこみ中かい、悪いときにあたっちゃったねえ、といった。それからどっかと床に腰をおろした。なにしてんだよ、おれに遠慮するこたァねえよ、女は誰のものでもない、男も誰のものでもない、そういうわけだから、といった。しかし、わたしにはつづける勇気などとうに失せていた。

一九七〇年の三月の末にわたしはスーと別れた。とくに事件があったわけではないが、なんとなくそうなった。ちょうど「よど号」のハイジャックのあった日だった。と同時に雷鋒とも疎遠になった。こういうつきあいかたはとても疲れるものだ。とりわけ二十歳そこそこの子供には。

いま、二十年の歳月は一陣の風のように来たり、そして再び去った。すでに、スーはミルクシェイクを、わたしはコーヒーを飲み干していた。

わたしはもはや佐藤雷鋒が死んだ年齢になった。スーはそれを越えている。雷鋒はたしか七〇年代の前半、七二年か七三年かに死んだ。

やはり三月だった。多量の薬とウイスキーをいっしょに飲み、うたた寝しているうちに、あっさり心臓が停止してしまったのだった。薬の常用で弱っていたのだろう。三日ほどたち、物音ひとつしないのにガスのメーターは勢いよくまわりつづけるのをいぶかしんだ誰かがドアを開け、死んでいる彼を見つけた。ガスストーブがつけっ放しだったから、部屋はむっとするくらいに暑かった。手首を握って起こそうとすると、手の皮が手袋みたいにずるっととれた。そのいきさつはのちに映画批評の雑誌で読んで知った。

雷鋒が死ぬ二年も前に、スーが彼と別れていたということは大田敏行に、いつか西新宿でばったり出くわしたとき聞いた。

スーの父親は国立大学の教授で労働法の専門家だったのだそうだ。ヤクザのような映画批評家（いや映画批評家のようなヤクザか）と娘がつきあっていることに気づいた父親は、娘をヨーロッパに留学させてしまった。彼女は普段に似合わず素直に父親に従った。大田が髪を切ってカタギになった頃、わたしはスーから離れ、スーはそれからしばらくして大学から姿を消した。それらのことはみな一九七〇年に起こった。

雷鋒が死んで何年になるだろう、とスーに問おうとして思いとどまった。それは詮《せん》ない感傷である。酒の酔いや感傷のあとには、たいていなくもがなの小波乱がやってくる。これまでそんなことで多くの時間をいたずらに費してきた。

しばらくして、スーがいった。

「ところで、きみ、いまなにしてるの」

貸してある金のことをふと思い出した、そんなふうないいかただった。

「なにしてるって、ごらんのとおりさ。スーはなにしてるの？　主婦？」

「ごらんのとおりじゃわからないね」

「普通だよ。会社員だよ」

「へえ、会社員」

「文房具の会社で、小さいけど業界では堅実でとおっている。そこで商品開発を堅実にこなしている。意外だと思う？」

彼女は背をわずかにそらせ、眼を細めてわたしを眺めた。白粉《おしろい》が少し浮きあがっている。やっぱり歳をとったなあ。

「意外ともいえるし」とスーはいった。「妥当な線だともいえる」

「朝は七時に起きる。テレビ中国語会話を見て、野菜ジュースを飲む。それから泳ぐ」

「泳ぐ？」

「歩いて行けるところにアスレチッククラブがある。会員になったんだ。時差出勤で、十時の出社でいいから。電車のなかで読むのは日本経済新聞とコミックモーニング、夜九時には家へ帰って、缶《かん》ビールを二本飲みながらプロ野球ニュースを見て寝る。そういう生活をしているんだな、これが」

「幸せってわけ？」

「ちょっとよくわからない。だけどひどい生活じゃないね」

「子供は？　いるの？」

「いるさ。中一と小五、女の子ふたりだ。五段階評価でいうと四くらいにはかわいい。だいたいなんでもひとなみ程度に、おさえるところはおさえているつもりだ」

彼女は何度もうなずいた。わたしは空になった発泡《はっぽう》スチロールのコップを握りしめた。ぱりん、乾いた音がして割れた。

「ねえ」とわたしはいった。「大田さんともむかしつきあってたよね、スーは」

「寝たかって意味なら、寝たわ。つきあってはいなかった。あいつ、コドモだったから」

「スーにふられてから劇研もやめて、彼はカタギになったんだ。結果としてスーは彼の人生を救ったんだ。あのひと、芝居でも左翼でも才能なかったから」

「でも、短い人生だったわ」

「短くても、悲惨な人生とはいえないだろうね」

「きみは?」とスーがいった。「あたしから逃げ出して救われた?」

「どうだか。まだわからないね。また二十年たったら収支を足し引きしてみるよ。老後の楽しみにそうするよ」

「あの頃、おもしろかった?」

「質問ばかりだなあ」

「自分が他人の人生にどれくらい影響を与えられたか。そういうことをすごく知りたいわけよ、わたしとしては」

きみだって誰かに影響を受けたし、あの騒々しいだけで無内容な時代そのものにずいぶん影響を受けたんじゃないか、とは口にしなかった。そのかわりにわたしはいった。

「おもしろかった。でも楽しくはなかった。始終背伸びして歩いていたようなものだから、爪先《つまさき》が痛くなった」

わたしたちはハンバーガー屋を出た。おもてはまだ明るかった。空気は透明な印象で、風は肌寒《はださむ》かった。駅前に植えられた何本かのプラタナスが葉を散らせた。それは光の加減で、ときどき銀色の板のように見えた。

スーがいった。

「いまも痛いの? 爪先」

　わたしはこたえた。

「痛くはないが、もう骨がさ、曲がったままで」

「浮気でもしてみる？」

「浮気って、寝てみるとかそういうこと？」

「寝てみるとか、そういうことよ」

　わたしはスーを見た。このひとは喪服がよく似合う。

「やめとくよ。熟慮の結果」

「熟慮したようには見えない」

「別れるときまた辛《つら》い思いをするから。二度も泣いたりいじけたりするのは、やだから。熟慮の結果、泣いてあきらめる」

　彼女は薄く笑った。そして、

「結構女を立ててくれるのね。世間にもまれて、それなりにおとなになったのね」

　といった。

　彼女は改札口のほうへ去った。終点まではいっしょのはずだが、ためらうものがあって、電話をかける用事があるから先に行ってくれ、と頼んだのだ。彼女は嘘《うそ》に気づいたはずだ。しかし最後まで微笑を崩さなかった。わたしは駅前にたたずんで煙草を吸い、秋の白い光のなかでしばらく時間をつぶした。

田中角栄のいる遠景――『私の履歴書』と乾いた砂

昭和四十七年（一九七二年）七月五日はおそろしくむし暑い日だった。七月三日から九州で強い雨を降らせはじめた梅雨前線は、北上しながら日本列島全体に雨域をひろげ、集中豪雨の様相を呈しつつあった。

その日、自民党臨時党大会が日比谷公会堂で開かれた。その年の五月の沖縄返還を花道として、六月十七日に引退表明した佐藤栄作首相のあとを継ぐ新総裁を選出するためである。

佐藤栄作の引退はすでにその前年から既定のこととして受けとめられていた。一九六〇年代前半から八年にもおよんだ長期政権である。問題はその後継者だった。当初は福田赳《たけ》夫《お》に禅譲される空気が濃かったが、昭和四十三年から三年間党幹事長をつとめ、現役の通産大臣である田中角栄が政権獲得に強い意欲を示してにわかに空気はあわただしくなった。

昭和四十七年六月十七日、まず大平正芳《おおひらまさよし》が総裁選立候補を表明し、二十日には福田赳夫がつづいた。二十一日、三木武夫と田中角栄が出馬の意志を明らかにした。

第一回投票では過半数に達したものがいなかった。これは予想どおりだったが、田中角栄は事前に中曽根康弘《なかそねやすひろ》から支持をとりつけていた。

上位二名による決選投票では田中角栄は、自派と中曽根派のみならず、大平派、三木派を加えた実質四派で対抗して、福田赳夫を二百八十二票対百九十票で破り、第七代自民党総裁に就任した。この選挙では二十億から三十億円の金が動いたといわれた。

わたしはこのニュースをアルバイト先のテレビ放送で知った。当時、わたしは都庁の外郭団体である世論調査事務所でアルバイトをしていた。仕事は新聞の公害関係記事の切り抜きと整理だった。革新の美濃部都政だからということだけではなく、その頃は世の中公害ばかり、いずれは公害で日本は滅びるだろうと思わざるを得ないような時代だったのである。

その世論調査事務所では誰もが「革新的」な心情を持っていた。総裁選のテレビ中継を眺《なが》める職員たちの表情に一定の距離感と無関心があったのはそのせいである。彼らはテレビの前で腕組みして立ち、あるいは事務椅子《いす》の背もたれのスプリングを耳ざわりな音で鳴かせながらそっくり返っていた。田中角栄に対しては好意的ではなかったにしろ、ことさらな嫌悪《けんお》はしめさなかった。彼らの背後からのぞいていたわたしの気分もまたおなじだった。

昭和四十七年は「連合赤軍」ショックではじまった。浅間《あさま》山荘「落城」の日、二月二十八日、NHKは十一時間連続して事態を中継した。途中には五分間のニュースを三度はさんだだけだった。民放各局もコマーシャルを削りながらそれぞれ八時間ほど中継し、各局の累積《るいせき》到達視聴率はなんと九八・二パーセントに達した。

衝撃は事件後の方が各段に大きかった。昭和四十六年八月から四十七年二月にかけて、連合赤軍は合計十四人の青年を「総括」し殺害したことが明らかになったのである。二月二十八日までは連合赤軍にある種のシンパシーを持ちつつテレビ画面を眺めつづけた多くのひとびとは、にわかに言葉を失った。それは党派というものの極北の姿だった。戦後という時代の行きついた、白昼の闇《やみ》のごときものともいえた。そして一瞬の虚脱ののち、「なにもなかったことにしよう」という暗黙の諒解《りょうかい》が日本社会にゆきわたったようであった。わたしもまた、なにもなかったふりをして黙々と公害の新聞記事を切り抜いていた。光化学スモッグ、PCB、赤潮、排気ガス規制、公害病裁判、自分では読みもしないのに機械的に赤マジックで囲み、スクラップブックを何十冊もつくった。

八月、中央公害対策審議会は、自動車排気ガスの一挙九〇パーセント削減をめざす「五十年規制」の骨子を発表した。これはアメリカのマスキー法に対応したプランで、このことによって自動車メーカーは重大な転機に立たされることになった。ホンダとマツダは早くから低公害エンジンの開発に着手していたが、他のメーカーは遅れをとっていた。まだひたすらな増産をめざすばかりだった。

ちょうどその頃、昭和四十七年八月二十七日付『東奥日報《とうおう》』にトヨタの季節工、すなわち出稼《でかせ》ぎ者募集の広告が載った。昭和四十五年の減反政策以来、農村の農閑期出稼ぎ者は急増していたのである。

「満十八歳から五十歳の健康な男子」「月収九万円から七万五千円」「三ヵ月から六ヵ月就労」「慰労金、年末手当あり」と条件がしるされ、面接は「八月二十九日五所川原職安、三十日鰺《あじ》ヶ沢《さわ》職安、三十一日黒石職安、九月一日弘前《ひろさき》職安」となっていた。鎌田慧《かまたさとし》はこの広告を見て応募した。九月一日の面接を受け、九月十二日の午後、新幹線で名古屋駅に着いた。体力検査で選別され、入社教育を受けたのち、九月十八日からトヨタ本社工場のトランスミッションをつくるコンベアで働きはじめた。それは労働の細分化の極限であったが、彼は五ヵ月後の満期まで文字通り身を削るようにして働きとおした。そして翌年、その体験をもとにして、季節工の立場からのルポルタージュ『自動車絶望工場』を書いた。

鎌田慧がはじめて「戦力」としてコンベアについた九月十八日、朝日新聞社は内閣支持率調査を発表した。それによると発足二ヵ月半たった田中角栄内閣の支持率は六二パーセント、これは戦後最高の数字だった。

わたしの机上に二冊の本がある。両方ともいま誰もがかえりみない本である。ひとつは

『日本列島改造論』、もうひとつは『私の履歴書』である。いずれも田中角栄の著作ということになっているが、当時のベストセラー『日本列島改造論』の方は微妙だ。

〈この年（昭和四十七年）の正月、「田中通産相に聞く」というインタビューを掲載して好評を博した日刊工業新聞が角栄氏に、「あなたの政策論を本になさっては」と持ちかけた。角栄氏はこれを快諾、記者を相手に口述をはじめた。口述時間はのべ六時間。これをもとに小長啓一大臣秘書官と角栄氏の私設秘書の早坂茂三が素案をつく〉った。（井上ひさし『ベストセラーの戦後史』文藝春秋九〇年十月号）

素案をもとに、小長を中心に大永勇作、浜岡平一、池口小太郎（のちの堺屋《さかいや》太一《たいち》）ら通産官僚が書きあげたものが『日本列島改造論』だと柳田《やなぎだ》邦男《くにお》はいう。

この本は実に読みにくい。官僚の報告書としてはよくできているのだろうが、たのしめるところがなく、田中角栄的な部分もまったくないというのも率直な感想である。

井上ひさしはいう。

〈「あ、ここは角栄氏が書いたな」とわかるところはたったの一個所しかない。農村から人がいなくなり、春秋の農繁期を除くともう年寄りと主婦だけで日常の生産や社会活動をするしかないと説いたあとの次の一行、

「たとえば新潟県には女性だけの消防隊さえつくられている。」〉

『日本列島改造論』の思想はたやすく因数分解できる。それは都会は悪ということである。

人口の集中は公害を生み、地方の活力を奪う。ゆえに地方に産業を分散しなくてはならないということである。

　思えば一九七〇年代の前半、すなわち田中角栄の時代ほど都市の過密が憎まれた時代はなかった。厖大《ぼうだい》な数の人間の集中によって、また彼らの過剰な消費欲望の必然の結果として公害が吐き出され、日本は滅びへ向かうと認識されていた。

　土地価格と物価の上昇で都市生活者の住環境はみじめなものなのに、一方には海外旅行ブームがあった。前年の「ニクソン・ショック」で円は切り上げられ、同時に長年の持出し外貨制限も撤廃された。付録の怪獣カード欲しさに菓子を買い、本体は捨ててしまう子供たちが出現したのもこの頃である。田中内閣成立直後に経済審議会が行なった「国民選好度調査」では、四三パーセントが余暇より増収をのぞみ、七〇パーセントが増収より物価安定をのぞんだ。豊かなのか貧しいのかわからない、それが排気ガスで鼻毛ののびが早くなり、水銀とPCBにおびえながら魚を食べる平均的日本人の実感だった。

　都市にひとを呼び寄せてしまう原因となる巨大工場を地方に分散させよう、産品の特色ある工業団地を従えた人口二十五万程度の地方都市を全国各地に成立させよう、『日本列島改造論』の主旨はそういうことである。

　田中角栄の選挙区、新潟三区に即していえばつぎのようになる。

　雪深いこの地方も出稼ぎ者は多い。中心都市である長岡近郊に工場を誘致すれば、魚沼《うおぬま》、刈羽《かりわ》、三島《さんとう》など郡部のひとびとは、東京まで出ずとも長岡で稼げるではないか。冬場は豪雪で陸の孤島となる地域にはトンネルを掘り橋をかける。舗装道路をつくり、除雪を完全に行なうなら車で通勤もできる。また、その工事自体が雇用を生む。新幹線を建設し、高速道路を引いてくれれば、東京の空気は新幹線で一時間半、高速道路なら四時間でおのずと流れてくるし、情報は全国コンピュータ通信網で瞬時に送られてくるから流行遅れの懸念《けねん》からも解放される。二十五万都市に文化施設や娯楽施設が整っている以上、もはや東京へ遊びにいくこともないだろう。機械除雪と雪おろしの必要のない北欧風の傾斜屋根や鉄筋の家に建てかえるならば、恨みの雪さえ情緒深いものに見えてくるはずだ。

留意すべきなのは、田舎の緑多い工場「ファクトリー・パーク」の建設によっておのずと公害はなくなるだろうという『日本列島改造論』の楽観論である。公害の分散と細分化の危険については言及されない。また出稼ぎ先も大都市から近くの二十五万都市へと、その距離が縮まりはするが、「減反《いや》」政策、すなわち有史以来はじめて生産増産を悪いことだといわれた農民の惑いと癒しがたい失望についてはかえりみられないのである。農業はあいかわらず細々と女手だけでつづけられるか、高速道路の用地にでもかかって田を手放すか、あるいは「日本農業をアメリカのような大規模経営に転換するために」請負耕作に出してしまうか、いずれかの道をたどることにはかわりなかったのである。

『日本列島改造論』は総裁選の約一ヵ月前、昭和四十七年六月十一日に発売された。一読した田中角栄が「これで（総裁選を）戦える」とつぶやいた、という逸話がある。誰もが読むのに苦労する本なのに、その年のうちに八十八万部売れ、ベストセラーランキングの第二位になった。いわゆる「角さんブーム」に乗ったのである。しかし、この本は新来の神の護符のようにもとめられて、その小さな神がごく短い時間のうちに地に堕《お》ちるとともに、惜し気もなく捨て去られたのだった。

田中角栄とはいったいどんな人物だったのか。さまざまなひとがさまざまな角度からアプローチし、もはや新たな側面の発見はなにもないと思われるほどだが、ここでは彼の著作『私の履歴書』を読みこんで、そこに浮かびあがる性格を検討してみたい。

この本の発行は昭和四十一年五月である。首相在任中の昭和四十八年にも、講談社から『わたくしの少年時代』が発行されているが、これは『私の履歴書』と内容が重複するところが実に多く、『私の履歴書』に手入れをした程度のものだと見ることができる。『日本列島改造論』については、田中角栄が根幹のアイディアを提供したにしろ、やはり彼自身も数少ない読者のひとりであるという事情を疑うことは難しいから、この『私の履歴書』が田中角栄唯一《ゆいいつ》の著作だといえる。

昭和四十年の晩秋、日本経済新聞の政治部長、新井明が田中角栄のもとを訪れ、「私の履歴書」の執筆を依頼してきた、とこの本の冒頭にある。「私の履歴書」は日経の人気連載コラムで、ここに書くことは一流のあかしとみなされ、政財界人はこぞって執筆したがった。

田中角栄は池田、佐藤両内閣で連続三期大蔵大臣をつとめ、当時、党幹事長に就任したばかりだった。また日経の新井明とは旧知の仲だった。というのは昭和二十二年、田中が初当選した戦後第二回の総選挙で、早大の学生だった新井は、田中の言によるなら「雪いまだ深く、時折、吹きまくる粉雪に身も凍るような早春の一ヵ月間、総勢十人の学生をひきいて」応援にやってきたことがあったのである。

「齢《よわい》いまだ五十にも足らず、人生経験も浅い私は、自分の履歴を世に公表することが、なにかしらはばかられて面映《おもは》ゆく、逡巡《しゅんじゅん》されるものがあった」が、四十一年度予算編成もようやく一段落した頃、「巧みな誘導と、柔軟な圧力に動かされて、ついに厚かましくも」昭和四十一年二月一日から三十回の予定で連載を開始した。このとき田中角栄は、四十七歳だった。

〈はじめの五回分だけは、忙しさのためやむを得ず口述してリライトした原稿に私が手を入れたものを使う羽目になった。しかし六回分からは、時間をやりくり算段して、私の書きおろしで間に合ったことは、せめてものしあわせであった〉

一回五枚弱、新聞の連載ものとしては、かなり長尺である。幼年期から二十七歳で衆議院初当選するまでをえがくそれは、予定の三十回を過ぎても区切りがつかず、五回延長して終わった。

連載の第六回からは彼がかいた、それはほんとうだろうとわたしは思う。

昭和八年春、田中角栄は高等小学校を卒業した。尋常小学校の先生から「お前は五年修了で柏崎《かしわざき》の中学校に行ける」と進学をすすめられていたにもかかわらず、「母の苦労を思うと中学には気が進まず」卒業式では総代として答辞を読み、高等小学校へ進んだのだった。

高小を卒業しても田中角栄は仕事につかなかった。三ヵ月間なにもせず、中学講義録を読んで過ごしたが、七月一日を期して土方になった。土木業界への参入は満十四歳のときである。「毎日、朝の五時半から夕方の六時半ごろまで」「しゃにむにトロッコを押した」。三十一日間一日も休まずに働いて一日あたり五十銭、十五円五十銭の給金をもらった。〈トロ押しでかせいだ十五円五十銭は私の生涯《しょうがい》で自らかせいだ二番目のカネだった。一番目のかせぎは実は原稿料である。当時、新潮社が雑誌『日の出』を創刊するにあたって懸賞小説を募集した。私は「三十年一日の如《ごと》し」という小説を投稿した。一等入選の夢は破れたが佳作の下くらいにはなったのか、五円のカネを送ってきた。これを機会に小説家になれるかも知れぬとほのかな夢をいだいたのもこのころである〉

田中角栄は生来小説が好きだった。作文も好きだった。もっとも、昭和七年六月発行の「日の出」創刊号には田中角栄の名前はどこにも見当たらない。第二号以後の応募か、あるいは彼の記憶違いかも知れない。

『私の履歴書』の第六回以降が田中角栄の自筆、もしくはこまやかな口述によって彼に文責があると考えるのはこのことばかりが理由ではない。この本の叙述のありかたと材料の選択には、田中角栄の性格が打ち消しがたくたちあらわれていると思うからである。

『私の履歴書』でもっとも比重高く描写されているのは、昭和九年三月の上京から昭和十三年暮れ、盛岡二十四連隊に入営するまで、田中角栄満十五歳から二十歳までの東京生活である。

昭和四年には大経済恐慌が日本を襲った。その影響は長く尾を曳《ひ》き、とくに農村部の疲弊は深刻だった。そのことが昭和十一年「二・二六事件」の主因だったわけだが、彼は十七歳の少年として東京市中にあり、この事件を目撃したはずなのにその記述がいっさいない。いや「二・二六」に限らず、昭和九年の東北地方の大冷害、昭和十年の相沢事件、小作争議、昭和十一年の日独防共協定、頻発《ひんぱつ》する労働争議、昭和十二年の上海《シャンハイ》事変と南京《ナンキン》占領、当時の社会的事件はなにひとつ記述されていない。彼は自分と自分の周囲以外には興味がなかったのである。

角栄少年が上京したのは昭和九年三月二十八日である。その日、上野駅からタクシーに乗り、さんざん遠まわりされたあげく五円という法外な料金を請求された。文句があるなら交番へ行こう、と運転手にいわれ、交番という言葉におびえた角栄少年はやむなく五円札をわたした。東京はこわいところで、東京人は悪いやつばかりなのである。

翌三月二十九日、わずかのつてを頼りに新興財閥「理研」の総帥《そうすい》、大河内正敏の屋敷を下谷《したや》区の谷中《やなか》清水町に訪ねるためバスに乗った。ところがバスの車掌の案内口上が皆目わからない。「ままよ」といい加減なところで降りた。ようやく探し当てた大河内邸では「殿さまはお屋敷ではどなたにもお会いいたしません」と玄関払いをされた。「殿さま」という言葉に角栄少年は呑《の》まれた。東京はお高くとまったところなのでもあった。

この日の雪のことは印象深く描かれても、昭和十一年二月二十六日の雪については無視される。というより、彼には見えないのである。きわめて防衛的な性格の彼は、身辺の足場の悪さに気を配り、足元ばかり見て歩くあまり、ついに山も森も見ないのである。

高小を卒業して土方になったと先に書いた。いくら「土方は地球の彫刻家」ともちあげられても賃金には不満がある。事前に契約しなかった自分が悪いとは彼は思わない。自分の働きを認めない相手が悪いのだと考える。土方をやめて柏崎土木派遣所の雇員になった。角栄は十五歳だった。ここで若い技手補たちと酒を覚えた。そしておそらくは女も知った。

〈甲子楼、上州屋、けんどん屋、明海、北洋といったカフェーやバーに引っ張り出された記憶がある〉

上京して、昼は土建屋の小僧として働きながら、神保町《じんぼうちょう》の中央工学校夜間部に通った。角栄少年、十五歳から十七歳までの二年間である。

〈神保町のかどから水道橋に向かって左側の舗道を行くと柏水堂《はくすいどう》という洋菓子屋と東肥軒という和菓子屋にはさまれて宝来屋というせんべい屋があった。せんべいに縁はあっても洋菓子や和菓子に興味はなかった。家の数で十軒ほど進むと、今川焼き屋があって十銭で六つの今川焼きは珍重すべきものであった〉

昭和十三年のはじめ、その頃すでに理研コンツェルンに食いこんでいた田中角栄は、理研の宮内工場（新潟県古志郡）建設のため長岡へ行った。雪の晩、土建会社の社長の世話で「萬世楼」という料亭に泊まり、夜半に女性の訪問を受けた。十九歳の彼は「何かあわれを感じて」「いくらかのおこづかいもやって」その「佐賀屋の奈穂」という女性に帰ってもらった。

昭和二十年十一月、彼は自分の会社、田中土建工業の顧問大麻唯男に「新橋の『秀花』という料亭に呼ばれたので、いってみた」。「現在の『新春』が当時の『秀花』である」。そこで「十五万円出して、黙って一ヵ月間おみこしに乗っていなさい」と大麻らにいわれ立候補した田中角栄は、昭和二十一年正月、小学校六年の修学旅行以来はじめて新潟市へおもむき、「『玉家』という有名な料亭の奥座敷に陣取って」選挙についてのレクチャーを、その道の玄人《くろうと》から受けた。

やたらに店の名前はくわしいのである。しかるに、世相と世上の事件については一行の記述もないのである。

田中角栄はおのれの視野のおよぶ範囲のみを注意深く眺めつづけていた。後年「角さん」と呼ばれながら世人に持たれた豪放な印象は、あるいはものごとの全体を片手でわし摑《づか》みにするような巨視的なイメージは『私の履歴書』からは浮かんでこない。彼の視点は「自分」と「自分のいる場所」に据《す》えられて微動だにせず、彼のたぐいまれな記憶力も、たとえばいま見たような方面にのみ、はなばなしく発揮されているのである。

彼は大正七年、新潟県刈羽《かりわ》郡二田《ふただ》村坂田《さかた》に生まれた。現在の西山町である。日本海に沿って走る低い丘陵と、柏崎と長岡のあいだに横たわるもうひとつの丘陵、その浅い谷間に彼の生家はあった。大正から昭和の初期までの一時期、西山と呼ばれるこの一帯から石油がわずかながら出た。農村の男たちは日本石油の鉱業所に働きに出掛け、現金収入のある相対的には豊かな村だった。一戸平均七、八反の田があり、年に五、六十俵の米がとれた。谷あいにしては田もせまくはなく、反収で四百二十キロというから良田である。

田中角栄の父は、自家に八、九反の田があるにもかかわらず、農作業はすべて妻に任せ、牛馬商として各地に出歩いていた。かなり投機的な性向の人物だったようである。

田中角栄は書く。

〈（オランダ産の）ホルスタイン種の乳牛は、当時（昭和初年）、一頭が一万五千円ぐらいだった。米が一俵六、七円だった時代である。そのホルスタインを三頭輸入し、二頭は月《つき》寒《さっぷ》へ送る。一頭は新潟に置いて、乳牛にしようというのが父の計画だった。しめて四万五千円、わが家の身上《しんしょう》を一切合財はたいてもとても足りない。手持ちの山林を売り払ったり、近在の物持ちから出資を集めたりしたもので、父は大いに張り切っていた〉

しかし、横浜に着いた牛は輸送の途中、船旅の疲労と夏の暑さにあたって死んでしまう。田中家はこの事件で家産を傾けた。そのため、田舎の秀才である田中角栄も進学の道を絶たれたのだった。

この本を通奏しているものは、田中角栄の父親への憎しみである。それが過激ないいかただとすれば、距離を置いて注がれる冷静な視線である。そして、このような性癖の父親だから母親の苦労は絶えないのだ、と深く刻みこまれた認識である。

田中角栄の祖父は宮大工兼業の土木家だった。祖母は庄屋《しょうや》の娘で気位が高く、決して田に入ろうとはしなかった。角栄の母親が、若い頃からただひとり田を守ってきたのである。角栄は七人きょうだいの三番目、ただひとりの男子だった。どもりで内向的な性格だった彼が、後年おそるべき実際家になりかわり、土建という実業ひと筋に生きて財をなすことのみにその二十代の時間のすべてを費した動機の根源には、田中家を再興し、母親を保護することが田中家の長男の義務であり天命であると信じた一事が横たわっているはずだ。少なくとも、彼は父親のように生きることだけは避けたかった。小説家志望を含め、天下の情勢をうかがい憂《うれ》うることもまた父親の持っていた投機性、あるいはロマンチシズムに通じると感じられたからこそ、彼はそれらすべてを自らに禁じ、足元のみを眺めながら現実を生きつづけたのである。

先にも述べたが、彼が新潟を歩いたといえるのは昭和十二年から十三年にかけて、理研宮内工場建設の仕事に参加したときが最初である。その後も選挙に出馬するまで、新潟との縁は実は薄かった。ここでも彼は後年のイメージを裏切っている。田中角栄は、新潟人にして新潟人ではなかった。端的にいうなら、故郷は新潟ではなかった。新潟でなくともよかった。母の住む谷、母のいる家だけが故郷の名に値した。わたしはこの本を読みながらそんな感想を持った。

『私の履歴書』の文面からたちあらわれてくるもうひとつの田中角栄的特質は、その恐しいまでの短気さと軽率さである。

十四歳で土方をやり、それをぴったりひと月で辞めた理由はすでに記した。上京して最初の職場は井上工業という土建屋だった。大河内正敏の書生になることをあきらめ（はっきり断わられたのではなく、勝手に断念したのである）、わずかな縁を頼りに転がりこんだのだ。そもそも大河内の書生になる話も、元をただせばひとを介したきわめてあいまいな話で、先方に確かめることもせず、話を聞いたその日にあわただしく決意し、その日のうちに上京している。谷中清水町の大河内邸で女中に理研本社へ行けといわれたときも、その所在地さえ訊《たず》ねようとしなかった。田中角栄は、駄目だと決めこんだ瞬間、すぐにつぎの行動を起こすのである。

住み込みの井上工業でも月給を決めてもらわなかった。月末に五円もらって、あまりにひどいとひとり怒るのである。あるとき、タイルの目地《めじ》を掃除させられた。あまりに単純でばかばかしい仕事なのでふてくされながらしていた。職人に叱《しか》られた角栄少年は、かっとなった。数人の男たちを相手にスコップをふりまわした。またあるとき、屋根を葺《ふ》くスレートの隅《すみ》に錐《きり》で穴をあけるようにいわれた。コツのいる仕事で、なかなかうまくいかない。何度やってもスレート本体を割ってしまう。やはり叱られた。このときも彼は短気を起こし、重ねたスレートをわざと踏み潰《つぶ》しながら歩いて、そのまま井上工業を辞めてしまった。

田中角栄は昭和十一年までの上京二年あまりで、四つの職場を経験している。二番目の保険雑誌社は、休みをとって帰省したいと申し出て断わられたときに辞めた。四番目の建築事務所は、社員を飲みに連れ出すことをとがめられて辞めた。田中内閣の売り文句であった「決断と実行」の正体は、実はこのような短気と短慮のいいかえにすぎなかったのである。

おそらく昭和十一年春、にわかに決意して海軍兵学校を受験した。この学校は、学歴を深くは問わなかったので、不規則学歴しか持たない彼にも受験資格があったのだった。田中角栄は持ち前の暗記能力を総動員し、辞書を一枚ずつ破っては覚えこむ猛勉強をした。

〈身体検査は標準で一万三千余名中十三番と優秀であったし、引きつづいての学科試験に合格する自信もじゅうぶんあった。そのときになって田舎の母がまた病気になったという手紙をもらって考え込んでしまった。

海軍兵学校の修学期間はそのころ三年八ヵ月くらいで、卒業すれば少尉《しょうい》に任官して、月俸八十五円。中尉を経て大尉に任官するまでには十年近くかかる。そして大尉の初任給は百五円である。これでいったい母に報い、長男としての責任が果たせるであろうか。私には将来元帥《げんすい》、大将への夢はなく、せめて巡洋艦の艦長が望まれる夢の最高であった〉

巡洋艦の艦長なら立派なものではないかとも思えるが、彼は再びみたび方向転換する。海軍士官への道もまた、ぜいたくなロマンチシズムの発現あるいは、多少ましな父親へ至る道程にすぎないと感じられたのか、彼は受験前に断念してしまうのである。たんに学力不足に対する巧みなエクスキューズかも知れないが。

それからのちの彼は、一貫して過剰なリアリズムのひととして生きた。仕事上の関係を維持する力は金である、女であると見切ったのである。

昭和十二年、十九歳で独立し、「共栄建築事務所」の看板を出した。住居は、当時では珍しい都心の鉄筋アパートだった。

二十歳のときにはもう「ハウスキーパー」と共棲《きょうせい》し、月収が三百円から五百円もあった。現在の金員になおせば百万円から百六、七十万円というところだろうか。新興財閥の理研と深い関係を持つに至った経緯は、この本では大河内正敏とたまたまおなじエレベーターに乗りあわせたことなど、偶然を主因とするかのように意図してあいまいに語られている。背後にはなんらかの強引な働きかけや受注工作があったはずだが、それらについては田中角栄は記さない。

昭和十三年の暮れ、彼は出征し、満州で病いを得た。まる一年の療養ののち、昭和十六年十月、日米開戦前夜に除隊した。傷痍《しょうい》軍人として二度とは召集されない身分になったことが田中角栄の戦後の活動を保証した。

昭和十七年三月、飯田橋の元土建業坂本組の子持ちの娘といっしょになった。娘といっても当時三十一歳、二十三歳の角栄青年より八歳の年長である。坂本家の当主坂本木平は昭和十六年はじめに病没し、家業は休眠状態にあったが、飯田橋一帯に広い地所を持っていた。

立花隆《たちばなたかし》は昭和四十九年に書いた。

〈当時は物資不足の戦時下のこととて、建築業を新規開業するなどということはそう簡単にできなかったときなのだ。十六年には木材統制法、企業許可令などができ、さらに十七年には企業整備令ができて、小規模業者は存続を許されなくなる。建築業者の場合には、年間五十万円以上の施工実績が三年以上あることが必要だった。坂本組はその条件に合ったのだから、いかに大きなものを田中氏は受けついだかわかるだろう〉（立花隆『田中角栄

研究　その金脈と人脈』）

昭和十八年には個人企業を田中土建工業株式会社に組織変更し、たちまち年間施工実績では全国五十社のひとつに数えられる企業になった。

海兵志望の断念とこの結婚の決意、いずれも実利実用の側を選びとって田中角栄は人生上の基本的態度を決定したのだった。その後、敗戦をやはり理研の仕事中に朝鮮でむかえたとき、彼は軍とのコネを利用し「田中角栄他六名」を「田中菊栄他六名」と強引に読ませて、婦女子として第一番に帰国したのだし、戦後になって政界に転進したあとも彼は、過剰なリアリズムにのっとって「それはいくらになるか」「彼の弱身は金か女か名誉」かとだけ問いつづけ、そしてその方法は、昭和四十七年夏まではたしかに勝利しつづけたのだった。

昭和四十七年秋、『列島改造論』にあったように、あらたに新幹線が建設されることになった盛岡の地価は前年の二倍になった。インフレ傾向はさらに激化した。十月八日、雨のように夜空に降るといわれたジャコビニ流星雨は空振りに終わった。

その年の九月にトヨタ本社工場に出稼《でかせ》ぎ労働者として入り、十月には日本の一メーカーによる月産二十万台突破という破天荒な記録にコンベアのかたわらでたちあった鎌田慧は、昭和四十八年二月十五日、季節工としての満期を迎えた。

〈金を受け取って、ゆっくり構内を歩く。あっけない。いままでの、あの苦しい労働のピリオドがこんなにあっけないものか。解放感、というより、疲れと虚脱感。(……) 鈍い痛みを持つ右手首。筋ばった右手の指。細かい鉄片が突き刺さった掌《てのひら》。疲れの溜《た》まった背の筋肉。胸やけする胃。これがぼくに残されたものだ〉(鎌田慧『自動車絶望工場』)

五カ月間の平均月収は税こみ七万四千円、十二月の期末手当は一万円だった。それに満期慰労金一万三千円。しかし鎌田慧の在職中に本社工場で満期まで勤めた季節工はひとりだけ、彼がふたりめの期間満了者だった。

昭和四十八年に入ると天変地異がつづいた。二月一日浅間山大爆発、五月二十三日首都圏直下に大断層発見、五月三十一日小笠原沖海底噴火で西之島新島の出現、六月一日桜島大爆発。

土地と物価の高騰《こうとう》は続き、終末感とも呼ぶべき空気が日本列島にたちこめはじめた三月には、小松左京の『日本沈没』が発売され、一挙にベストセラーとなった。それは日本人の自罰への衝動のようにも思えた。

昭和四十九年十月、第四次中東戦争が起こり、原油の値段は五倍近くにはねあがった。「狂乱物価」と「マイナス成長」が日本を襲い、高度成長は終わった。それとともに、視線を高くあげて遠く見とおさず、ひたすら足元だけを見ながら歩く「戦後」時代もまた命脈を絶たれたのである。田中内閣の支持率は一二パーセントに急落した。これも新記録だった。

昭和四十九年十月十日、『文藝春秋』十一月号は立花隆と児玉隆也《こだまたかや》のレポートを掲載し、いわゆる「田中金脈」をあらわにした。十一月二十六日、田中角栄首相は辞意を表明した。

辞任する田中角栄はつぎのように語った。

〈最近における政局の混迷が少なからず私個人にかかわる問題に端を発していることについて、私は国政の最高責任者として政治的、道義的責任を痛感しております。一人の人間として考えるとき、私は裸一貫で郷里をたって以来、一日も休むことなく、ただまじめに働き続けてまいりました。顧みましていささかの感慨もあります。(……)わが国の前途に思いをめぐらす時私は一夜、沛然《はいぜん》として大地を打つ豪雨に心耳をすます思いでありま す〉(『毎日新聞』昭和四十九年十一月二十六日夕刊)

田中角栄こそすぐれて戦後的な人格だったとわたしは思う。理念や理想を腹の足しにならぬものと軽んじ、長男としての責務をまっとうするためには財力だ実績だとうそぶく、防衛的な性格の、まじめな、しかし一点暗いところのある日本人の前進は、ようやくここにやんだのである。

昭和四十九年十一月、鎌田慧は再び出稼ぎ労働者として硝子《ガラス》工場に入った。しかし、工場はすっかりさまがわりしていた。オイルショックで出稼ぎ労働者の採用は手控えられ、もう「人買い」は東北地方を巡ることがなかった。工場はロボット化の前夜にあったのである。

『日本列島改造論』は打ち棄《す》てられたが、そこに記された多くのことは実現した。『改造論』の計画よりも規模は小さく、建設ははるかに遅れたけれど、新幹線は延び、高速道路は建設された。日本列島はトンネルと長大橋とで連結され、コンピュータネットワークは全国をあまねくおおった。「出稼ぎ」という言葉は聞かれなくなり、「家出」して上京する少年たちは姿を消した。都市の過密化も二十年足らず前に較《くら》べればさして話題にはならない。むしろ出生数の減少によって、将来の人口減と民族的活力の衰えが不安視されるに至った。

では田中角栄的な要素がすべて姿を消したのかと問われるならば、わたしはそうではないと答えたい。

ひとりの田中は四散しても、そのありかた考えかたの破片は、現代の砂のような大衆のなかにたしかに受け継がれ、無数の小さな田中を生んだ。結局『日本列島改造論』を実現させた力は、わたしたちのなかにある田中角栄的なものである。過剰なリアリズムそのものである。「戦後」時代は果てても、やはり残念ながら、日本人は理念も理想も持たず、広大な砂上の一粒の砂の視点だけで生きているようにも思う。

昭和四十七年に彼をもてはやした日本人は、自分自身をもてはやしたのである。昭和四十九年に彼を嫌《きら》った日本人は、自分自身を嫌ったのである。わたしは芥川龍之介の箴言《しんげん》にかたちを借りて、こういってみたい。

「誰よりも角栄を憎んだわたしたちは、誰よりもおのれを軽蔑《けいべつ》していたわたしたちだ」

おわりに

かねてからわたしには「戦後」時代を描きたいという希望があった。

すでに第二次大戦以来半世紀が過ぎ、かつて繁《しげ》くつかわれた「戦後」という言葉はまれにしか聞かず、「戦後時代」そのものも、いまやたんなる歴史区分となり果てたかと思われる。一九七〇年頃《ごろ》まで「戦後」という言葉にこめられていたはずのなんらかの意味、日本人に共有され無言のうちに諒解《りょうかい》された語感は、ともに揮発し去ったようである。

しかし、わたし自身はその時代の空気を呼吸して生きてきたのである。戦後間もない頃「後進国」に生まれ、「中進国」状況のなかで少年期を過ごした。「先進国」になりかけの時代に青年期をむかえ、その後いろいろありながら歳月を経た。そして、いまや清潔に退廃しつつある日本社会の中にあって、社会そのものとおなじくゆっくり老いようとしている。要するにそれは、戦中戦後生まれの多くの日本人に共通するありふれた体験であり体感であるだろう。そのありふれた眼《め》の高さと視野から時代を見直すということがわたしのもくろみだった。

戦後、軍事費負担から解放された日本は、その社会的病理たる貧困の駆除と民生向上にたちまち熱中した。当初は、性善説にもとづく民主主義への信頼または信仰がそのささえとなり、やがて生活の利便の追求という、本来は手段であるはずのものが目的にとってかわった。その結果、昭和二十年代後半から昭和三十年代全般にかけて、きのうよりはきょう、きょうよりはあしたがよくなると信じる空気が、その内容についてはつぶさに検討されることなく醸成された。そして、異常な技術の進歩をともなった生活水準の良化という側面では、それはたしかに実証されたのだった。

しかし、技術の進歩が人間の進歩につながるという楽観こそ、実は戦後最大の誤算だったといえる。貧困は大きく後退し消費生活は著しく豊かになったが、人間の内実はかわらず、社会そのものにも本質的な変化は見られなかった。日本社会は、むかしあったような性格とかたちを温存しつつ全体の生活水準のみずりあがり、たとえば、ひとの嫉妬《しっと》すべき対象がきょうあすの食糧や月ごとの収支から、世襲財産、美貌《びぼう》、血筋など自助努力によっては得がたいものに移っただけだということができる。

誰もが食うに困らず、誰もが意見めいたものを持ちながら自分の存在と仕事の社会的意味を問わずに済み、なにごとに対しても自分の快不快と幸不幸の基準に照らして判断すればこと足りる社会、それが経済成長と消費拡大とを絶対善とした「戦後」時代の到達した高度大衆化社会である。無階級にして、ただ嫉妬心の濃淡の差のみが階層をなす、世界史上にもまれなそのような社会は、一九七〇年代なかばには完全に、地域共同体としての「世間」にとってかわったのではないか。

「世間」が消滅しつつあるという不安、刻々と積み上げられる消費物資の豊かさと自分たちの精神の貧しさのアンバランスへの居心地の悪さ、それが一九六〇年代末の青年たちを駆りたて、さらに東西冷戦下の世界には、いわれない貧困と不合理に満ちているという苦い認識が加速剤となって、当時の日本に小規模な価値紊乱《びんらん》期を呼びこんだのだが、この本ではその端境期《はざかいき》についての記述を末尾においた。本書で描いたのは一九七〇年代なかばまで、すなわち第一次オイルショックまでである。それ以後についてもおなじ方法で表現したいという希望を、作者はひそかに持っているが、いまだ着手するには至っていない。

一九九三年六月

関川夏央

〔「戦後」時代略年表〕

昭和二十年から昭和四十九年（一九四五年から一九七四年）、終戦から第一次オイルショックまでを「戦後」とし、その間のできごとを本文の記述に従って選択して、編集部と関川とで簡略な年表を作成した。その重要視した項目は、食糧・米価・農業、引き揚げ、エネルギー産業、初等教育、ベストセラー、公害、反政府政治運動、消費動向などである。読者は参考とされたい。

●昭和二十年（1945年）

7月　米の配給量一人当り二合三勺から二合一勺に

8・15　敗戦

28　文部省、九月中旬までに全学校の授業再開を通知

9月「闇市」氾濫、食糧品・軍需工場の放出物資に人々蝟集する

11　GHQ、政府に自由と人権に関する五大改革を要求（婦人解放・労働者団結権・教育民主化・秘密審問司法制度撤廃・経済機構民主化）

15　文部省、キリスト教教育を容認

『日米会話手帖』誠文堂新光社から刊行される。合計三百六十万部売れる

19　実用英語会話放送開始

22　GHQ、軍国主義的・超国家主義的教育を禁止

25　復員第一船高砂丸、太平洋メレヨン島から千六百二十八人を乗せ別府に入港

10月　疎開学童の帰還始まる

警視庁、十月現在の闇値を発表。米一升七〇円（公定価格五三銭）、砂糖一貫目一〇〇〇円（三円七五銭）

11月　全国人口調査、総人口七一九九万八一〇四人

この頃、餓死者続出。上野駅で一日最高六人。日比谷公園で餓死者対策国民大会

12月　生産者米価石当り一五〇円に引上げ

メチルアルコール飲用による死亡者

続出
31　GHQ、修身・国史・地理の授業停止と教科書廃棄指令
＊五十年来の大凶作のため、食糧難ますます深刻化

●昭和二十一年（1946年）
1月　東京の闇市露店六万店に激増
2・11　GHQによる食糧放出始まる
17　金融緊急措置令で旧円貯金封鎖。しかし五円以下の小銭は除外されたので、つり銭拒否騒ぎ起こる
食糧緊急措置令で警察、主食強制放出に乗り出す
25　新円交換開始
3月　生産者米価石（一五〇キロ）当り三〇〇円（消費者米価二五〇円）
15　歌舞伎役者・片岡仁左衛門一家五人、食物の恨みで同居人に殺害される
5・19　飯米獲得人民大会（食糧メーデー）代表、首相官邸に座りこみ
24　天皇、食糧事情に関して「家族国家の伝統に期待して食糧難克服」と録音放送
30　上野の露店街・アメ横に警官出動、トラック十六台分の闇物資押収
6・6　農林省、職員に一ヵ月に十日の食糧休暇
7・7　石炭非常時対策
8・1　全国一斉に闇市取締り実施
10月　生産者米価石当り五五〇円（消費者米価四五〇円）
21　農地法改正、自作農創設特別措置法公布
11・3　日本国憲法公布
10　石炭不足のため旅客列車削減（翌年には急行列車全廃）
12月　文部省教育局・GHQ民間情報教育局（CIE）社会科教育の構想固める
8　シベリアからの引き揚げ第一船大久丸二千五百五十五人を乗せて舞鶴に入港

●昭和二十二年（1947年）

1・20　GHQ放出の軍用缶詰五〇〇〇トン、ララ・ユニセフによる脱脂粉乳の給食が、全国主要都市の国民学校で週二回始まる（秋より全国に。慣れない脱脂粉乳で消化器異常多く発生）
3・31　教育基本法公布
4・1　新学制発足、六・三制の義務教育開始。しかし教室等施設は決定的に不足
　　小学四年生以上にローマ字教育開始
6月　『青い山脈』（石坂洋次郎）朝日新聞に連載開始
9・1　小・中学校で社会科授業開始
10月　生産者米価石当り一七〇〇円（消費者米価二一三八円）
11　山口良忠判事、配給食糧のみで生活した結果、栄養失調で死亡
11・25　第一回共同募金開始、総額六億円集まる
12月　『青い山脈』新潮社より刊行
12　児童福祉法公布（子供の権利を謳ったものだが、巷には孤児、浮浪児あふれる）
＊ベビーブーム始まる
＊戦中の昭和十八年に比較し、児童の体重が大幅減

●昭和二十三年（1948年）

2・1　沢田美喜、大磯に混血児救済施設エリザベス・サンダース・ホーム開設
25　文部省、キリスト教系および女子系を中心に、十二の新制大学認可
4・1　新制高等学校（全日制・定時制）発足
5・1　美空ひばりデビュー
7月　消費者米価を一〇キロ当り一四八円五〇銭から二六六円に値上げ
13　優生保護法公布（のちに指定医の判断で経済的理由による中絶も認可）
9・16　マッチ、八年ぶりに自由販売となる
10月　生産者米価石（一五〇キロ）当り三五九五円（消費者米価一〇キロ当り三五七円）
11月　米配給、二合七勺に

●昭和二十四年（1949年）

4月　消費者米価一〇キロ当り四〇五円

1　野菜の統制令撤廃、市場のセリ再開。公定価格より安い品物も現れる

23　GHQ、一ドル＝三六〇円の単一レートに設定

5・24　数え年を排し、公式に満年齢使用となる

6・11　東京都、失業対策事業の日当を二四五円と決定（日雇い労働者の俗称「ニコヨン」の語源）

7月　映画『青い山脈』封切り

9・14　東京都内の露店六千軒、廃止決定

10・20　日本戦歿学生手記編集委員会『きけわだつみのこえ』を出版

11月　生産者米価石当り四二五〇円（消費者米価一〇キロ当り四四五円）

3　湯川秀樹、ノーベル物理学賞受賞

24　東大法学部学生で高利貸会社「光クラブ」社長・山崎晃嗣自殺

●昭和二十五年（1950年）

1・7　千円札発行

3・10　食糧庁、昭和二十四年度産米供出目標突破と発表

5月　米以外の主食、自由販売となる

前年度の豊作もあり、食生活に対する不安感はしだいに遠のく。公定価格と闇値の格差は縮小傾向

20　石炭鉱業の国家管理終わる

6・25　朝鮮戦争勃発。「朝鮮特需」景気始まる

7・1　日本綴り方の会結成

10　第二回渡米留学生出発

24　GHQによるレッドパージ始まる

8・14　文部省、一部都市の小学校に、対日援助ガリオア・エロア資金によるパン完全支給を発表（翌年から全国に拡大）

12月　生産者米価石当り五五二九円（消費者米価一〇キロ当り五一五円）

＊女性の平均寿命、六十歳を超える（男性五十八歳）

●昭和二十六年（1951年）
1・3 第一回NHK「紅白歌合戦」
3・5 社会科授業の一環として書かれた山形県山元中学校・無着学級の生活綴り方文集『山びこ学校』（無着成恭編）青銅社より刊行
29 新入学児童への国語、算数の教科書の無償給与（しかし、財政上の理由から二年間で停止）
7・16 東京都足立区立四中第二部として夜間中学開校
9・8 対日講和条約・日米安全保障条約に調印（翌年四月二十八日発効）
12月 生産者米価石当り七〇三〇円（消費者米価一〇キロ当り六二〇円）

●昭和二十七年（1952年）
2・20 東大構内で学生と公安警官の衝突（ポポロ事件）
4・10 NHKラジオドラマ『君の名は』放送開始
7月 第一回フルブライト日米交換留学生出発
9月 生産者米価石当り七五〇〇円（消費者米価一〇キロ当り六八〇円）
10月 炭労、賃上げ団交決裂、無期限ストに入る（十二月、妥結）
11・27 通産相・池田勇人、衆議院で「中小企業の倒産、自殺もやむを得ない」と失言

●昭和二十八年（1953年）
1・9 沖縄戦に、特志看護婦として従軍した女学校生徒を描いた映画『ひめゆりの塔』（今井正監督）封切り
2・1 NHK、東京地区で一日約四時間のテレビ本放送開始。受信契約数八六六件
28 吉田茂首相、衆議院予算委員会で野党議員に「バカヤロー」発言
3・5 スターリン死亡、株大暴落
23 中国からの引き揚げ開始、興安丸、高砂丸三千九百十八人を乗せ舞鶴入港
7・16 伊東絹子ミス・ユニバース三位入賞

（流行語「八頭身」）

27 朝鮮戦争休戦

8・7 石炭最大手・三井鉱山、組合に希望退職・指名解雇の提案。大争議へと発展（10・8五千人のデモ隊と六百五十人の警官隊が包囲する会場で団交。→11・27指名解雇撤回）

9 月 生産者米価石当り八二〇〇円（消費者米価一〇キロ当り七六五円）

10 月 政府、電力五ヵ年計画を決定

国内炭から輸入炭へ、輸入炭から輸入原油への大転換「エネルギー革命」始まる

11・25 東京でクリスチャン・ディオールのファッション・ショー開催。入場料千円～三千円にもかかわらず満員

＊日本の総人口、八八〇〇万人

＊GNP七兆五二六四億円

＊米の輸入一四〇万トン、破砕米を澱粉で固めた人造米登場

●昭和二十九年（1954年）

1・20 戦後最初の地下鉄、丸ノ内線の池袋―御茶ノ水間開通

3 月 第五福竜丸より水揚げされたマグロから強度の放射能検出、廃棄される

4・16 NHKテレビ、美容体操放送開始

6・3 学校給食法公布

18 中国米輸入決定に基づき、五五〇〇トンの公開入札

7・30 政府、黄変米の毒性基準を引き下げ配給強行を決定。主婦連合会など反対運動激化

9 月 生産者米価石当り九一二〇円（消費者米価は据置き）

11・3 特撮映画『ゴジラ』封切り

9 警視庁、興奮剤密造マーケットを急襲。ヒロポン禍拡がる

20 防衛庁、少年自衛隊員の募集開始（募集をめぐって日教組と文部省対立）

12・27 主婦連、安価な「十円牛乳」を販売。都内に運動拡大

●昭和三十年（1955年）

1・7 トヨタ自動車、トヨペットクラウンを発表。乗用車製造技術、国際水準に近づく
7月 生産者米価一万一六〇円
石原慎太郎『太陽の季節』発表
13 通産省、石油化学工業育成対策五カ年計画を発表
11・14 日米原子力協定、ワシントンで調印
12月 東芝、電気釜発売。以後、テレビ・洗濯機・ミキサー・コタツ等次々発売され「家庭電化時代」始まる
24 農林省、今年度産米これまでの最高七九〇三万九一〇石と発表（江戸時代水準の三倍弱）
＊GNP八兆三九九一億円。「神武景気」始まる
＊官僚主導の経済建設始まり、第一次オイルショック後まで続く

●昭和三十一年（1956年）

2月 中野好夫「もはや戦後ではない」を『文藝春秋』に発表
3・30 学校給食法改正（中学校へも適用を拡大）
5・1 「類例のない奇病発生」の届出。「水俣病」患者の「発見」
17 映画『太陽の季節』封切り。石原裕次郎デビュー。「慎太郎刈り」が流行し、「太陽族」の登場
6月 生産者米価石当り一万七〇円（消費者米価据置き）
12月 『陽のあたる坂道』（石坂洋次郎）読売新聞連載開始
26 シベリアからの最後の復員者千二十五名、興安丸で舞鶴に帰国

●昭和三十二年（1957年）

4月 日本育英会、大阪等で中学校成績優秀者に高校奨学金支給（翌年より全国実施）
5・25 有楽町にエアーカーテン装置を備えた、そごう百貨店新開店
7月 生産者米価石当り一万三二二円五〇銭（消費者米価一〇キロ当り八五〇

円）
8・2　杵島炭鉱労組、企業整備反対無期限スト（9・30、10・3炭労大手十三社が二十四時間産業別同情スト）
27　茨城県東海村試験原子炉、臨界に達する
9・23　ダイエー一号店開店
10・4　ソ連、人工衛星「スプートニク1号」射ち上げ（ニューヨーク市場の株暴落）
11・3　「スプートニク2号」一頭の犬を乗せて地球周回
18　毛沢東、六十四カ国共産党・労働者党代表者会議で「東風は西風を圧する」「アメリカ帝国主義は張り子の虎」と演説
12・10　伊豆天城山中で、元満州国皇帝の姪、愛新覚羅慧生と学習院大級友の心中死体発見（「天国に結ぶ恋」）
11　戦後初の貴金属貨幣、百円硬貨発行
＊産米七六四一万七六六〇石

●昭和三十三年（1958年）
1・31　米国陸軍、人工衛星「エクスプローラ1号」射ち上げ
3・3　富士重工、軽乗用車スバル360を発表
21　炭労、賃上げで無期限重点スト。三カ月後妥結、最長のストとなる
3・17　米国海軍、人工衛星「バンガード1号」射ち上げ
5月　ソ連「スプートニク3号」の射ち上げに成功し、宇宙技術・軍事技術の両面で米国を圧倒
5・16　テレビ受信契約百万件突破
6・9　日本の出生率、世界の最低水準と発表
東京の電話五十万台突破
7月　生産者米価石当り一万三二三円
5　アラビア石油、クウェート国王と中立地帯沖合油田開発利権協定に調印（初の海外油田開発）
8・25　日清食品、「即席チキンラーメン」

発売
11・1 ビジネス特急「こだま」運転開始、東京―大阪間六時間五十分
5 『にあんちゃん』(安本末子著)光文社より刊行
15 舞鶴地方引揚援護局廃止
12・1 一万円札発行
23 東京タワー完成
＊産米一一九九万三〇〇〇トン(七九九五万石)
＊テレビ受像機値下げ、一四インチ＝一四万円が六万円に
●昭和三十四年(1959年)
1・19 三井鉱山、組合に六千人希望退職企業整備案提示
4・10 皇太子成婚。パレードのテレビ中継
7月 生産者米価石当り一万三三三円(消費者米価据置き)
8・1 日産自動車、ブルーバード発売
28 三井鉱山、組合に四千五百八十名の希望退職第二次企業整備案提示(12・11会社、指名解雇通告。三池争議始まる)
9・10 炭鉱失業者救済の「黒い羽根」募金運動、福岡でスタート(12・18炭鉱離職者臨時措置法公布)
10月 映画『にあんちゃん』(今村昌平監督)公開
猫を使った実験で水俣病の原因実証される
11・2 水俣病問題で漁民千五百人、新日本窒素水俣工場内で警官隊と衝突
12・13 「兼高かおる 世界の旅」放送開始
14 在日朝鮮人の北朝鮮帰還第一船新潟出発
＊大学卒業者初任給＝約一万二〇〇〇円
＊「岩戸景気」始まる。テレビ、全国の三分の一の家庭に普及。「マイカー」時代始まる
●昭和三十五年(1960年)
1・19 ワシントンで「日米新安保条約調印」
2・7 東京の電話局番三桁に変更

4・30　ソニー、世界初のトランジスタテレビを発売
5・19　岸信介内閣、新安保条約の国会強行採決（以後、反対運動激化）
6・10　来日した米大統領秘書官・ハガチーを羽田空港でデモ隊が包囲し、ハガチーは米軍ヘリで脱出。アイゼンハワー米国大統領訪日中止
15　デモ隊と警官隊の衝突で東大生・樺美智子死亡
19　新安保条約、自然承認
7月　生産者米価一五〇キロ（一石）当り一万四〇五円（消費者米価据置き）
8月　テレビ受信契約数五百万件を超える
9・10　NHK等カラーテレビ放送開始
10・12　社会党委員長浅沼稲次郎、日比谷公会堂で演説中に右翼少年に暗殺される
12・27　池田内閣、国民所得倍増計画を発表
＊日本のGNP一六兆円、一人当り一七万円
＊ダッコちゃん人形大ブーム
＊経済最優先政策により、高度経済成長時代始まる

●昭和三十六年（1961年）
2・8　大蔵省、「投資信託ブーム」過熱に際し、四大証券会社に募集方法の自粛を要望
25　『何でも見てやろう』（小田実著）河出書房新社より刊行
4月　学校テレビの普及率、小学校六三パーセント・中学校四五パーセント
9月　日赤、献血運動開始
11・29　児童扶養手当法公布。貧困母子家庭の子供に毎月一人八百円支給
＊産米一二四一万トン

●昭和三十七年（1962年）
2・1　東京都の常住人口、推定一千万人を突破、世界最初の一千万人都市誕生
3・1　テレビ受像受信契約数一千万件突破
4・4　映画『キューポラのある街』（脚本・今村昌平、監督・浦山桐郎）公開
5・17　大日本製薬、西独でサリドマイド系睡眠薬奇形児問題化のため、自主的に

出荷中止
7月 生産者米価一五〇キロ当り一万二一七七円（消費者米価引上げ）。特選米制度新設
8・12 堀江謙一、小型ヨットで太平洋を横断
12月 東京に「スモッグ」の発生続く

●昭和三十八年（1963年）
2・16 水俣病の原因物質、新日本窒素の工場廃液にあることが証明される
7月 生産者米価一五〇キロ一万三二〇四円
11・1 にせ札の大量使用のため、新千円札発行
9 三池三川鉱で炭塵爆発、四百五十八人死亡
23 通信衛星リレー1号による、初の日米間衛星中継実験放送で、米国大統領ケネディ暗殺の画像が流れる
12月『愛と死をみつめて』（大島みち子他著）大和書房より刊行

＊この年から米の消費量減少し始める

●昭和三十九年（1964年）
3・24 米駐日大使ライシャワー、米大使館前で右腿を刺され負傷（のち、輸血感染した血清肝炎の後遺症に苦しむ。売血による「黄色い血」問題化する）
4月『平凡パンチ』発刊。アイビー・ルックなど、青年風俗をリードする
1 IMF（国際通貨基金）八条国に移行し、海外渡航自由化（一人年一回、外貨持出し五百ドル以内・日本円二万円の制限付）。この年の渡航者十二万七千人
7月 生産者米価一五〇キロ一万五〇〇一円（消費者米価引上げ）
8月 中卒就職者（「金のたまご」）に対する求人率は約五倍
10・1 東海道新幹線開業。東京―大阪間四時間
10～24 オリンピック東京大会開催。テレビ最高視聴率八五パーセント

●昭和四十年（1965年）
2・23　日比谷公園で全国出稼者総決起大会。出稼ぎ者、推定百万人。農村の荒廃深刻化
　米国、ベトナムで「北爆」開始
4　月　高校進学率、全国平均七〇パーセントを超える（この年、大学生百万人を突破）
24　鶴見俊輔、小田実、開高健の呼びかけで発足した「ベ平連」（ベトナムに平和を！市民文化団体連合）初のデモ行進。『ワシントン・ポスト』紙に「ベトナム戦争反対」の意見広告
6　月　東京都のゴミ捨場「夢の島」にハエが大量発生
12　第二の水俣病（有機水銀中毒）、新潟県阿賀野川流域に発生
7　月　生産者米価一五〇キロ一万六三七五円（消費者米価引上げ）
10　月　日本の総人口一億人に近づく
＊GNP三二兆七七二八億円
＊「オリンピック不況」

●昭和四十一年（1966年）
5　月　中国で文化大革命始まる
6・30　ザ・ビートルズ日本公演
7　月　生産者米価一五〇キロ一万七八七七円、および増産対策費五〇億円を決定
12　福島からの低温キュウリ、東京で販売。以後「産地直送」活発となる
10　月　戦争中の政府接収ダイヤ売出しに、買手殺到
＊産米一二七四万トン
＊「いざなぎ景気」始まる。海外旅行者数二十二万人

●昭和四十二年（1967年）
1　月　消費動向調査で独身勤労者は衣料費が総収入の二〇パーセント以上を占めると発表
12　日本血液銀行、売血の廃止決定
3・6　日本航空、世界一周線の営業開始
4・18　厚生省、第二水俣病は昭和電工工場の廃水が原因と発表

5・19 文部省、日本の大学研究所への米国陸軍の資金援助、九十六件三億八七〇〇万円と発表（「産軍協同」への反発から大阪市大、京大など援助辞退あいつぐ）
6月 自動車台数一千万台突破
9・1 「四日市ぜんそく」患者、石油コンビナート六社に対し、初の大気汚染公害訴訟
10・8 米国の極東軍事戦略のもと、対南ベトナム援助を進める佐藤栄作首相に学生の抗議デモ、警察隊と衝突、京大生死亡（第一次羽田事件）
12月 テレビ受信契約数二千万件突破
＊GNP一一四〇億ドル。米、西独についで西側第三位となり、英仏を抜く
＊大豊作、産米一四〇〇万トン台を記録し過剰米急増

●昭和四十三年（1968年）

1・15 米空母エンタープライズ寄港阻止で佐世保に向かう反日共系学生、凶器準備集合罪容疑で百三十一人逮捕（27までに四度の衝突、重軽傷五百十九人）
29 東大医学部学生自治会、医師法改正（インターン制に代る登録医師制）に反対、無期限ストに入る。東大紛争の発端
2・20 在日コリアン・金嬉老、静岡県清水市内で二人射殺、逃走（21寸又峡温泉で泊り客を人質に籠城する）
3・27 厚生省委託研究班、「イタイイタイ病」の主因を、三井金属神岡鉱業所排出のカドミウムと発表（5・8厚生省、公害病に正式認定）
4・1 東京都公害研究所発足
5月 初のレトルト食品ボンカレー発売
7・7 参議院選挙で石原慎太郎、空前の三百万票を獲得、青島幸男らタレント候補が多数当選
8月 生産者米価一五〇キロ二万六七二円（消費者米価引上げ）
9・26 厚生省、熊本・新潟水俣病を公害病

と認定
10・8 羽田闘争記念集会に参加の学生、新宿駅構内の線路上をデモ。国電ストップ
17 川端康成にノーベル文学賞
21 国際反戦デー。全国六百カ所で集会・デモ
12・10 府中市内で、日本信託銀行の三億円、白バイ警官に変装した男に、現金輸送車ごと奪われる
＊GNP初めて五〇兆円を突破。西独を抜き、米国についで世界第二位
＊産米一四四五万トン。十月末の政府持越し米七七四万トン
●昭和四十四年（1969年）
1・18〜19 東大安田講堂封鎖学生、機動隊により実力排除される（四十四年度東大入試は中止）
4・1 大蔵省、海外渡航用の外貨持出し制限を緩和、千ドル（四十六年五月、三千ドルに拡大）
6月 生産者・消費者米価据置き
24 『二十歳の原点』著者・高野悦子自殺
7・22 文部省、肥満児全国調査を発表
＊GNP一六七三億ドル、一人当り国民所得一四四一ドル（西独の五分の一、米国の二・五分の一）
＊全国九十四万企業の交際費、サラリーマン二千六百万人の天引所得税を上回る
＊産米一四〇〇万トン。十月末の政府持越し古米・古古米九三六万トン
＊テレビ受像機生産台数一二六九万台、世界第一位
●昭和四十五年（1970年）
3・14 日本万国博覧会EXPO'70、大阪千里丘陵で開会（9・13の閉会までに入場者数六千五百万人）
31 日本赤軍派による「よど号」ハイジャック事件（4・3犯人、平壌に到着）
5・20 減反政策の先触れ、農業者年金基金

法公布。農村の農閑期出稼ぎ者急増
6月 生産者米価一五〇キロ二万六八一円。良質米奨励金等二三八億円交付(消費者米価据置き。以後、据置き傾向強まる)
7月 静岡県の田子の浦港、大昭和製紙・本州製紙等からの一日三〇〇〇トンのヘドロ流入でマヒ寸前となる
18 東京杉並区の高校のグラウンドで、生徒目まいで倒れる。東京都公害研究所、光化学スモッグ公害と推定(都内の被害届五千人を超える。8・10東京都、光化学スモッグ予報を開始)
11・25 三島由紀夫、楯の会会員四人と東京都市谷の陸上自衛隊総監室を占拠。バルコニーからクーデターを訴えたのち、会員一名とともに割腹自殺
＊過剰米在庫七二〇万トン
＊GNP七三兆一八八四億円
＊昭和四十五年度食料農産物の自給率、七五パーセントに低下。石炭の輸入依存度五〇パーセントを超す
＊「マイカー」四世帯に一台

●昭和四十六年(1971年)
1・17 四谷大塚進学教室、正会員選抜テストで七千人の小学生が受験
5月 『二十歳の原点』(高野悦子著)新潮社より刊行
6・17 沖縄返還協定調印
7・20 「マクドナルド・ハンバーガー」一号店、銀座三越内に開店
8・16 米国のドル防衛措置発表。東証株価大暴落(「ニクソン・ショック」)
28 美濃部亮吉都知事、ゴミ処理の危機を訴える
9月 カップヌードル発売
10月 東北新幹線建設決定
12・19 一ドル=三〇八円に切上げ

●昭和四十七年(1972年)
1・24 グアム島密林内で太平洋戦争生き残り元陸軍伍長横井庄一(56歳)を保護
2・19～28 連合赤軍による浅間山荘人質籠

城事件（28ＮＨＫ、事態を十一時間連続中継、各民放も八時間程の中継を行う。各局の累積到達視聴率は九八・二パーセント。のち「総括」大量殺人判明）

5・15　沖縄返還。沖縄県発足

6・11　『日本列島改造論』（田中角栄著）日刊工業新聞より刊行

7・7　田中内閣成立

8月　中央公害対策審議会、自動車排気ガス九〇パーセント削減をめざす「五十年規制」の骨子を発表。自動車メーカーは重大な転機に立たされる

31　スーパーのダイエー、売上げで三越百貨店を抜き、小売業第一位となる

9・18　田中内閣支持率六二パーセントで戦後最高の数字

29　日中国交正常化

10月　トヨタ自動車、月産二〇万台突破

週休二日制採用企業二二パーセント（五百人以上の企業で四七・六パーセント）と一年間で倍増

8　ジャコビニ流星雨（しかし、火の粉のように降るといわれた流星群は曇天でほとんど観測できない）

19　フィリピン＝ルバング島で地元警察隊、元日本兵二人を発見、銃撃戦となる。一人は射殺され、小野田寛郎元少尉逃走（以後、戦友・家族らの救出作業）

＊田中内閣の超積極財政と金融緩和により「過剰流動性」生まれ、インフレ起こる。一年間で東京圏の土地価格五割上昇

＊海外旅行者百万人を突破

＊第二次ベビーブームの到来（「団塊の世代」の子供たち）

●昭和四十八年（１９７３年）

2・1　浅間山爆発

14　円、変動相場制へ移行

24　足尾銅山閉山（生野鉱山、別子銅山等、閉山続く）

3月　『日本沈没』（小松左京著）光文社よ

り刊行
5・23　首都圏直下に大断層発見
31　小笠原沖海底噴火、西之島新島出現
6・1　桜島爆発
10月　赤瀬川原平「ダレにも出来ない楽しい工作」千円札事件
6　第四次中東戦争始まる
11月　第一次オイルショックにより急速なインフレ、灯油・洗剤・トイレットペーパーの品不足。売り惜しみ・買いだめ流行する。電力節約（省エネ）のため深夜のテレビ放送中止、街のネオン消灯
1　大蔵省・日銀、円高圧力に対抗して一ドル＝二七〇円で介入を決定
15　七四年度までに農地三〇万ヘクタールを工場・宅地用地に転用と政府方針
12月　前年同月比で、ちり紙一五〇パーセント、砂糖五一パーセント、牛肉四二パーセントの価格上昇
＊電通、広告取扱い高九億二二九〇万ドルで世界第一位
＊中学校卒業者のうち就職者が一割以下となる（進学者八六・八パーセント）

●昭和四十九年（1974年）

1・17　三鷹市の住民、中央物産の倉庫から洗剤一万箱を発見（市民の摘発運動起こる。通産省、各所で隠匿物資の立入り調査）
21　東京の無降水新記録（七十一日間）
3・10　フィリピン＝ルバング島の、小野田寛郎元少尉（中野学校出身）、「残置諜者」を命じた元上官の命令により下山
7月　中ピ連有志、女を泣き寝入りさせない会結成
1　東京都人口、戦後初めて減少
10・3　通産省、石油備蓄増強五ヵ年計画大綱を発表（備蓄量九十日間分が目標）
8　前首相佐藤栄作、七四年度ノーベル平和賞受賞
10　立花隆・児玉隆也によるレポート「田中角栄研究――その金脈と人脈」

（『文藝春秋』十一月号）発売。「田中退陣」のきっかけとなる（田中内閣支持率一二パーセントに急落）

11・26　田中角栄首相、辞任

＊経済成長率マイナス一・四パーセント（戦後初のマイナス成長）

＊昭和四十二年〜四十五年産古米約七四〇万トンを輸出用、工業用、飼料用として処理終了。総損失額約一兆円

＊日本の国連分担金分担率五・四パーセント。米ソに次ぎ第三位

＊自然・健康食品ブーム、民間健康法流行

新潮文庫版解説

須賀敦子

関川夏央さんの『砂のように眠る』は、いっぷう変ったスタイルで書かれている。著者によると「小説」と「評論」を交互にならべて「戦後」を書こうとしたのだという。評論だけをならべたのでは、読んでいて肩がこる、そんなふうに考える人たちのためのサービスだろうか。あるいは小説だけにすると、どちらかというと硬派らしい関川さんには、たよりなく思えたのだろうか。私には、そのどちらでもあって、どちらでもないような気がする。おそらく、関川さん自身にとって、フィクション、あるいはノン・フィクションのいずれかひとつだけでは、言いたりない部分ができてしまうのだろう。その溝《みぞ》を埋めるために、両方の書き方を交互においてみたのではないか。(『薔薇《ばら》の名前』という世評の高かった推理/歴史小説の作者で現代イタリアの著名な哲学者ウンベルト・エーコが、この本を書いた理由について、これに似たことを述べている。これまで、私は哲学書ばかり書いてきたが、どうしても、哲学だけでは扱いきれないものが残った、そこで、そういうあたまのなかの「はんぱな断片」を集めてこの小説を書いた、と)。

関川さんが小説と呼ぶ部分は、雪の多い北国で育った彼の自伝的事実をなぞったものである。一九四九年、すなわち敗戦四年後に新潟県に生まれ、やがて東京で大学生活を送ったという著者自身の経験に沿って書かれている。たとえば、第一章では、ある夜、まだ仕事から帰っていないお父さんを、むかしの「戦友」がたずねてきた話が語られる。「戦友」ということばが、子供の生活のなかに、はっきりと実体は理解できないまま、まだ出没していた時代を著者は描きたかったのだろう。

男の子が八歳のときのクリスマス・イブ。彼は母親と、なにやら心細い感じで父親の帰りを待っているところに、案内を乞《こ》う声がして玄関に行くと、知らない人が立っている。「しんしんと足裏からのぼってくる板の間の冷たさに耐えかね」「小さな足踏みを」するほど寒かった、と関川さんはそのときのことを書く。ほんとうにそうだった。ある年齢以上の読者は、背中に貼《は》りつくようなあの玄関の冷たさをじぶんも感じながら、暖房ということばが事実上意味をなさなかった当時の日本の家の寒さを思い出す。母親にも面識のない夜の訪問客はなにやら手もちぶさたで、駅で買ってきたという赤い靴下《くつした》のかたちに作ったキャンディー袋を、クリスマス・プレゼントだといって取り出したりする。だが、やがて、ではまた来ます、といいながら帰ってしまうと、母親は子を連れてそのあとを追う。せめてつぎの汽車をごいっしょして待ちましょう、なんていいながら。

こんな情景を通じて、読者は、両親たちのあいだのコミュニケーションが、どこかうまくいっていないのを感じとる。いや、あのころの夫婦というものは、おおむねそんなものじぶん駅前の飲み屋にいるかもしれない父親。じぶんは直接に行かないで、息子をその店に走らせる母親。訪問客への応対もあまりじょうずというように、はいえず、それでいて、このまま帰らせては、あとで夫がなにをいうかわからないとでもいうように、息子を連れ、客を送って駅まで出かけてしまう母親。電灯が暗いような、どこかわびしさのつきまとうあのころの日本の家の印象がよく出ている。じゃあまた、来ます。めぐりあわせが悪かったんだ。そういって発《た》っていく客。父親はひと足先に帰っている。クリスマス・ケーキを持って。家をかえりみないのではない。愛情の表現がぎこちなかった、それだけのことだ。留守中に来た戦友のことを母親が告げると、まるでその人と口うらを合わせたみたいに、父親がいう。めぐりあわせが悪いんだ。

第二章で「歴史」として語られるのは、無着成恭《むちゃくせいきょう》の『山びこ学校』の話だ。無着さんが、あの「地図一枚なく、理科の実験道具はひとかけらも」ない、「かやぶきの暗い校舎」をもつ山形県山元村の中学校に赴任したのは、ちょうど著者の関川さんが、新潟県で生まれた年である。『山びこ学校』の本が出たのは、彼が二歳のころ。だから、と関川さんは宣言する。「戦後という時代のはじまった」場所としての『山びこ学校』に登場するいなかの学校の生徒たちが生きた風景は、「まぎれもなくわたしたちの原風景である」と。

しかし、読みすすむにつれて、読者は、「フィクション」と筆者が呼ぶ部分での自叙伝的性格がすこしずつ薄れ、そのなかにも批評の目が光を増すのに気づかされる。三段とびが強いのは、日本人がトイレでうずくまるからだと信じているらしい反面、テープはなにがいい？　と訊《き》かれると、「クラシックだな、モーツァルトでもなんでもいいや」と返事するナイーヴで勤勉な高校生たちが描かれるが、そのエピソードには、石坂洋次郎の「陽《ひ》のあたる坂道」の世界が、やや揶揄《やゆ》的に対置される。先輩の妹のことで相手に殴られそうになったとたん、ジンマシンでダウンしてしまう「わたし」の、ほろにがい物語のあとでは、『何でも見てやろう』の屈折したアメリカ観が作者小田実に寄せて論じられる。やがて一九六〇年代末の、デモや政治集会に荒廃した大学生の生活（「わたしは大学構内のカフェテリアにいた。横眼で本を読みながらタヌキうどんを食べていた。……フランス語をやる連中はル・クレジオとかロブ・グリエとかデュラスを読んでいた。あの頃は誰も小説なんかわかりたくなかったのに違いない」）が、「田中角栄のいる遠景」という最終章でしめくくられるまで。

このような方法で書くことで、著者は、戦後の時代を巧《たく》みにひとつの社会史にまとめている。社会史と銘うったのでは、読まなかっただろう人たちに、著者は語りかけたかったのだろうか（照れた啓蒙《けいもう》家といったふぜいが、関川さんにはある）。それにしても、読後の感慨は深い。なんという、精神の空白を日本という国は生きてきたのだろう、とこの本を読みおえる人たちは、愕然《がくぜん》とするかもしれない。著者は、こうも述べている。「しかし、わたし自身はその時代の空気を呼吸して生きてきた」。それだからこそ、あえて孤高をよそおうことなく、「多くの日本人に共通するありふれた体験であり体感」を、「そのありふれた眼の高さと視野から時代を見直す」ことを関川さんはもくろんだのである。

著者がこの本を書きおえて二年目の一九九五年、阪神地方を襲った大震災がそれにつづく暗い時代のいやな予兆ででもあったかのように、日本人は、じぶんたちの国が、世界のなかで確実に精神の後進国であることを真剣に考えずにはいられなくなった。いったい、なにを忘れてきたのだろう、なにをないがしろにしてきたのだろうと、私たちは苦しい自問をくりかえしている。だが、答は、たぶん、簡単にはみつからないだろう。強いていえば、この国では、手早い答をみつけることが競争に勝つことだと、そんなくだらないことばかりに力を入れてきたのだから。

人が生きるのは、答をみつけるためでもないし、だれかと、なにかと、競争するためなどでは、けっしてありえない。ひたすらそれぞれが信じる方向にむけて、じぶんを充実させる、そのことを、私たちは根本のところで忘れて走ってきたのではないだろうか。この本を書いた関川さんは、そんなふうにいっているようにも、私には思える。

（平成八年十二月、上智大学比較文化学部教授）

自著解説

自分をつくった時代を「歴史化」する

関川夏央

「昭和」が終って久しい。私は三十九歳まで「昭和戦後」の空気を呼吸した。そして無意識のうちにその「文化」に染められた。「文化」とは檻のようなもので、抜け出したくても抜け出せない。檻は頑丈な格子で囲まれている。その格子の間から別種の「文化」を覗き、ときに手を伸ばして触れようとするが、届かない。

自分が生まれ育った檻だから、とくに不満を感じることなく長じたが、歳月が過ぎ、ふと気づけば若い世代に「昭和的な人」と、ときにからかわれ、ときに敬遠されるようになっていた。

「昭和的な人」とは、要するに時代遅れの見当はずれ、手仕事的センスの汗臭い人という意味だが、そのとおりだと思う。昭和が去って、すでにひと世代以上の時間が過ぎた。昭和人は中老以上の大群と化しつつあり、間もなく無用の存在となるのだろう。

しかし、その時代遅れの本人、「昭和戦後」という時代によってつくられた私には、それがどんな時代で、どんな空気に満ちていたのか再検討したいという思いが、かねてあった。それが最初にきざしたのは、昭和時代が終りかけた一九八〇年代後半、自分が三十代後半に至った頃で、四十歳になって着手したその最初の試みがこの本『砂のように眠る』であった。

自分にもの心のついた一九五〇年代終りから一九七〇年代半ばまで、昭和でいえば三十年代から五十年代までの時代相、あるいは時代精神をえがくために私は、小説とノンフィクションを入れ子にしたまま一冊にするという変則的な方法を選んだ。

小説の語り手・主人公は、「私に似た少年」「私に似た青年」であるが「私」ではない。昭和時代の真ん中に生まれた平凡なコドモが、変化のはげしい時代相のなかで、どんな知見態度を身につけながら長じたのか、フィクションのかたちで定着してみたかった。またそれぞれの時代によく売れたノンフィクションを読み直し、その批評というかたちで時代の感触と空気を再現したかった。

ゆえにこの本『砂のように眠る』は、六つの短編小説と六つの評論で構成された。読者を困惑させかねないこんなつくりは、「私」あるいは「私に似た人」のなりたちをより立体的に「歴史化」したい気持のあらわれなのだが、どう読まれても構わないという居直りめいた態度の結果でもある。いわば「若気の至り」であるこの本が刊行されたのは、昭和が終って五年目、私が四十三歳となった一九九三年夏であった。

自分が生まれた一九四九年（昭和二十四）からの数年間、日本は発展途上国だったが、自分にはその時期の記憶はほとんどない。幼年期から少年期に移って記憶がはっきりしてくる頃の日本は中進国段階に入り、その時代的主題は貧乏の克服であった。そして適度な貧しさは、人の生活に緊張感とつつましさをもたらした。すでに格差は生じていたものの、どの家もおしなべて貧乏だったから気にならなかった。それも時代的特徴で、格差が自慢と嫉妬を育てるのは、不要不急のものへの購買意欲が高じ、都会の土地の価格が急上昇して以降のことだ。

ところで、この本で取り上げたベストセラーを、私は同時代には読んでいない。みな、自分の入っている檻の研究という一念を起こした一九八〇年代に、ていねいに読んでみたのである。

山形県の中学生の文集『山びこ学校』は小学生の私が、教育学部に通っていた従姉に、読めと薦められた。真面目な彼女は、少年向けに編集されたミステリーばかり読んでいる私を不安がり、書店に通ってコドモが読むべき本のリストをつくってくれた。そのなかに吉野源三郎『君たちはどう生きるか』といっしょに入っていた。しかし私は読まなかった。「よい本」というのがどうにも負担で、従姉の一途さもうっとうしかったのである。

一九八〇年代にはじめて『山びこ学校』を読み、東北地方の山村の想像を絶した貧しさに驚き、また昭和戦後が始まったばかりの時期の、素朴で力強い「民主主義」のありかたに感動した。そして、こういう教育は、貧乏が主題のときにのみ有効だったのだろうかと考えた。

長男「あんちゃん」に対して次兄「にあんちゃん」、そんな呼び名をタイトルとした小学生の日記『にあんちゃん』も、刊行から三十年ほど遅れて読んだ。この本で私が読み取ったものは、まず昭和戦後の日本経済の弱さであった。国内炭がその採掘コストで輸入炭に惨敗、ついで石炭そのものが原油により壊滅的打撃を受ける。産業の主役はうつろうという実感を得た。

安本末子の日記が刊行されたのは一九五八年だが、翌年、今村昌平が日活で映画化し、そのシナリオは今村と池田一朗が書いた。池田はのちに小説家となり、隆慶一郎の筆名で、網野善彦の史観の影響下に独特な時代小説を書く人だが、二人は原作には登場しない在日コリアン一世、強欲な金貸しの老婆（北林谷栄）と幼時渡日した生活力旺盛な一世半の青年（小沢昭一）を、同情心とは関係なく、ただたくましく生きるリアルな人物として造形した。

著者・安本末子はこの本に関する取材に応じたことがないまま、すでに八十歳を超えたが、この本が売れたおかげで、安本きょうだいは北朝鮮に「帰国」するという選択をせずにすんだ。

埼玉県の鋳物の街、川口を舞台とした『キューポラのある街』は六二年、今村昌平の助監督であった浦山桐郎が吉永小百合主演で早船ちよの原作小説を映画化した作品だが、吉永小百合と中学同級生の女の子は、父、弟といっしょに「帰国」列車に乗る。それを人々が感動的なシーンとして受けとったのは、日本社会が民族主義に肯定的で在日コリアンに同情的な空気に満ち、また北朝鮮の実情を知るすべのない時代だったからである。

『何でも見てやろう』の作者小田実は、声の大きな、何かにつけ断定する癖のある運動家として終始したが、彼の留学記・貧乏世界旅行記は、意外といっては失礼だが、おもしろい。これも発見であった。

「まあなんとかなるやろ」が口癖の小田実は、二十五歳となった五七年秋、フルブライト留学生の試験を受けた。面接試験で、大学院での研究対象を英語で問われ、「私は昼食には（東大の）地下食堂で金三十五円ナリのミソ汁つき定食を食べることにしている」と答えて試験官の笑いを取ったとある。要するに英語はトンチンカンであったといいたいのだろうが、私は信じない。彼は大阪の高校生時代から文学青年で、ジョイスを英文で読み、プルーストも英語版で読み、やたら長い小説を書く少年として知られていた。

五八年春から一年半滞米、ビザを延長したかったが危険人物とみなされて不許可になったとある。船便でヨーロッパに渡って以後半年間の旅行記が『何でも見てやろう』の核心なのだが、英国からまずダブリンへ行ったのは、そこがジョイスの作品の舞台だからである。つぎにノルウェーのオスロへ行き、東へ向かう限り途中降機何度でも自由というチケットを買った。そのチケットで南欧から中東、インド、香港を一日一ドル（三百六十円）を目標に旅したのだが、インドでは、そのあまりの貧しさ、そのあまりの不合理さに「これはもうタマラン」と逃げ出したくなったと書いている。饒舌ではあってもその後の彼のイメージを裏切る繊細さ、そしてときに発露する素朴なナショナリズムが、まだ中進国段階であった日本の読者には新鮮だったのだと思う。

六一年刊行のこの本は、実は私の家にもあった。母が友人から借りてきたのである。しかし読まなかった。原稿用紙で七百枚、8ポイント活字二段組という文字の詰まりかたに母も私も恐れをなしたからだし、一生外国へは行かないだろうと高をくくっていた身としては、日本人青年の外国旅行記など縁はない本と思われた。

石坂洋次郎の小説だけは、いくらか同時代的に読んだが、それは当時私が好んだ吉永小百合主演の日活青春映画が多く石坂洋次郎の小説を原作としていたためだった。そして、小説としてはあまりおもしろくないという感想を持った。

要するに、私は吉永小百合の役柄に、東京の「中流」以上の家庭と「民主的男女交際」のあり方を見て、それに好意を持ったのである。気の迷いであった。ピアノ、暖炉、賛美歌、家族会議、そんな設定に、登場人物の若い女性が口にするのは、「なにかしらそらぞらしく、なにかしら立派な家庭」を維持するためには「真実だけではダメで、どうしてもウソみたいなものが必要なのだと思うわ」というまことにうがった意見であったが、その「ウソみたいなもの」の効き目は短く、石坂洋次郎は忘れられた。酷薄な言い方になるが、それは彼の小説がはやりものだったからである。

だが一九六〇年代、吉永小百合的なものの影響力は思いのほか強かった。

一九六三年末に刊行された『愛と死をみつめて』は不治の病にかかった若い女性と恋人との往復書簡集で、よく売れた。この本は、やがて死んでいく女性が、めそめそと決断力ないままに生き残る青年を慰めつづけるという不思議な構造を持っていたのだが、これを原作とした同名の映画に吉永小百合は自ら強く望んで主演し、彼女のキャリア中で最大のヒット作となった。

原作で瀕死の彼女は日記に、病院の外に健康な三日間をください、と書いている。一日目はふるさとに帰る、二日目は恋人とともに過ごす、そして三日目はひとりで思い出とたわむれる。それは実現できない願いであった。

『二十歳の原点』を書いた女子大学生、高野悦子は亡くなる二日前の日記に、やはり三日間欲しいと書いた。

一日目は、酒場でしたたかに飲んで眠りたい。二日目は、あなたと安宿に落ち着こう。

そして三日目、あなたと別れ、一人で原始の森にある湖をさがしに出かける。

この書きぶりは『愛と死をみつめて』の影響である。だが時代が数年違うだけで願いの質がずいぶん違っていて、性的な描写が自虐的に書かれるのである。高野悦子は、その願いをしるした自分の日記に「さゆりさん」と名づけていた。

大学紛争も、男友達との関係も、アルバイト先での問題も、放っておけば解決する。解決しないまでも、なるようになる。じっと日常を送っていれば、やがていやでもオトナになるし、中年になり老人になる。高野さんにそういってあげたかったと思うのは現代の老人の心残りにすぎないだろう。発売当時なぜか読む気になれなかった『二十歳の原点』を遅れて初読、あらためて痛ましさを感じ、得がたい同時代人を失ったのだという思いに強く打たれた。

田中角栄『私の履歴書』も興味深い本であった。こういう人が昭和戦後という時代をつくったのだと、八〇年代になって初めて実感した。そしてこういう人を日本人は一時もてはやし、その後、弊履《へいり》のごとく捨て去ったのだということも。

この本を読んだからといって、私は田中角栄のファンにはならなかったが、「大都会は悪」と信じ、工業団地と結びついた地方の二十五万都市建設構想の原点は、おなじ雪国の選挙区出身者としてよくわかる。しかし田中の構想は、やはり彼が導入した新幹線と高速道路によって、また少子化によって破綻するのである。一点暗いところのある「コンピューター付きブルドーザー」の圧倒的前進は、昭和戦後時代の爛熟期に止んだ。

私は自分を含む「団塊の世代」を、乾いた砂のような大衆だと思うことがある。団結とか連帯とか、熱く湿った言葉が大好きだったくせに、本人たちにはまとまる意思がない。みなばらばらである。自分は独特だと思って個性を主張するのに、みな似ている。かりに彼らをまとめて掌に握ってみたとしても、ただ指の間からさらさらとこぼれていくばかりで、握り甲斐はないだろう。

泥のように眠るという言葉があるが、乾いた砂たちもまた、ただ眠りつづけてきたのではないか。そう私は疑っている。

青年期を眠ったまま送り、眠りながら中年期に至り、やがて眠ったまま老年期を迎えて、最後にはほんとうに眠る。皮肉と自戒をこめて、私たちはそんなふうではなかったか、と考える。少なくとも四十歳の頃にはそう思い、それを本の題名としたのだが、三十年あまりをうかつに過ごしてしまったいまでも、その題名を変える気にはならなかった。

（二〇二四年十月）

本書は、『砂のように眠る——むかし「戦後」という時代があった』（一九九七年二月、新潮文庫）を改題し、新たに自著解説を付したものです。

引用文中に、今日の人権意識に照らして不適切な語句や表現が見られますが、初出時の社会的・時代的背景等に鑑み、そのままとしました。

中公文庫

砂《すな》のように眠《ねむ》る

——私《し》説《せつ》昭《しょう》和《わ》史《し》1

2024年11月25日　初版発行

著　者　関《せき》川《かわ》 夏《なつ》央《お》

発行者　安部 順一

発行所　中央公論新社

〒100-8152　東京都千代田区大手町1-7-1
電話　販売 03-5299-1730　編集 03-5299-1890
URL https://www.chuko.co.jp/

ＤＴＰ　嵐下英治
印　刷　三晃印刷
製　本　小泉製本

Published by CHUOKORON-SHINSHA, INC.
Printed in Japan　ISBN978-4-12-207582-5 C1195

各書目の下段の数字はISBNコードです。978－4－12が省略してあります。

中公文庫既刊より

せ-9-1
寝台急行「昭和」行　関川夏央
寝台列車やローカル線、路面電車に揺られ、懐かしい場所、過ぎ去ったあの頃へ。昭和の残照に思いを馳せ、含羞を帯びつつ鉄道趣味を語る、大人の時間旅行。
206207-8

せ-9-2
汽車旅放浪記　関川夏央
『坊っちゃん』『雪国』『点と線』……。近代文学の舞台となった路線に乗り、名シーンを追体験する。鉄道と文学の魅惑の関係をさぐる、時間旅行エッセイ。
206305-1

せ-9-3
鉄道文学傑作選　関川夏央編
漱石、啄木、芥川……。明治から戦後まで、十七人の作家、小説・随筆・詩歌・日記と多彩な作品から、文学に表れた「鉄道風景」を読み解く。文庫オリジナル。
207467-5

い-41-5
ある昭和史　自分史の試み　色川大吉
十五年戦争を主軸に個人史とともに昭和の五十年を描く。「自分史」を提唱した先駆的な著作に「昭和の終焉」を増補。毎日出版文化賞受賞。〈解説〉成田龍一
207556-6

い-108-4
天皇の影法師　猪瀬直樹
天皇崩御そして代替わり。その時何が起こるのか。天皇という日本独自のシステムを〈元号〉を突破口に徹底取材。著者の処女作、待望の復刊。〈解説〉網野善彦
205631-2

い-108-6
昭和16年夏の敗戦　新版　猪瀬直樹
日米開戦前、総力戦研究所の精鋭たちが出した結論は「日本必敗」。それでも開戦に至った過程を描き、日本的組織の構造的欠陥を衝く。〈巻末対談〉石破　茂
206892-6

い-108-7
昭和23年冬の暗号　猪瀬直樹
東條英機はなぜ未来の「天皇誕生日」に処刑されたのか。敗戦国日本の真実に迫る『昭和16年夏の敗戦』完結篇。新たに書き下ろし論考を収録。〈解説〉梯久美子
207074-5

え-3-2
戦後と私・神話の克服
江藤　淳
癒えることのない敗戦による喪失感を綴った表題作ほか「小林秀雄と私」など一連の「私」随想と代表的な文学論を収めるオリジナル作品集。〈解説〉平山周吉
206732-5

え-3-3
石原慎太郎・大江健三郎
江藤　淳
盟友・石原慎太郎と好敵手・大江健三郎をめぐる全評論とエッセイを一冊にした文庫オリジナル論集。稀代の批評家による戦後作家論の白眉。〈解説〉平山周吉
207063-9

え-7-2
食卓のない家
円地　文子
過激派学生による人質籠城事件。世間は学生だけでなく親たちの責任も追及するが――連合赤軍事件をモチーフに個人と社会のあり方を問う。〈解説〉篠田節子
207166-7

か-56-12
昭和怪優伝　帰ってきた昭和脇役名画館
鹿島　茂
荒木一郎、岸田森、川地民夫、成田三樹夫……。今なお眼に焼き付いて離れない昭和の怪優十二人を、映画狂・鹿島茂が語り尽くす！　全邦画ファン、刮目せよ！
205850-7

こ-14-2
小林秀雄　江藤淳　全対話
小林　秀雄
江藤　淳
一九六一年の「美について」から七七年の大作『本居宣長』をめぐる対論まで全五回の対話と関連作品を網羅する。文庫オリジナル。〈解説〉平山周吉
206753-0

し-10-5
新編　特攻体験と戦後
島尾　敏雄
吉田　満
戦艦大和からの生還、震洋特攻隊隊長という極限の実体験とそれぞれの思いを二人の作家が語り合う。関連するエッセイを加えた新編増補版。〈解説〉加藤典洋
205984-9

た-74-2
革新幻想の戦後史（上）
竹内　洋
戦後社会を席捲した「左派にあらざればインテリにあらず」という空気を、膨大な文献と聞き取り調査から描き出す。読売・吉野作造賞受賞作を増補した決定版。
206172-9

た-74-3
革新幻想の戦後史（下）
竹内　洋
〈革新幻想〉は何をもたらし、その結果どんなねじれが生じたのか。左派と保守の二項対立では要約できない「あの時代の空気」を様々な切り口から掬い上げる。
206173-6

各書目の下段の数字はISBNコードです。978－4－12が省略してあります。

た-74-4
清水幾太郎の覇権と忘却 メディアと知識人
竹内洋
戦後、圧倒的な支持を受け、大きな影響力を持った思想家・清水幾太郎。彼の「戦略」を詳細に読み解き、現在にも通じるメディア知識人の姿を明らかにする。
206545-1

は-73-2
三島由紀夫
橋川文三
三島由紀夫の精神史の究明を通してその文学と生涯の意味を問う。「文化防衛論」批判ほか『日本浪曼派批判序説』の著者による三島全論考。〈解説〉佐伯裕子
207562-7

み-9-10
荒野より 新装版
三島由紀夫
不気味な青年の訪れを綴った短編「荒野より」、東京五輪観戦記「オリンピック」など、〈楯の会〉結成前の心境を綴った作品集。〈解説〉猪瀬直樹
206265-8

み-9-13
戦後日記
三島由紀夫
「小説家の休暇」「裸体と衣裳」ほか、昭和二十三年から四十二年の間日記形式で発表されたエッセイを年代順に収録。三島による戦後史のドキュメント。
206726-4

み-9-14
太陽と鉄・私の遍歴時代
三島由紀夫
三島文学の本質を明かす自伝的作品二編に、自死直前のロングインタビュー「三島由紀夫最後の言葉」（聞き手・古林尚）を併録した決定版。〈解説〉佐伯彰一
206823-0

み-9-17
三島由紀夫 石原慎太郎 全対話
三島由紀夫
石原慎太郎
一九五六年の「新人の季節」から六九年の「守るべきものの価値」まで初収録三編を含む全九編。七〇年の士道をめぐる論争、石原のインタビューを併録する。
206912-1

み-54-2
時刻表昭和史 完全版
宮脇俊三
ハチ公のいた渋谷駅、玉音放送を聞いた今泉駅。歴史の節目は鉄道とともにあった。元祖・乗り鉄による昭和史にエッセイ、北杜夫との対談を増補した完全版。
207382-1

よ-15-9
吉本隆明 江藤淳 全対話
吉本隆明
江藤淳
二大批評家による四半世紀にわたる全対話を収める。『文学と非文学の倫理』に吉本のインタビューを増補し改題した決定版。〈解説対談〉内田樹・高橋源一郎
206367-9